RUPTURA

Lauren DeStefano

Ruptura

Libro Tres
Trilogía del Jardín Químico

Traducción de Núria Martí

PUCK

Argentina – Chile – Colombia – España
Estados Unidos – México – Perú – Uruguay – Venezuela

Título original: *Sever – The Chemical Garden Trilogy, Book Three*
Editor original: Simon & Schuster BFYR, New York
Traducción: Núria Martí Pérez

1.ª edición Marzo 2014

Copyright © 2013 by Lauren DeStefano
Published in agreement with the author, c/o BAROR INTERNATIONAL, INC., Armonk, New York, U.S.A
All Rights Reserved
© de la traducción 2014 *by* Núria Martí Pérez
© 2014 *by* Ediciones Urano, S. A.
  Aribau, 142, pral. – 08036 Barcelona
  www.mundopuck.com

ISBN: 978-84-96886-32-2
E-ISBN: 978-84-9944-690-5
Depósito legal: B-2.711-2014

Fotocomposición: Montserrat Gómez Lao
Impreso por: Rodesa, S. A. – Polígono Industrial San Miguel
Parcelas E7-E8 – 31132 Villatuerta (Navarra)

Impreso en España – *Printed in Spain*

*Para Riley, Isaiah, Isabella, Hailey,
Cameron, Mary, Cooper, Eliot y Raina,
que tienen por delante toda una vida
repleta de caminos*

Agradecimientos

Escribir los agradecimientos cuesta tanto como escribir el propio libro. Porque ¿cómo les puedo dar las gracias a quienes me han cambiado por completo la vida? En una ocasión se me ocurrió darte las gracias regalándote un minibonsái con unas florecillas que me recordaban los jardines que rodeaban la mansión. Pero aprendí que los minibonsáis son unos regalos muy efímeros (ya sabes quién eres), y que las palabras en cambio son la mejor forma de reconocer toda la energía invertida en este libro.

Siempre le agradeceré a mi familia el inagotable apoyo, amor y entusiasmo que me han ofrecido. Sobre todo a mis padres, que nunca intentaron hacerme cambiar de idea cuando luchaba para encontrar mi camino en la vida. También quiero darles las gracias a los peques, que me hacían reír a mandíbula batiente, que se paraban para coger del suelo hojas otoñales húmedas y guijarros curiosos, que me contaban historias absurdas y que me hacían sentir contenta y viva. Y también le agradezco a mi tío Tony sus explicaciones sobre escopetas, puros y otras cosas más que ponían nervioso a Linden.

Le doy las gracias a Harry Lam, un experto sabelotodo, por leer esta novela a fragmentos y saber cómo arreglar lo irremediable.

Le agradezco a la encantadora y graciosa Beth Revis y a la sabia Aimeé Carter que lograran encajar las piezas que yo no sabía unir, y a Tahereh Mafi su actitud y sus palabras, ya que le han hecho mucho bien a mi alma.

Doy un millón de gracias a mi editora Alexandra Cooper, que además de ser fenomenal en su especialidad, también atendió mis llamadas telefónicas las muchas, muchísimas veces que lo hice mientras escribía esta última parte de la trilogía, sabiendo siempre qué decirme. Le agradezco a Lizzy Bromley, una artista extraordinaria y un auténtico genio en todos los sentidos, el precioso diseño de la cubierta, y a Ali Smith las estupendas fotografías que la componen. Doy las gracias a todas las personas que toman a diario el ascensor para ir a la planta de Simon & Schuster BFYR. Cuando visitas la planta de esta editorial, notas la pasión por la literatura que se respira en ella.

Doy las gracias a la maravillosa Heather Shapiro y al equipo de Baror, a los que estaré eternamente agradecida, por hacer que esta novela forme parte del mundo.

No tengo palabras para agradecer a mi agente Barbara Poelle todo lo que ha hecho por mí. Gracias a su toque mágico cotidiano ha transformado mis historias en relatos convincentes.

Por suerte los agradecimientos duran más que las plantas en macetas, y por eso, cuando esta trilogía se publique y pase los años en los estantes, quiero destacar que tiene su propia historia, fruto de un montón de amor, de muchas llamadas telefónicas, de muchas lágrimas derramadas y de una carretada de risas y entusiasmo. A lo largo de los tres años que me ha llevado escribirla, las vidas de las personas que han participado en ella han ido cambiando, mostrándonos funerales, bodas y nacimientos. La superación de miedos. Momentos de cruel desesperanza. Momentos de sol radiante.

Este relato ha sido nuestra constante en la vida.

Nunca fue un viaje que tuviera que emprender sola. Os doy las gracias por esto y por todo lo demás.

*Debo perderme en la acción,
si no quiero marchitarme
en la desesperación.*

LORD ALFRED TENNYSON

1

En el atlas el río sigue fluyendo. Su fina línea transporta mercancías a un destino que ha dejado de existir. Yo llevo su nombre, y nunca sabré la razón por la que mis padres me lo pusieron porque se llevaron la respuesta a la tumba. El río prosigue apaciblemente su curso, aunque en mis ensoñaciones me lo imagino desembocando en la inmensidad del mar, mezclándose con ciudades hundidas, acarreando botellas con viejos mensajes en su interior.

He perdido demasiado tiempo en esta página. Debería estar ya en Estados Unidos, viajando por la costa de Florida hasta llegar a Rhode Island, en Providence, donde mi hermano mellizo acaba de hacer saltar por los aires un hospital con una bomba por las investigaciones con embriones que se estaban llevando a cabo.

No sé cuántas personas habrán muerto por su culpa.

Linden transfiere nerviosamente el peso de su cuerpo de una pierna a la otra.

—Ni siquiera sabía que tuvieras un hermano —observa cuando le cuento a dónde me dirigía—. Pero cada día que pasa descubro algo nuevo sobre ti, ¿no te parece?

Lo dice con amargura. Está decepcionado con nuestro matrimonio y la forma en que acabó. En realidad no lo da por terminado.

Mi hermana esposa echa un vistazo por la ventana, con el pelo centelleando como la luz del sol colándose entre las hojas otoñales.

—Va a llover —observa quedamente—. Sigue aquí solo por mi insistencia.

El que fue mi marido en el pasado todavía no cree que Cecilia corra peligro en el hogar de Vaughn, su padre. O tal vez sí lo crea, no estoy segura, porque últimamente apenas me habla, salvo para preguntarme cómo me encuentro y para decirme que pronto me darán de alta en el hospital. Debería de considerarme afortunada, porque la mayoría de pacientes están hacinados en los pasillos o embutidos a docenas en las habitaciones, si es que los aceptan. Yo en cambio gozo de comodidades y privacidad. Esta clase de hospitalización está reservada a los ricachones y no hay que olvidar que mi suegro es el propietario de prácticamente todos los hospitales del estado de Florida.

Al andar escasos de sangre para transfusiones y como perdí tanta al rajarme la pierna con un pedazo de cristal en mi desaforado delirio, me ha llevado lo mío recuperarme. Y ahora que mi sangre se ha regenerado, quieren extraerme una muestra y analizarla para asegurarse de que me esté reponiendo. Suponen que mi cuerpo no ha respondido a los intentos de Vaughn para tratar el virus, no sé exactamente qué fue lo que él les contó, pero siempre se las apaña para encontrarse en todas partes sin estar presente.

Dicen que mi tipo de sangre es interesante. No habrían encontrado otra como la mía, aunque más personas hubieran donado sangre por la mísera cantidad que el hospital les paga.

Cecilia ha mencionado la lluvia para distraer a Linden, que no despega los ojos de la enfermera que acaba de friccionarme el brazo con alcohol para esterilizarlo. Pero la treta no le funciona. Los ojos verdes de Linden están clavados en la jeringuilla llenándose de la sangre que me extraen. En mi regazo cubierto con una frazada sostengo el atlas, y paso la página.

Me descubro de nuevo en Norteamérica, el único continente que queda en pie, pero ni siquiera está entero, Canadá y México no son ahora más que parajes inhabitables. En el pasado había un montón de personas y países, pero hace tanto tiempo que fueron asolados por las guerras que apenas se habla de ellos.

—¿Linden? —dice Cecilia tocándole el brazo.

Él gira la cabeza hacia ella, pero sin mirarla.

—Linden —insiste ella—. Necesito comer algo, me está empezando a doler la cabeza.

Por fin logra atraer su atención, porque Linden sabe que Cecilia está embarazada de cuatro meses y es proclive a la anemia.

—¿Qué te apetece, cariño? —le pregunta él.

—Antes he visto que en la cafetería tenían madalenas.

Frunciendo el ceño, Linden le responde que debería comer cosas más nutritivas, pero al final cede ante el mohín de Cecilia.

En cuanto Linden sale de la habitación en la que estoy ingresada, ella se sienta al borde de la cama, apoya la barbilla en mi hombro y mira la página del atlas. La enfermera se va llevándose la muestra de sangre que me ha sacado en el carrito del instrumental quirúrgico.

Es la primera vez que me quedo a solas con mi hermana esposa desde que llegué al hospital. Resigue el contorno de América del Norte con el dedo y lo hace girar por el océano Atlántico siguiéndolo con la mirada.

—Linden está furioso conmigo —admite llena de remordimiento, aunque esta vez no lloriquea como solía hacer—. Dice que podrías haber muerto.

Me pasé meses en el sótano, encerrada en el laboratorio de Vaughn, siendo objeto de incontables experimentos mientras Linden, sin saberlo, daba vueltas por las plantas de arriba. Cecilia me visitaba y decía que me ayudaría a escapar, pero nunca le contó nada a Linden.

Aunque no es la primera vez que Cecilia me traiciona, en esta ocasión creí que me quería ayudar. Se dedicaba a desbaratar los experimentos de Vaughn retirándome la aguja del gota a gota y manipulando el equipo médico. Creo que intentaba que yo estuviera lo bastante lúcida como para que me escapara por la puerta trasera. Pero Cecilia sólo tiene catorce años y no se da cuenta de que nuestro suegro cobija unos planes mucho más ambiciosos que sus mejores intentos. Es un contrincante demasiado poderoso. Hasta ha conseguido engañar a Linden todos estos años.

—Pero, aun así, ¿por qué no se lo dijiste a Linden? —insisto.

Cecilia toma una temblorosa bocanada de aire y endereza la espalda. La miro, pero ella me rehúye la mirada. Para no hacerla sentir culpable, finjo mirar el atlas abierto.

—Linden se quedó destrozado cuando te fuiste —admite—. Estaba furioso y triste a la vez. No quería hablar de ello. Cerró tu habitación y me prohibió entrar en ella. Dejó de dibujar. Pasaba la mayor parte del tiempo conmigo y con Bowen, y a mí esto me encantaba, pero sabía que lo hacía para olvidarte —añade respirando profundamente y pasando la página del atlas.

Nos quedamos mirando Sudamérica unos segundos.

—Y al final empezó a animarse —me cuenta—. Me dijo que en primavera me llevaría a una exposición. Pero entonces regresaste y creí que si él te veía todo volvería a ser como antes y ya no pasaría tanto tiempo conmigo —añade mirándome dolida con sus ojos marrones—. Y además tú no querías volver. Por eso te ayudé a escapar de nuevo, él nunca se hubiera llegado a enterar y habríamos sido felices.

Dice la última palabra «felices» como si fuera el tesoro más preciado. Se le quiebra la voz. Hace un año se hubiera echado a llorar al pronunciarla. Recuerdo que el día antes de escapar, la dejé gritando echa un mar de lágrimas en un montículo de nieve al darse cuenta de que había traicionado a Jenna, nuestra hermana esposa mayor, al contarle a nuestro suegro que me estaba ayudando a escapar, lo cual sólo hizo que acabara decidiendo deshacerse de ella.

Pero Cecilia ha crecido desde entonces. Tener un hijo y haber perdido no a uno sino a dos miembros de su matrimonio, la ha hecho madurar.

—Linden tenía razón —afirma—. Podrías haber muerto y yo… —traga saliva sin despegar sus ojos de los míos— no me lo habría perdonado nunca. Lo siento, Rhine.

Le rodeo los hombros con mis brazos y ella se reclina contra mí.

—Vaughn es peligroso —le susurro al oído—. Linden se niega a creerme, pero tú sí me crees.

—Lo sé.

—Sabe a todas horas dónde estás exactamente, al igual que lo sabía de mí.

—Lo sé.

—Mató a Jenna.

—Lo sé. Lo sé.

—No confíes en Vaughn por más que Linden intente convencerte de lo contrario —le advierto—. No te quedes nunca a solas con él.

—Tú puedes escaparte, pero yo no —responde—. Éste es mi hogar. Todo cuanto tengo.

Linden carraspea en el umbral de la puerta advirtiéndonos que ha vuelto. Cecilia se levanta de un salto y poniéndose de puntillas le da un beso mientras toma de su mano la madalena que le ha traído. La saca de la bolsita de plástico. Después se sienta en una silla y apoya sus hinchados pies en el marco de la ventana, ignorando las insinuaciones de Linden para que nos deje a solas. En nuestro matrimonio, Cecilia fue siempre un pequeño engorro, pero ahora hasta le agradezco que se quede. No sé lo que Linden quiere decirme, sólo sé que al moverse nerviosamente por la habitación está indicando que quiere quedarse a solas conmigo y la idea me da pavor.

Contemplo a Cecilia mordisqueando los bordes de la madalena mientras le caen algunas miguitas en la pechera de la camisa. Sabe perfectamente que él está deseando que se vaya para quedarse a solas conmigo, pero también sabe que no se atreverá a pedírselo por estar ella embarazada y por ser la única esposa que le queda que le adora de verdad.

Linden coge el cuaderno de dibujo que había dejado sobre una silla, se sienta e intenta distraerse mirando los diseños de los edificios que ha bosquejado. En cierto modo me da pena. Nunca ha sido lo bastante autoritario como para pedir lo que quiere. Sé que la conversación que está deseando mantener conmigo me dejará sintiéndome culpable y mal, pero se la debo después de todo lo que ha hecho por mí.

—Cecilia —digo.

—¿Mmm...? —responde mientras le caen algunas miguitas de los labios.

—¿Nos podrías dejar solos unos minutos?

Cecilia mira primero a Linden, él le indica con la mirada que está conforme, y luego me mira a mí.

—Vale —responde suspirando—. De todos modos tenía que ir a hacer pis.

En cuanto se va, Linden cierra la puerta tras ella.

—Gracias —me dice cerrando el cuaderno de dibujo.

Enderezo el cuerpo, aliso la parte de las sábanas que me cubre los muslos y asiento con la cabeza, aunque rehuyéndole la mirada.

—¿Qué querías decirme?

—Mañana te darán el alta —me anuncia sentándose junto a mi cama—. ¿Tienes algún tipo de plan?

—Hacer planes nunca se me ha dado bien —respondo—. Pero ya se me ocurrirá algo.

—¿Cómo piensas encontrar a tu hermano? Rhode Island queda a cientos de kilómetros de distancia.

—A dos mil kilómetros más o menos. Según lo que he leído —respondo.

Arruga el ceño.

—Todavía te estás recuperando, Rhine. Deberías descansar algunos días más.

—Prefiero ponerme en marcha en cuanto me den de alta —le contesto cerrando el atlas—. Además no tengo ningún otro sitio adonde ir.

—Sabes que eso no es verdad. Tienes... —titubea antes de seguir— un lugar donde vivir.

Iba a decir «hogar».

No le respondo y el silencio que surge está lleno de todas las cosas que Linden me quiere decir. Palabras fantasmales, espectros que rondan las motas de polvo bañadas por los rayos de sol.

—O si quieres también puedes quedarte con mi tío —me propone rompiendo el silencio.

Esta sugerencia hace que le lance una mirada demasiado curiosa, porque parece hacerle gracia.

—Mi padre lo desheredó hace muchos años, cuando yo era muy joven —observa—. Debo fingir que no existe, pero vive cerca de aquí.

—¿Es el hermano de tu padre? —pregunto sin dar crédito a mis oídos.

—Piénsatelo —responde Linden—. Es un tipo algo raro, pero a Rose le caía bien —dice esta última parte riéndose, las mejillas se le sonrosan y yo curiosamente me siento mejor.

—¿Ella lo conoció?

—Lo vio en una ocasión —contesta—. Una vez que nos dirigíamos en coche a una fiesta, Rose dijo inclinándose hacia el asiento del conductor: «Estoy harta de estos aburridos jolgorios. ¡Llévanos a otra parte!» Conque le di al chófer la dirección de mi tío y pasamos la velada en su casa con él, tomando el peor pastel de café que habíamos probado en toda nuestra vida.

Es la primera vez desde que Rose murió que Linden habla de ella sin hacer una mueca de dolor.

—Y el hecho de que mi padre lo odie hizo que Rose tuviera más ganas aún de conocerle —prosigue Linden—. Mi padre cree que su hermano está a favor del naturalismo y que además es algo raro. Por eso no le conté que habíamos ido a verle.

Se ve que Linden tiene un lado rebelde. ¡Quién lo iba a decir! Me recoge el pelo detrás de la oreja. Es una costumbre que tenía y al darse cuenta de lo que ha hecho, aparta enseguida la mano.

—Lo siento —masculla.

—No pasa nada —respondo—. Me lo pensaré —añado hablando atropelladamente—. Me refiero a lo que me has dicho de tu tío.

2

Cecilia se asoma por la ventanilla de la limusina con el pelo ondeando a sus espaldas como una cinta atrapada en un gancho. Bowen, en brazos de su padre, alarga la manita para agarrárselo. Me sorprende cuánto ha crecido desde la última vez que lo vi. Es como un osito de peluche: robusto, simpático y con las mejillas sonrosadas. Nació con el pelo negro y unos risueños ojos azules que ahora han adquirido un color avellana. El pelo se le ha vuelto rubio cobrizo, como seguramente el de Cecilia de niña, aunque nunca lo sabremos con certeza. Tiene la barbilla prominente y las finas pestañas de su madre. Cada día que pasa se parece menos a Linden.

Pero es un niño precioso. Y Cecilia lo quiere con locura. No he visto a nadie querer tanto a alguien como ella quiere a su hijo. Incluso ahora, mientras contempla el cielo deslizándose velozmente en lo alto, le está cantando una nana que reconozco como el poema de un libro de la biblioteca de la planta de las esposas. Jenna solía leerlo en voz alta.

Y las ranas croando en los estanques de noche,
y los ciruelos con sus trémulas florecillas blancas;

y los petirrojos con las plumas encendidas
gorjeando sus antojos posados en una baja alambrada...

El sol ocultándose en el horizonte hace que el mundo se tiña de naranja. Me froto nerviosamente los puños en las rodillas. No me puedo creer que Vaughn nos haya prestado la limusina para esta ocasión. Tal vez esté intentando ganarse a Linden, manipularlo con su actitud contrita y servicial. Me da miedo que en cualquier momento el chófer gire en redondo y me lleve de vuelta a la mansión. Pero al ver que se adentra en una carretera rural, me tranquilizo. Hace ya varios minutos que hemos dejado atrás los últimos edificios. Ahora no hay más que prados y algún que otro árbol solitario que aparece y desaparece como un estallido.

—¿Dónde estamos? —pregunta Cecilia dejando de cantar la nana y volviéndose luego a reclinar en el asiento.

—No lo sé exactamente, es alguna zona rural. Nunca me llegué a aprender los nombres de las calles —responde Linden.

Cecilia coge a su hijo y, sosteniéndolo por encima de su cabeza, le da unos sonoros y graciosos besos en la barriguita, las risitas de Bowen le hacen sonreír.

—Gira por este camino y sigue las marcas de las ruedas —le dice Linden al chófer.

Hasta la limusina por más cómoda que sea se zarandea al circular por el escabroso terreno. A los pocos minutos nos topamos con la única vivienda que hay a la vista: una casa de ladrillos de dos plantas tan antigua y sólida como la mansión de Vaughn, pero mucho más pequeña. Está rodeada por media docena de lonas como fantasmas negros con forma de coche. También hay un cobertizo y un molino destartalados. El techo de la casa está cubierto de paneles reflectantes.

Cecilia arruga la nariz.

—No podemos dejarla en este lugar —le dice a Linden—. Parece un depósito de chatarra.

—No está tan mal —contesta él.

—¡Pero si el techo está cubierto con papel de aluminio!

—Son paneles solares —le corrige Linden pacientemente—. Así la casa consume menos electricidad.

Cecilia abre la boca para protestar.

—Es sólo por un par de días —tercio—. El lugar me gusta.

No le digo que, aunque no pueda compararse a la lujosa mansión de Vaughn, es una casa tan bonita como cualquiera de las que había en el lugar donde crecí. Y además en Manhattan muchas casas están equipadas con paneles solares porque la mayoría de la gente no tiene dinero para pagar la electricidad.

La limusina se detiene y yo salgo enseguida del coche por miedo al gas anestésico, a las portezuelas cerradas, o a que de los conductos de ventilación salgan sigilosamente serpientes para estrangularme.

Ha empezado a anochecer y al ser un lugar tan apartado está envuelto en la oscuridad. Las estrellas centellean con toda la gama de tonalidades rosadas y azuladas, trazando en el cielo una nube solitaria y alargada.

Linden, acercándose a mi lado, alza también la vista al cielo siguiendo mi mirada.

—Cuando era pequeño, mi tío me decía los nombres

de las constelaciones. Pero yo nunca conseguía encontrarlas —observa él.

—Pero la Estrella Polar sí que la reconoces —le recuerdo.

Me acuerdo de que le habló a Cecilia de esta estrella y que ella se llevó un buen chasco por la falta de romanticismo de Linden.

—Está allí —dice siguiendo la dirección de mi brazo cuando la señalo con el dedo.

—Eso es la cola de la Osa Menor —le corrijo moviendo el dedo a lo largo de las estrellas correspondientes—. Es mi preferida porque parece una cometa.

—Ya la veo —dice él en voz baja, sorprendido—. Creía que la Osa Menor tenía forma de cucharón.

—Pues yo diría que tiene forma de cometa. Por eso siempre la encuentro.

Linden se gira hacia mí, su aliento es tan leve y sosegado que sólo agita los cabellos más finos de alrededor de mi cara. No me atrevo a apartar los ojos de las estrellas. El corazón me martillea en el pecho. Se agolpan un montón de recuerdos en mi cabeza. Recuerdo sus dedos desabrochándome los zapatos y deslizándose lentamente bajo los tirantes de mi vestido de fiesta rojo. Sus labios pegados a los míos. La hiedra y las copas de champán flotando en la oscuridad de mi dormitorio la noche que llegamos de la exposición a las tantas de la madrugada. Sus hombros cubiertos de copos de nieve y su cabello negro la noche que nos despedimos.

Cecilia cierra la portezuela del coche de un portazo, arrancándome de mis cavilaciones.

—Si Rhine va a pasar aquí la noche, yo me quedo

con ella para asegurarme de que no la asesine el lunático que vive en este lugar.

Abro la boca para reprenderla por ser tan grosera. Para decirle que el tío de Linden ha tenido la amabilidad de acogerme en su casa y que pedirle cualquier otra cosa sería una ingratitud. Y también para añadir que si ella apenas me llega al hombro, ¿cómo iba a protegerme de un lunático si yo no pudiera hacerlo?

Pero las palabras no me salen de la boca. Las palmas de las manos me empiezan a sudar sólo de pensar en la única hermana esposa que me queda regresando a la mansión. Cecilia estaba segura en ella cuando ignoraba de lo que su suegro era capaz, pero ahora que sabe lo que hace en el sótano y hasta dónde puede llegar, temo por su vida.

—Mi tío no es un lunático —observa Linden volviendo a abrir la portezuela del coche para sacar la maleta que no ha dejado de deslizarse de un lado a otro del maletero durante todo el trayecto.

—Entonces, ¿por qué tu padre lo odia tanto? —le suelta Cecilia.

El padre de Linden es el menos indicado para decir quién es o no un lunático, pero me lo callo. Me apoyo contra el maletero de la limusina porque la cabeza me da vueltas, las estrellas se ponen a palpitar de súbito en el cielo y Linden tiene razón, necesito descansar antes de aventurarme de nuevo en el mundo. Por doquier no veo más que vacío. ¡Qué lejos queda el mundo! Todos mis esfuerzos, todos los kilómetros recorridos han sido en vano. He estado en el sótano de los horrores de Vaughn durante más de dos meses. Dos meses que me parecieron diez minutos. Gabriel debe de creer que he muerto. Al igual que mi hermano.

Pero me he llegado a sentir tan triste y abatida que mi cuerpo ha desarrollado un mecanismo de defensa para que deje de pensar en ello. La cabeza se me embota y los huesos me empiezan a doler. Siento unos vientos huracanados arremolinándose en las cavidades de mis oídos. Un dolor punzante me nubla la visión con un fogonazo blanquecino.

Cecilia y Linden están hablando… creo que de la excentricidad frente a la locura, y la tensión va aumentando por momentos mientras se interrumpen el uno al otro. Él tiene una paciencia de santo, pero ella se las apaña para sacar de quicio a cualquiera.

—¿Te encuentras bien? —me pregunta Cecilia, y de pronto me doy cuenta de que se han alejado un par de metros en dirección a la casa. Linden se gira para mirarme, lleva la bolsa de los pañales de Bowen colgada del hombro y la maleta en la mano: la ha llenado con la ropa de mi armario.

Asiento con la cabeza y les sigo.

Nadie responde cuando Linden llama a la puerta. Vuelve a llamar con más fuerza y luego intenta mirar por la única ventana visible, la persiana está echada.

—¿Tío Reed? —dice llamando en el cristal de la ventana.

—¿Sabe que íbamos a venir? —pregunto.

—Se lo dije la semana pasada cuando vine a verle.

—¿Le visitas a menudo? —tercia Cecilia dolida—. Nunca me lo has contado.

—Lo he estado haciendo a escondidas… —admite él, y luego murmura algo para sus adentros mientras intenta ver a través de la persiana—. Creo que hay luz en el interior.

Vuelve a llamar y al comprobar que nadie responde, abre la puerta.

Cecilia le cubre a Bowen la cabecita para protegerle por si acaso y lanza una mirada pensativa en medio de la oscuridad.

—Linden, ¿crees que es seguro entrar?

Pero él ya se ha metido en la casa.

Yo le sigo, con mi hermana esposa andando pesadamente pegada a mi espalda agarrada al dobladillo de mi camisa.

La casa está tan oscura que apenas vislumbro la figura de Linden avanzando delante de mí. Es un largo pasillo, la madera cruje bajo nuestros pies y en el aire flota un olor a tabaco, madera de cedro y moho. Al final del pasillo hay una habitación donde parpadea una tenue luz anaranjada.

Al llegar al umbral de la puerta Cecilia y yo nos detenemos, una a cada lado de Linden. Hemos llegado a la cocina, al menos eso parece ser. Hay una pileta y unos fogones. Pero en lugar de armarios no hay más que anaqueles abarrotados de cosas que no puedo reconocer en la oscuridad.

Sobre una mesita redonda parpadea una vela dentro de un frasco de conservas. Un hombre está sentado ante ella, encorvado sobre algo que parece un órgano gigantesco de metal. Sus cables, tubos y engranajes son las arterias, es un corazón mecánico que sangra aceite negro sobre la mesa y los dedos de ese hombre.

—¿Tío Reed? —dice Linden.

El tipo gruñe mientras sigue trabajando en el intrincado mecanismo con unos alicates y se toma su tiempo antes de alzar los ojos. Primero me ve a mí y luego a Cecilia.

—¿Son tus esposas? —pregunta.

Linden titubea. Pero no hace falta que responda, porque el hombre vuelve a enfrascarse en su trabajo sin demasiados miramientos.

—Creí que me habías dicho que tenías tres —añade.

—Sólo tengo dos —observa Linden con tan poca emoción que me da que pensar. Es como si Jenna nunca hubiera existido—. Y éste es mi hijo —añade cogiendo al bebé de los brazos de Cecilia—. Se llama Bowen.

El hombre —Reed— se queda callado, asombrado por algo. Lanza un gruñido.

—No se parece a ti —observa.

Cecilia juguetea con un interruptor de la pared, no funciona.

—Por favor no toques nada —le advierte Reed limpiándose las manos con un trapo tan sucio que no hace más que embadurnárselas con aceite.

Luego se dirige a la pileta y al abrir el grifo, éste tiembla antes de arrojar un chorro irregular de agua. Bajo la luz de la vela no puedo verla bien, pero creo que sale mezclada con motas negras. Reed masculla una palabrota.

Después tira de un cordel que pende sobre su cabeza y la cocina se llena de la luz mortecina de una bombilla que se balancea en el techo. El vaivén de las sombras anima los tarros, los tubos y las piezas absurdas que llenan los anaqueles. En un rincón hay una nevera, pero no runrunea ni da muestras de funcionar.

Reed se acerca para inspeccionar al niño que Linden sostiene en brazos. Bowen está embobado, contemplando aturdido el balanceo de la bombilla.

—Pues no, no se te parece en nada —concluye Reed—. ¿De quién es?

—Es mío —afirma Cecilia.

El hombre resopla.

—¿Cuántos años tienes? ¿Diez?

—Catorce —replica ella apretando los dientes para no soltarle una impertinencia.

Cuando Reed se me acerca y se queda plantado frente a mí, me llega un fuerte olor a tabaco. Hace que los ojos se me empañen, pero agradezco que no se parezca en nada a Vaughn. No es tan alto como él, está algo rellenito y su pelo canoso es tan rebelde como olas espumeantes batiendo contra las rocas.

—Creía que habías muerto —me dice.

Debo de estar peor de lo que creía, porque yo también lo he llegado a pensar.

—Ella no es Rose, tío. Se llama Rhine. ¿Recuerdas que el otro día te hablé de ella? —le dice Linden.

—¡Ah, sí, es verdad! —exclama Reed—. Nunca recuerdo el nombre de la gente, pero tengo buena memoria para los rostros.

—Me han dicho que me parezco a Rose —asiento amablemente.

—Muñeca, te pareces tanto a ella que podrías ser su fantasma —me asegura Reed—. ¿Crees en la reencarnación?

—Rhine no puede ser la reencarnación de Rose —le suelta Cecilia indignada—. Las dos vivieron en la misma época.

Él la mira como si fuera un moscardón molesto y Cecilia se pega un poco más a Linden por si acaso.

—Dime —dice Reed volviéndose hacia mí—, porque no me aclaro con lo que me ha contado mi sobrino. ¿Huiste dejándole plantado y ahora te está ayudando?

—Es una forma de verlo —respondo—. Pero en realidad no estaba huyendo, lo que quiero es encontrar a mi hermano.

Se me hace un nudo en la garganta, es por la mirada que Reed me lanza, por el olor que despide y por el tono de esa luz que parece como si me estuviera interrogando.

—Lo último que oí —añado— es que estaba en Rhode Island. Se ha metido en… una situación delicada y necesito encontrarle. Mientras tanto no te causaré ningún problema.

Las palabras me salen atropelladamente, Linden posa la mano en mi brazo y por alguna razón me tranquiliza.

Reed me mira la cabeza con la boca fruncida a un lado del rostro, como si estuviera cavilando.

—Tienes el pelo demasiado largo —concluye—. Recógetelo en una coleta para que no se te enganche en las máquinas.

—Vale —le respondo, aunque no tenga idea de qué me está hablando.

—Le dije que le ayudarías un poco —tercia Linden—. No tendrás que hacer ninguna tarea pesada. Mi tío sabe que te estás recuperando.

—Sí, del accidente de coche —puntualiza Reed.

No sé qué historia le ha contado Linden para justificar mis heridas, pero a juzgar por el tono de su voz no se lo cree o no le importa.

—Arriba hay una habitación donde puedes dejar tus cosas. Mi sobrino te la mostrará. Como el suelo cruje mucho, no deambules de noche por la casa.

Por lo visto es una indicación para dar por terminada

la conversación, porque se vuelve a enfrascar en el artilugio que hay sobre la mesa. Linden nos acompaña al pasillo.

—¡Oh, Linden! —susurra Cecilia oyéndosele apenas por el suelo de madera crujiendo bajo sus pies—. Sé que estás enojado con ella, pero no me puedo creer que la dejes en esta casa.

—Le estoy haciendo un favor —responde él—. Y Rhine sabe cuidarse sola. ¿No es verdad? —añade volviendo la cabeza para mirarme. Yo voy a la zaga, a dos pasos de él.

Asiento con la cabeza, como si no me afectara su frialdad. Aunque no es cruel como su padre. Ni cariñoso como el marido que antes me buscaba en las noches silenciosas. Ahora me trata con una actitud intermedia. Este Linden no ha entrelazado nunca sus dedos con los míos, ni me ha elegido entre una hilera de chicas extenuadas capturadas por los Recolectores, ni me ha dicho que me amaba bajo una miríada de luces de colores. Ya no somos nada el uno para el otro.

Reed tal vez haya olvidado mi nombre, pero por lo visto recordaba que vendría porque la habitación extra está iluminada con tres velas: en la mesita de noche hay una, y en el tocador, dos. Junto con la cama individual, constituye el único mobiliario de la habitación. En la pared del fondo hay un espejo roto y mi reflejo flota en medio de la oscuridad. Es el fantasma de Rose. Casi espero que se mueva solo.

Cecilia deja la maleta y la bolsa de los pañales en el suelo, y al sentarse sobre el colchón, se alza una polvareda. Empieza a estornudar haciendo grandes aspavientos.

—No pasa nada —digo agitando la almohada para dispersar la nube de polvo.

—Me da miedo hasta preguntar si hay un baño que pueda usar —dice Cecilia.

—Al final del pasillo —responde Linden frotándose el puente de la nariz con el índice, sólo le he visto hacer este gesto cuando se siente frustrado por sus dibujos—. Llévate una vela.

En cuanto Cecilia se va de la habitación, me siento en el borde de la cama.

—Gracias por todo —le digo a Linden.

—Mi tío no te hará ninguna pregunta si tú no quieres —observa contemplando su reflejo en el espejo—. Me refiero a por qué no te has quedado en casa conmigo.

El silencio es tenso y forzado.

—¿Vais tú y Cecilia a volver allí? —le pregunto estrujando nerviosamente la manta entre mis dedos.

—Claro —responde.

Sigue sin creer nada de lo que le dije que pasó en el sótano. Ni sobre Deirdre. Recuerdo vagamente haber susurrado cosas sobre ella mientras deliraba por los medicamentos que me habían hecho tomar y sobre el cuerpo de Jenna escondido en un congelador. Linden me frotó el brazo para calmarme, susurrándome palabras que sonaban como cuerpos de polillas aleteando contra los cristales de ventanas. Cosas sin sentido a las que me intenté aferrar. Quizás al verme en la cama en un estado tan lastimoso no le quedó más remedio que quererme. Pero ahora dice que ya puedo cuidarme sola. No soy para Linden más que una mentirosa intentando destruir el mundo perfecto que su padre ha creado para él, la que huyó destrozándolo todo. Y se hace tarde y es hora de despedirnos.

—¡No te vayas! —le pido de todos modos.

Linden me mira.

—¡No te vayas! Y no te lleves a Cecilia a ese lugar. Sé que no me crees, pero tengo el terrible presentimiento de que…

—Sé cuidar de Cecilia —afirma—, y también habría cuidado de ti de haber sabido que mi padre te daba tanto miedo.

Bowen se ha quedado dormido contra su pecho y ahora se lo coloca sobre el otro brazo.

—Mi padre creyó que si tú no querías ser mi esposa él podría disponer de ti. Es por tus ojos. Quería estudiarlos, pero fue demasiado lejos. A veces puede volverse obsesivo.

Cejijunto y con la vista clavada en el suelo, intenta justificar los hechos, explicar una situación que carece de sentido.

—Mi padre no es el monstruo que crees. Lo que pasa… es que se vuelca tanto en sus investigaciones médicas que se olvida de que las personas son personas. Se entusiasma demasiado.

—¿Se entusiasma demasiado? —le espeto— ¡Me perforó los ojos con una aguja, Linden! Asesinó a un recién nacido…

—¿Acaso crees que no conozco a mi padre? —me interrumpe—. Confiaría en él antes que creer en lo que me dices. Ni siquiera te preocupaste de contarme la verdad.

Hace meses, una noche estuve a punto de revelársela. Habíamos ido a una exposición. Estaba medio borracha, con el pelo sudado, perfumado y alborotado. Me dejé caer sobre la cama. Él se encaramó sobre mi cuerpo y me besó. Era como si las ramas de los árboles nos susurraran cosas a la luz de la luna. Y Linden me dijo tan pegado a mí que sentí su aliento en mis pestañas: *Pero no sé quién eres, no sé de dónde has venido.* Los ojos le brillaban. Estuve a punto de contárselo, pero aquella noche era tan bonita, tan extraña, que no quise revelarle mis secretos. O tal vez quería seguir fingiendo, llevar su alianza y seguir siendo su esposa un poco más antes de que la magia de la luna se desvaneciera.

Pero ahora me quedo callada. Sus ojos ya no le brillan al mirarme.

—Si no me querías, debiste habérmelo dicho. Te habría dejado marchar —dice.

—Tú tal vez lo habrías hecho, pero tu padre te lo hubiera impedido.

—Mi padre nunca se ha metido en mi vida —afirma.

—Tu padre siempre se ha estado metiendo en ella —le suelto.

Me mira y yo contengo el aliento. Algo ha aflorado tras sus ojos, algún razonamiento de amor o venganza. Algo que ha ido acumulando segundo a segundo durante mi ausencia. Y yo quiero poseerlo, sea lo que sea. Quiero sostenerlo entre mis manos como si fuera el corazón palpitante que le han arrancado del pecho. Quiero calentarlo con el calor de mi cuerpo.

—Cuando Cecilia vuelva, dile que la espero en el coche —se limita a decirme.

Y luego se va.

—¡No quiero dejarte aquí! —exclama Cecilia cuando le doy el mensaje de Linden—. En esta pocilga podrías contraer un cáncer o alguna otra enfermedad horrible —recuerda la palabra «cáncer» de un culebrón que Jenna miraba por la tele. Es un mal que se ha eliminado de nuestra genética.

—No creo que nosotros podamos tener cáncer —le recuerdo.

—¡Pues en esta casa todo es posible!

Debemos de estar armando jaleo, porque Reed golpea el techo.

Cecilia resopla irritada y se sienta en la cama junto a mí. A los pocos segundos me rodea los hombros con el brazo y se mira la barriga. Aunque sólo esté de cuatro meses se ve cansada e hinchada. Tiene las mejillas y las yemas de los dedos coloradas. Y la cara y el pelo húmedos por haberse refrescado con agua fría, siempre lo hace después de sentir náuseas.

—¿Últimamente te has encontrado mal?

—Me siento bastante bien —responde en voz baja—. Linden cuida de mí.

Cecilia me preocupa. Me pregunto si a ella o a Linden se les ha ocurrido que se ha quedado encinta sin haber tenido tiempo de recuperarse del otro embarazo. Vaughn seguro que sabe lo peligroso que es y aun así lo ha permitido, lo cual me preocupa más todavía. Me da miedo que Cecilia cruce el oscuro pasillo, baje las escaleras y vuelva a caer en las garras de Vaughn sin poder zafarse nunca más de ellas. Creo que ella también está asustada, porque no se levanta para irse. No sé cuánto tiempo transcurre hasta que Linden viene a buscarla.

—¿Estás lista? —le pregunta desde el umbral de la puerta, sumido casi por completo en la oscuridad.

—Pasaré aquí la noche —responde ella.

Mantienen una especie de conversación con los ojos. Una comunicación entre marido y mujer, algo que nunca supe tener. Cecilia es la que gana, porque Linden coge la bolsa de los pañales y se dispone a irse.

—Mañana a primera hora vendré a recogerte.

A los pocos minutos contemplamos por la ventana la limusina desapareciendo por el camino.

El colchón es duro y está lleno de bultos, y Cecilia que vuelve a roncar como hacía en los últimos trimestres del embarazo, se pasa la noche revolviéndose y girándose en la cama. Me da tantas patadas que al final agarro la almohada y decido dormir en el suelo. Pero cada vez que me muevo para cambiar de postura, el duro suelo de madera se me clava en el profundo corte del muslo que aún no ha cicatrizado. En mis sueños la sangre mana de la herida filtrándose por el suelo de madera y Reed aporrea el techo cuando le empieza a caer a borbotones sobre el engranaje en el que está trabajando. El motor que hay sobre la mesa cobra vida. Palpita y respira.

Cecilia musita mi nombre en la oscuridad. Al principio creo estar soñando, pero ella insiste, aumentando la frecuencia y el volumen de la voz.

—¿Qué quieres? —digo al final.

—¿Por qué estás en el suelo?

Sólo vislumbro su rostro y su brazo apoyado en el colchón, y el pelo enmarañado sobre un hombro.

—No parabas de darme patadas.

—Lo siento. Vuelve a la cama. Te prometo que no lo haré más.

Me hace un hueco y yo me acuesto a su lado. Su piel está pegajosa y caliente.

—No deberías dormir con los calcetines puestos —le

advierto—. Te hacen sudar demasiado. En tu primer embarazo por la noche siempre estabas afiebrada.

Mueve las piernas bajo la manta sacándose los calcetines. Tarda un poco en sentirse cómoda, y como noto que procura no molestarme, no me quejo por los puntapiés que me sigue dando. Al final se tiende de lado, de cara a mí.

—¿Has vomitado cuando fuiste al lavabo? —le pregunto.

—No se lo digas a Linden —me pide bostezando—. Le afecta demasiado. Cuando me pasa, se inquieta.

Es normal después de lo que le sucedió a Rose durante el embarazo. Pero no se lo puedo decir. Y pronto descubro, pese a mis preocupaciones, que estoy lo bastante agotada como para dormirme.

—No me puedo sacar de la cabeza esas otras chicas que iban con nosotras en la furgoneta. Las que asesinaron —me confiesa justo cuando yo estaba empezando a soñar.

Cecilia me arranca de mis sueños y deseo desesperadamente que vuelvan. Hasta una pesadilla sería preferible a esos recuerdos. Mis hermanas esposas y yo nunca habíamos hablado de esas escenas extrañas y terroríficas que nos unieron. Y Cecilia, que siempre quiso ser el ama de casa feliz, es la que menos esperaba que lo hiciera.

—Sólo quiero que sepas que no soy un monstruo.

—Claro que no lo eres —le aseguro volviendo el rostro hacia ella.

—Dijiste que lo era. El día que te escapaste.

—Estaba disgustada —respondo apartándole el pelo sudado de la cara—. Lo que le pasó a Jenna no fue culpa tuya.

Cecilia toma una profunda bocanada de aire y cierra los ojos durante un largo momento.

—Sí que fue por mi culpa —admite.

En este punto es donde espero que se eche a llorar, pero no lo hace. Sólo se me queda mirando. Me vuelve a chocar lo mucho que ha madurado durante mi ausencia. Aunque quizá no le haya quedado más remedio, porque no tenía ninguna hermana esposa para consolarla, y el suegro en el que había confiado sólo la ha estado utilizando, y encima no le podía contar nada de todo esto a su marido.

Busco unas palabras de consuelo, pero no se me ocurre nada lo bastante sincero. Y por más cosas que le dijera, Jenna ya no volverá, al igual que las otras jóvenes capturadas por los Recolectores y la chica muerta que Silas y yo encontramos yaciendo boca arriba en el riachuelo. Cecilia, pese a todo, no vivirá lo bastante para ver crecer a Bowen; y mi hermano, destrozado por mi desaparición, ha entrado en una espiral que se le está yendo de las manos, y yo estoy tan lejos de encontrarle como el año pasado.

Me siento como si no pudiera hacer nada.

—Todo el tiempo que estuvimos casadas te traté como si fueras demasiado joven para entender lo que nos estaba pasando —le digo—, pero yo también me sentía impotente. No podía controlar la situación, al igual que te sucedía a ti.

—Emanabas tanta seguridad —responde ella—. Te envidié desde el día que nos casamos. He decidido ser más como tú —añade con convicción—. Seré más fuerte.

Fuerte es lo último que soy.

—Ahora procura dormir —le susurro.

41

—¿Rhine?

—Dime.

—Le dije a Linden que te creyera. Que el Amo Vaughn está haciendo unas cosas horrendas en el sótano.

Oír esto me da esperanzas. Linden tal vez no me haga caso a mí, pero ha podido creer a Cecilia. Aunque sólo sea para darle este gusto y evitar que se ponga histérica.

—¿Eso hiciste?

—Al principio no quería escucharme. Esto fue cuando estabas en el hospital, pero le supliqué que fuera a verlo por sí mismo —me explica.

—¿Y te hizo caso?

—Sí —responde—. Pero cuando volvió me dijo que no había encontrado nada. Sólo varios productos químicos y algunas cosas de Vaughn, un montón de máquinas y sus ayudantes manipulándolas, pero no vio ningún cadáver. Ni tampoco había rastro de Deirdre. Me dijo que deberías de estar alucinando o inventándotelo todo.

Mis esperanzas se esfuman de golpe, dejándome con menos que nada.

—Pero tú también viste esas cosas tan horribles —insisto—. ¿Se las contaste?

Ahora es ella la que me pasa los dedos por entre el cabello para consolarme.

—Sólo vi lo que te estaba sucediendo a ti. Ojalá hubiera visto más cosas. Ojalá hubiera visto a Deirdre, o a la sirvienta de Rose. ¿Cómo se llamaba esa niña…?

—Lidia —respondo.

—¡Ah, sí Lidia! Ojalá pudiera demostrarlo —dice.

Me habla con ese tono bajo y arrullador que sólo usa con su hijo. Está intentando calmarme para que me duerma o la crea.

Y de pronto descubro por qué.

—¡No me crees!

—¡Oh, Rhine! El Amo Vaughn te hizo unas cosas horribles. Pero delirabas y estabas muy enferma. Tal vez algunas…

—¡Eran reales! —exclamo incorporándome—. Todas eran reales.

Cecilia también se incorpora y se queda de cara a mí en la oscuridad. Tiene el ceño fruncido.

—Allí abajo no hay nada, Rhine.

—Entonces los ha escondido —afirmo—. Los cuerpos. Los sirvientes. Si Gabriel estuviera aquí, te contaría lo mismo.

Cecilia se endereza, esperanzada… Quiere creerme.

—¿Te dijo que había visto cadáveres en el sótano?

—No exactamente —respondo.

—¿Y entones qué te dijo?

El estómago me da un vuelco. Me echo de nuevo sobre la almohada, derrotada.

—No gran cosa —admito—. Al principio él aún estaba bajo los efectos del opio y luego surgió un problema tras otro. La verdad es que apenas vio nada.

Cecilia se tumba a mi lado y me frota el brazo para tranquilizarme. Nos quedamos calladas. Me cuesta aceptar que soy la única que ha visto lo que Vaughn ocultaba en el sótano. Pero lo peor de todo es que quiero creer que Linden y Cecilia dicen la verdad, que en realidad estoy equivocada. Tal vez sea así. A lo mejor Vaughn vendió a Deirdre a otra casa cuando yo huí, y también a Adair y Lidia. Quizás estén todos sanos y salvos en una mansión acogedora y yo me haya imaginado las visitas de Deirdre para no sentirme tan sola mientras estaba amarrada en la cama. Ella me iba a ver a menudo.

Empiezo a hacer una lista en mi cabeza con todas las cosas que sé. Vaughn mató a Jenna, al menos esto sí lo admitió. El cuerpo de Rose estaba en el sótano el día que los ascensores se estropearon. Lo vi con mis propios ojos. Lo reconocí por el esmalte de uñas y su cabello rubio. Me implantaron un localizador en la pierna. Deirdre me lo dijo. ¿No es cierto? Pienso en todos los ayudantes de Vaughn que se ocuparon de mí mientras estaba encerrada en el sótano. Recuerdo que todos tenían un rostro carente de expresión y una voz monocorde y fría. En cambio Deirdre era muy cariñosa conmigo. Me hablaba con dulzura y me hacía sentir segura, algo muy extraño teniendo en cuenta el lugar donde me encontraba.

La lista se desmorona, las palabras y los recuerdos se entremezclan en un sanguinolento revoltijo. ¡Qué frustrante es la forma en que las imágenes no cesan de cambiar!

Me arrimo a Cecilia para sentirme mejor. Al menos estoy segura de que ella es real. Al pegarme contra las mangas del camisón que le he dejado, noto su piel sudada y caliente. Me preocupa que esté tan acalorada, es como si ardiera un fuego en su interior. Creo que al final se había dormido y que la he despertado, porque mascula algo sin sentido antes de abrir los ojos.

—No tienes por qué creerme —le digo—. Créete sólo que Vaughn es capaz de esas cosas tan horrendas.

—Yo te creo —responde—. Pero Linden no. Creo que ha decidido no hacerlo. Es muy sensible, ¿lo sabías?

Me acaricia la mejilla con el canto de la mano, con

unos movimientos repetitivos y suaves. Como besitos de fantasmas.

—Creía que el Amo Vaughn actuaba con buenas intenciones y que quería salvarnos a todos. Pero estaba equivocada —observa—. Y admitir esto significa reconocer que no encontrará un antídoto y que todos nosotros tenemos los días contados. Me dijiste que debías encontrar a tu hermano, conque has de irte para dar con él. Y Linden y yo tenemos a Bowen y al hijo que está en camino. Quiero pasar el máximo tiempo posible con los tres. Quiero estar con ellos hasta el final.

El año pasado no se habría atrevido a decir esta clase de cosas. Pero ahora emana un gran estoicismo.

—Si todo eso que viste es real, no hay nada que podamos hacer —añade sin que le tiemble la voz—. Cada una tenemos nuestra propia vida de la que ocuparnos y no nos queda tiempo para nada más.

Lo que dice es terrible y cierto a la vez. Me agarra de la mano. Nos apretamos los dedos emocionadas y yo espero que se dé cuenta de la magnitud de lo que acaba de decir. Espero que se apretuje contra mí y prorrumpa en sollozos. Pero por su tono de voz sereno, deduzco que ha estado reflexionando largo y tendido en estas palabras. Que mientras he estado ausente ha tenido tiempo de sobra para acostumbrarse a ellas.

Y cuando a los pocos minutos se oyen unos sollozos, soy yo la que está llorando.

Mi hermana esposa ya se ha dormido.

Sueño con Linden en el umbral de la puerta. Me mira durante largo tiempo, con el verde de sus ojos cambiando a cada segundo. «Es verdad, las estrellas se parecen a una cometa —me dice—, pero todo lo otro que has dicho es mentira».

Por la mañana me despierto cuando Cecilia se levanta de la cama de un salto y el suelo de madera cruje bajo sus pies como notas de barítono al acercarse a la ventana.

—¡No hagas ruido! —exclamo encogiéndome por la luz que se cuela al subir ella la persiana, obligándola a enrollarse emitiendo un gorgoteo.

—No, no, no. Tienes que esconderte —me advierte con cara de espanto. Oigo el runruneo de un motor bajo la ventana.

Me levanto de la cama tambaleándome, con todos los músculos doloridos, y me acerco a la ventana. Afuera veo la limusina y una figura plantada junto a ella saludándonos con la mano. Linden nos dijo que vendría por la mañana a recoger a Cecilia, pero al irme despejando me doy cuenta de que quien nos saluda no es Linden.

Es Vaughn.

3

—Quédate aquí —le digo poniéndome apresuradamente unos tejanos debajo del camisón.

—¡Espera! —grita Cecilia siguiéndome mientras bajo corriendo las escaleras.

—¡Quédate en la habitación! —insisto.

Afuera el aire matutino es frío y me abrazo el cuerpo para darme calor. La hierba cubierta de rocío se pega a mis pies descalzos mientras me dirijo hacia él.

—¡Ah, conque te has despertado! —exclama Vaughn sonriendo.

Su voz perturba el cielo gris. Pasa una bandada de mirlos sobre nuestras cabezas.

Mantengo una distancia prudencial.

—¿Dónde está Linden? —le pregunto sin ningún indicio de emoción en mi voz.

—Tu marido ha tenido que ir a primera hora a reunirse con un posible contratista —observa—. Me ha pedido que os viniera a recoger.

—¡Seguro! —le espeto apoyando un pie detrás de mí para dar un paso atrás.

—Sigues enojada conmigo —señala—. Y es lógico. Pero, Rhine, querida, eres una criatura sumamente fascinante. Deberías sentirte halagada, antes de conocerte estaba seguro de haber visto todo lo que me quedaba por ver en este mundo. No pude evitar entusiasmarme demasiado contigo.

Entusiasmarse demasiado. Me río desdeñosamente, exhalando una nube de aliento blanco.

—Seamos sinceros el uno con el otro. Si no fuera por mí, estarías muerta.

—Gracias a ti, estuve en un tris de estarlo —le suelto—. ¿Qué harás si esta vez me niego a acompañarte? ¿Dejar esta casa reducida a cenizas?

—Aunque prenderle fuego me parezca una gran idea, no lo haré. La decisión es tuya, Rhine —responde dando la impresión de ser sincero—. Pensé que tú y yo podíamos olvidarnos de ese escabroso asunto. ¿Qué te parecería volver a ser la primera esposa?

Abro la boca para responderle, horrorizada, pero nada sale de ella. Y, además, ¿cómo me ha encontrado si me han sacado el localizador de la pierna? ¿Realmente Linden le pidió que viniera a buscarme? Sé que está enfadado conmigo, pero no creo que llegara a hacer algo tan ponzoñoso.

Oigo la puerta mosquitera cerrándose a mis espaldas y de pronto lo comprendo todo. Cecilia. Vaughn ya no puede rastrearme a mí, pero ella le sigue perteneciendo. ¿Cómo lo hace? ¿Hay un ordenador en alguna parte indicándole nuestra ubicación actual en un mapa digital? ¿O alguna clase de aparato emitiendo un pitido de alarma cuando estamos cerca, como un detector de metales rondando sobre unas monedas? Mis padres tenían uno, así era cómo mi padre encontraba la chatarra que usaba para construir cosas con ella.

Cecilia se planta a mi lado y enlaza su brazo con el mío.

—Ella no va a volver —le suelta.

—¿Es que no quieres que tu hermana esposa regrese a casa? —pregunta Vaughn—. ¡Con lo sola que te has llegado a sentir! Tan sola que en cuanto yo salía ibas a escondidas a verla al sótano.

Cecilia aspira una bocanada de aire. Está asustada, aunque intenta disimularlo.

—No te vayas con él —le susurro al oído.

Oigo la puerta mosquitera de nuevo y me llega un tufillo a humo. Reed lleva un cigarrillo en la boca. Su camisa blanca está llena de grasa y manchas marrones.

—¿Nadie iba a invitarme a la reunión? —le dice a Vaughn—. Pues las dos cosas no pueden ser hermanito. Si yo no puedo ir a tu casa, tú tampoco puedes visitar la mía.

—Sólo he venido a recoger algo que me pertenece —responde—. Ponte algo decente, Cecilia, y cepíllate el pelo que nos vamos.

Ella todavía lleva uno de los camisones que Linden metió en la maleta para mí, con el cuello desabrochado dejándole al descubierto el hombro.

—Me iré cuando venga mi marido y no antes —replica.

—Ya has oído lo que ha dicho la niña —le suelta Reed a su hermano.

Vaughn abre la boca para responder, pero le interrumpe el llanto de un bebé. Y las palabras que iba a decir se trocan en una sonrisita burlona. Cecilia se pone tensa.

Vaughn abre la puerta del asiento del pasajero.

—Sal y haz que tu ama entre en razón.

Elle, la sirvienta de Cecilia, sale del coche. Sostiene a Bowen contra el pecho y la cara del bebé está enrojecida y llorosa. Cecilia alarga las manos para cogerlo en brazos, pero Vaughn cerrándole el paso se lo impide.

—Aquí fuera hace frío, querida —dice—. Y estás embarazada. Ni siquiera se te ha ocurrido ponerte un abrigo. ¿Acaso crees que te dejaría pasar el embarazo sin ocuparme personalmente de supervisarlo? Esta mañana ya no te has tomado tus vitaminas.

—Tiene razón —tercia Elle con un hilo de voz.

Permanece con la vista clavada en el suelo y sus palabras parecen ensayadas. Es más joven que Cecilia, tal vez tan sólo tiene diez años, y siempre ha sido la más tímida de todo el personal. Estoy segura de que a Vaughn le resulta fácil intimidarla.

Cecilia frunce la boca, intentando recobrar la calma. Creo que se está controlando para no romper a llorar.

—No puedes apartarme de mi hijo.

Vaughn lanza una risotada y le da unos golpecitos en la nariz como cuando ella, recién casada, le adoraba porque aún no sabía de lo que era capaz.

—¡Claro que no! Eres tú la que te has apartado de él.

Cecilia intenta sortearlo para coger a su hijo, pero él, agarrándola del brazo, se lo impide. La sujeta con tanta fuerza que hasta veo la presión que ejerce con el brazo. Cecilia aprieta los dientes llena de rencor. Es la primera vez que la trata de esta forma, hasta este momento siempre había sido capaz de manipularla con su encanto viperino.

—Ven o quédate, haz lo que quieras —le espeta él—, pero ten por seguro que no dejaré que mi nieto se quede en esta cloaca. Y como siempre, la invitación también es para ti, Rhine —añade mirándome—. La casa no es lo mismo sin ti.

—¿La casa de quién? —digo entre dientes.

Doy un paso atrás, hacia el sofocante humo del cigarrillo de Reed. Él, plantado en lo alto de las escaleras del porche, permanece callado. No es su problema.

Cecilia me mira tan apenada como el día que le dije que nuestro suegro era el culpable de la muerte de Jenna, cuando la nieve caía entre nosotras. Y el corazón se me parte igual que aquella vez.

—Tengo que irme —dice

—Lo sé —respondo, porque yo también comprendo su situación. Tiene a Bowen, un hijo en camino y un esposo al que ama. Y yo tengo que encontrar a mi hermano y a Gabriel. No podemos protegernos la una a la otra. Tenemos que defendernos solas.

Vaughn la suelta y ella corre a abrazarme con tanta fuerza que me tambaleo. La rodeo con los brazos.

—Cuídate —me susurra al oído—. Sé valiente, ¿vale?

Se separa de mí cuando el llanto de Bowen aumenta varias octavas. Vaughn la acompaña al coche y espera a que se haya subido antes de decirle a Elle que le pase a Cecilia su bebé.

Entonces ella agarra con fuerza a su hijo, mirándome por encima de sus ricitos. Los párpados inferiores de mi hermana esposa están rosados, delineados por unas temblorosas lágrimas. Sabemos que es muy poco probable que volvamos a vernos. Si Linden hubiera venido a buscarla, al menos habríamos tenido tiempo para despedirnos como es debido.

Vaughn se sube al coche, se sienta junto a ella y cierra la portezuela. Me quedo contemplando mi propio reflejo en la ventanilla tintada hasta que incluso esta imagen se desvanece.

Reed se queda a mi lado y juntos miramos la limusina perdiéndose en el horizonte. Me ofrece una calada de su cigarrillo, pero sacudo la cabeza, dejando que mi mente se entumezca, dándole la bienvenida al dolor de mis huesos. Esperando que esta tristeza desaparezca como han desaparecido mis dos hermanas esposas.

—No te sientas mal, muñeca —dice Reed—. Mi madre tampoco soportaba a Vaughn. Aunque ella, que Dios bendiga su alma, lo intentara con todas sus fuerzas—. Ve a lavarte —añade dándome unas palmaditas en el hombro—. Hay trabajo que hacer.

Por la alcachofa de la ducha salen unos hilos de agua empañada y llena de herrumbre. Pero no son mucho peores que los de Manhattan y consigo lavarme dentro de lo que cabe apartándome de ellos hasta que el agua se aclara. Pongo especial cuidado en el profundo corte de la parte interior del muslo, la zona de la piel donde tengo los puntos.

Cuando examino el contenido de la maleta que Linden ha preparado para mí, descubro que tambión ha metido en un bolsillo interior, junto al cepillo de dientes para que yo lo viera, un rollo de gasa y una botella de antiséptico. Sigue pensando en mí, preocupándose por mí de esa forma silenciosa tan propia de él. También ha doblado toda mi ropa con esmero. Otro en su lugar habría estado furioso después de lo que yo le he hecho sufrir y habría deseado que la herida se me infectara y que se me pudriera la pierna.

Me cubro la herida con una venda e intento volver a enrollar el resto de la gasa igual de bien que como estaba, pero no puedo imitar la meticulosidad de Linden.

Recordando lo que Reed me dijo la noche pasada sobre las máquinas, me hago una coleta con una de las muchas gomas elásticas que cuelgan del pomo de la puerta. Por doquier hay gomas elásticas ensartadas en pomos, y tarros de cristal repletos de tornillos y clavos oxidados, apilados piramidalmente en los rincones. La casa entera es una especie de máquina, como si sus engranajes estuvieran funcionando entre las paredes.

El pasillo de la planta baja huele a manteca de cerdo frita y cuando llego a la cocina el olor es incluso más penetrante.

—¿Tienes hambre? —pregunta Reed.

Sacudo la cabeza.

—¡Me lo suponía! —exclama vertiendo la grasa de la sartén en un vieja lata vacía de conservas—. Por lo que veo comes como un pajarito. Incluso tu cabello es como un nido.

Tal vez debería sentirme ofendida, pero no me importa la imagen que está describiendo de mí. Me hace sentir indómita, valiente.

—Me apuesto lo que quieras a que nunca comes —añade—. A que te alimentas del aire como si fuera mantequilla. A que puedes pasarte días enteros sustentándote sólo de pensamientos.

Sus comentarios me hacen sonreír. Ahora veo por qué Vaughn no lo traga y a Linden en cambio le cae tan bien.

—Mi sobrino me ha contado que te estás reponiendo —dice volviendo la cara hacia mí—. Pero me da la impresión de que ya te has recuperado.

Linden me dijo que su tío no me haría demasiadas preguntas y así es. Pero se las ingenia para averiguar las respuestas con sus atinadas deducciones.

—Es verdad. Bueno, casi. Sólo me quedaré un día o dos, y mientras tanto me gustaría serte útil. Sé cómo llevar una casa. Y también reparar cosas.

—Me basta con lo segundo —observa pasando por mi lado.

Le sigo por el pasillo y salimos al porche, a la agradable brisa de mayo. La hierba y la maleza llena de vistosas flores mecidas por el viento son como el holograma saliendo del teclado mientras Cecilia lo tocaba. Imágenes en *stop motion* dibujadas con lápices de colores, irreales.

Desde esta mañana hace un tiempo más cálido y en el ambiente flota un olor tan dulce a hierba que casi parece artificial. Pienso en Gabriel, en cómo hace un año me llevaba en esta época el té a la biblioteca y me leía pasajes por encima de mi hombro. Me señaló con el dedo las imágenes de barcos que salían en un libro de historia y yo pensé que sería maravilloso huir los dos en un velero, sobre el mar dividiéndose interminablemente bajo la luz del sol. Partiéndose y volviéndose a partir de nuevo.

Ahuyento mis preocupaciones. Conseguiré encontrarle pronto, es todo cuanto puedo esperar.

Reed me muestra el interior de la cabaña que hay al lado de la casa, seguramente en el pasado debió de ser un cobertizo. Es enorme.

—Incluso las cosas que no están rotas se pueden arreglar —dice. La oscuridad huele a moho y metal—. Todo puede convertirse en algo que no es.

Me mira con las cejas levantadas, como si ahora me tocara a mí hablar. Cuando ve que no digo nada, parece decepcionado. Agita la mano sobre su cabeza mientras avanza para indicarme que le siga.

Apenas veo nada. La única luz que hay es la que se cuela por las rendijas de las tablas de las paredes de madera.

Empuja la pared del fondo y ésta se abre. Es una puerta gigantesca, y de golpe el lugar se llena de luz natural. Las extrañas formas que me rodeaban se convierten en correas de cuero, pistolas prendidas de clavos, partes de coches colgadas como carroña en una carnicería. El suelo está cubierto de suciedad y hay una mesa de trabajo muy larga llena de objetos raros que no conozco.

—Me apuesto lo que quieras a que nunca has visto un lugar como éste —afirma Reed con un deje de orgullo.

Me da la impresión de que se enorgullece de que la gente lo tenga por chiflado. Pero a mí me parece un tipo curioso, no creo que esté loco. Su hermano se dedica a diseccionar seres humanos, a sostener sus órganos vitales en la palma de sus manos, a curiosear detrás de sus párpados inertes, a extraerles sangre. Y Reed, a diseccionar objetos. La noche pasada me demostró tener más interés por esta maquinaria, más respeto por su vida, que el que Vaughn me ha demostrado tener nunca por la mía.

—A mi padre también le gustaba construir cosas —le comento—. Y repararlas. Sobre todo trabajar con la madera.

No sé qué es lo que me hace hablar tanto. En casi el año entero que pasé en la mansión no creo haber contado tantas cosas sobre mí como esta mañana.

Supongo que añoro mi hogar y que contarle estas intimidades a un desconocido me hace sentir mejor.

Reed me mira y yo capto el peculiar verde de sus ojos. En esto se parece a su hermano. Los dos están como ausentes, viven en un mundo creado por sus pensamientos.

Se me queda mirando un buen rato.

—Di «ridículo» —dice de pronto.

—¿Qué?

—Di «ridículo» —insiste—. Dilo.

—Ridículo —repito.

—¡Un puro fantasma! —exclama sacudiendo la cabeza desconcertado, dejándose caer en el banco de la mesa de trabajo. En realidad es una antigua mesa de picnic con bancos acoplados—. Eres clavada a la primera mujer de mi sobrino. Incluso tienes su misma voz y «ridículo» era su palabra preferida. Todo era ridículo para ella. El virus. Los intentos de destruirlo. Mi hermano.

—Tu hermano *es* ridículo —asiento.

—A partir de ahora te llamaré Rose —anuncia con determinación, y cogiendo un destornillador se pone a trabajar en la parte de atrás de un viejo reloj.

—No lo hagas —respondo—. Conocí a Rose, estaba con ella cuando murió. Me parece una idea truculenta.

—La vida es truculenta —concluye Reed—. Al igual que los jóvenes pudriéndose por dentro a los veinte años.

—Aun así, me llamo Rhine —insisto.

Reed agita la cabeza para indicarme que me siente a la mesa frente a él, y yo lo hago, esquivando un charquito gris sobre el banco.

—¿«Rhine» significa algo?

—Es un río —le explico.

Le doy la vuelta a un tornillo e intento hacerlo girar como una peonza. Mi padre nos las construía a mí y a mi hermano. Las hacíamos bailar en lo alto de las escaleras y, pegados hombro con hombro, las contemplábamos excitados mientras saltaban de un peldaño al otro. La suya siempre era la primera en llegar, o si no la mía se deslizaba entre los barrotes de la barandilla y caía por el hueco de la escalera.

—O más bien *fue* un río hace mucho tiempo. Discurría desde los Países Bajos hasta Suiza.

—Entonces estoy seguro de que sigue fluyendo por ese lugar —afirma Reed mientras contempla el tornillo alejándose girando de mis dedos a punto de desplomarse—. Aunque quieran que creas que ha desaparecido, el mundo sigue existiendo ahí fuera.

Vale, tal vez le falte una tuerca, pero no me importa. Linden tiene razón. Reed no me hace demasiadas preguntas. Se pasa el resto de la mañana ocupado en tareas banales, sin contarme nunca a lo que se dedica. Supongo que lo que estoy haciendo ahora es desmontar un antiguo reloj para crear otro nuevo. A veces me echa un vistazo para supervisarme, pero la mayor parte del tiempo se lo pasa fuera, tumbado bajo un viejo coche o montándose en él para intentar ponerlo en marcha, pero lo único que consigue es hacerlo petardear mientras sale una humareda negra del tubo de escape. Y después se mete en un cobertizo más grande aún situado al fondo. Es más alto que la propia casa y más provisional, como si lo hubiera construido de pronto para ocultar lo de su interior.

Pero tampoco le pregunto nada sobre él.

4

El resto del día transcurre igual, y el día siguiente, y el otro. Yo no le hago preguntas y Reed tampoco me las hace a mí. Me pone lo que debo hacer ante mí y yo lo llevo a cabo. Realizo las tareas de una en una, sin saber nunca lo que estoy montando. También me dedico a mirar a Reed. Se pasa un montón de tiempo bajo los coches o en ese gigantesco cobertizo de madera con la puerta cerrada.

Siempre he comido como un pajarito y en la cocina de Reed la comida más segura son las manzanas, porque son lo único que reconozco. Su aspecto no es como el de la fruta tan verde y roja que comía en la mansión. Éstas tienen manchas y son imperfectas y harinosas, pero es el tipo de fruta con el que crecí de niña. Y todavía no estoy segura de cuáles son más naturales, si las unas o las otras.

En mi cuarta mañana que paso en casa de Reed descubro que al levantarme de la cama ya no me da vueltas la cabeza ni veo chiribitas. El corte en el muslo apenas me duele y los puntos de sutura se están empezando a desintegrar.

—Creo que me iré mañana, ya me siento mucho mejor —le anuncio a Reed mientras estoy sentada frente a él ante la mesa de trabajo.

Se dispone a observar con una lupa una especie de engranaje, creo que es un motor.

—¿Se ha ocupado mi sobrino del transporte?

—No —respondo resiguiendo con el dedo la boca de un tarro de conservas lleno de tornillos y mugre—. No entra dentro de lo acordado.

—Así que acordasteis algo —señala Reed—. Pues a mí no me lo parece, más bien me da la impresión de que te lo acabas de sacar de la manga.

Es la historia recurrente de mi vida. Como no tengo forma de rebatírselo, me encojo de hombros.

—Estaré bien. Él sabe que no hay ninguna razón para preocuparse por mí.

Reed me echa una mirada con la frente arrugada y las cejas levantadas y luego vuelve a enfrascarse en su trabajo.

—El hecho de que estés aquí significa que se preocupa por ti —concluye—. Al menos está claro que no quiere que estés cerca de su padre.

—Vaughn y yo no nos llevamos demasiado bien —admito.

—A ver si lo acierto. ¿Tal vez intentó arrancarte los ojos por el bien de la ciencia? —sugiere pronunciando la última palabra, «ciencia», con tanta pasión que me echo a reír.

—Más o menos —respondo.

Reed deja lo que está haciendo e inclinándose hacia mí me mira a los ojos con tanta intensidad que no puedo evitar mirarle a mi vez.

—El corte no fue por un accidente de coche, ¿verdad?

—¿Y tú qué guardas en ese cobertizo? —replico, puestos ya a hacer preguntas.

—Un avión. Seguro que creías que ya no quedaba ninguno.

Es verdad que apenas se ven aviones. La mayoría de la gente ya no puede darse el lujo de viajar en este medio de transporte y los cargamentos los llevan en camiones. Pero el presidente y la flor y nata de las familias adineradas siguen teniendo aviones por cuestiones de negocios o de placer. Vaughn, por ejemplo, podría gozar de uno si quisiera. Pero supongo que eso a lo que Reed llama avión es una chapuza hecha con distintas piezas ensambladas a la que no desearía subirme.

Clavo los ojos en la mesa. Ha respondido a mi pregunta y ahora está esperando que yo responda a la suya.

—Vaughn me estaba utilizando para encontrar un antídoto —le confieso—. Me dijo que mis ojos eran como un mosaico o algo parecido. No sé a qué se refería exactamente. A veces cuesta seguirle.

»Y además me inyectó tantos medicamentos que llegué a creer que los azulejos del techo me estaban cantando. Cuando esto me sucedía, todo era muy vívido, pero ahora, al mirar atrás, esos recuerdos son como una sombra al final de un largo pasillo. Apenas me acuerdo de ellos.

—No parece ser algo que mi sobrino fuera a permitir —observa Reed—. Pero no me malinterpretes, el pobre chico está tan ajeno a la realidad como un conejo en una reserva de leones.

Las reservas de animales ya no existen, pero de algún modo esta comparación le va como anillo al dedo.

—Linden no lo sabía —asiento—. Y cuando se lo

conté, no creyó que su padre fuera tan malo como yo lo pintaba. Y sigue sin creerme. Conque decidimos que lo mejor era —hago una pausa, buscando las palabras adecuadas— separarnos. Él y Cecilia están esperando otro hijo y yo tengo que encontrar a mi hermano.

Y a Gabriel, pero si se lo dijera tendría que relatarle toda la historia, y ya me estoy empezando a sentir agotada y triste por lo que le acabo de contar.

—¿Por qué entonces, muñeca, sigues llevando su alianza? —esta pregunta hace que mi ligera tristeza se troque en un punzante dolor en las sienes.

Mi alianza. Grabada con flores ficticias sin principio ni fin. En más de una ocasión me he planteado cortarlas con algo afilado. Marcar una línea, cercenar la hiedra para que acabe en alguna parte.

—¿Puedo ver tu avión? ¿Vuela? —le pregunto.

Se echa a reír. Pero no se parece en nada a la risa de Vaughn. La de Reed es cálida.

—¿Quieres verlo?

—¡Claro! ¿Por qué no?

—Es verdad. Lo que pasa es que eres la primera persona que me lo pide.

—¿Tienes un avión en el cobertizo y nadie te ha pedido que se lo dejes ver?

—La mayoría de la gente no sabe que lo tengo aquí —dice—. Pero como me caes bien, no-Rose, igual mañana te lo enseño. Pero ahora tenemos otras cosas que hacer.

Por la noche me tumbo en el jardín de Reed. Se extiende más allá de donde me alcanza la vista, vacío, salvo por la hierba alta y los montones de flores silvestres. Echada en el suelo, pienso: *Aquí es donde estaría el naranjal. Y allí, el campo de golf, con el molino girando y el faro brillando.* Y un poco más lejos habría los establos, que estaban abandonados ahora, albergando los caballos de Rose y de Linden. Y aquí, donde estoy tumbada, habría la piscina. Podría deslizarme por ella en una balsa hinchable, con los lebistes imaginarios contoneando sus cuerpos a mi alrededor y la luz del sol cabrilleando en sus vistosas escamas.

Creí que me olvidaría de ese lugar. Pero no cesa de venirme a la mente.

Oigo el susurro de algo rondando cerca. Vuelvo la cabeza y miro la hierba meciéndose. Tengo la terrible sensación de que está intentando advertirme de algo.

Me incorporo y contengo el aliento, aguzando los oídos. Pero de pronto se alza una ráfaga de viento. Creo que me está llamando. No, esa voz no es la del viento, aunque para mí tendría más sentido que la verdad.

—¿Rhine?

Me apoyo en los antebrazos y ladeo la cabeza para ver la figura plantada a mi espalda.

—Hola —digo.

La luna llena brilla como una aureola tras su cabeza. Los rizos son su corona negra. Linden podría ser una especie de príncipe.

—Hola —responde él—. ¿Me puedo sentar?

Me tumbo boca arriba y siento el agradable frescor de la tierra contra el cuero cabelludo. Asiento con la cabeza.

Linden se sienta a mi lado procurando evitar mi pelo desparramado como sangre alrededor de mi cabeza.

Un balazo en la frente, ¡bum!, ondas rubias por todas partes.

—No creí que volvieras —admito contemplando las estrellas en forma de cometa. Busco otras cometas en el cielo o a alguien haciéndolas volar.

Linden se tiende a mi lado. Lo único en lo que puedo pensar es en que la hierba le va a manchar la camisa blanca. Y que se va a ensuciar su bonito cabello. Siento como si intentara demostrarme que en lugar de ser tan prolijo y perfecto puede ser como yo.

—El otro día yo no le pedí a mi padre que os viniera a buscar. No sabía que iba a hacerlo —afirma.

Pero lo que no dice es que su padre seguramente descubrió mi paradero con el localizador que le implantó a Cecilia. Linden vio con sus propios ojos el que me había implantado a mí.

—Y eso que me dijiste que lo conocías muy bien —farfullo. Aunque yo contemple el cielo, noto que me está mirando.

—Lo hizo porque no quería que yo sufriera —responde—. Sabía lo doloroso que sería para mí verte.

—Pues si intentaba evitar que sufrieras, ¿por qué has vuelto?

—Mi tío me ha llamado esta tarde —responde.

—No sabía siquiera que tuviera teléfono —digo sorprendida. En cierto modo me siento como si hubieran violado mi intimidad, me recuerda que aunque Linden me tratara como a un igual durante nuestro matrimonio, no fue más que una ilusión. Yo siempre fui una prisionera.

—Me dijo que piensas irte —me explica Linden—. Que planeas marcharte de sopetón.

—Más o menos —respondo.

—Esto no es ningún plan. ¿Cómo piensas conseguir dinero? ¿Y la comida? ¿Y el transporte? ¿Y el alojamiento?

—Eso no importa —contesto sacudiendo la cabeza.

—¡Claro que importa!

—Por eso Reed me pidió que me quedara unos días más, ¿verdad? Porque quería hablar contigo antes de que yo me fuera —le suelto intentando no echarme a llorar de frustración—. Es mi problema, Linden, y no el tuyo.

Se queda callado. El silencio añade un elemento extraño al ambiente, enturbiando la luz de la luna, siento un nudo en la garganta y el canto de los grillos se vuelve de pronto demasiado estridente. Los planetas se inclinan para escucharnos. Al final ya no puedo aguantarlo más.

—Dilo de una vez —le espeto.

—¿Que diga qué?

—Lo que sea que quieras decirme. Hay algo muy desagradable que has estado deseando soltarme. Lo noto.

—No es desagradable —responde con dulzura—. Ni ponzoñoso, créeme. Se trata más bien de una pregunta.

Me apoyo sobre el codo para mirarle y el también me mira. En sus ojos no hay hostilidad. Ni tampoco compasión. No hay más que verde.

—Aquella noche, durante la fiesta de fin de año, dijiste que me querías. ¿Era verdad?

Me lo quedo mirando largo tiempo. Hasta que su rostro desaparece y él no es más que una sombra.

—No lo sé —respondo—. Pero si te lo dije, ello no basta para hacer que me quede.

Asiente con la cabeza. Luego se pone en pie, se sacude el polvo de la parte trasera de las piernas y me ofrece la mano. Dejo que tire de mí para levantarme.

—No te vayas mañana. Te lo ruego —me pide—. Dame una oportunidad para resolver esta situación. Si te vas sin despedirte, Cecilia se llevará un buen disgusto.

—Lo superará. Y tú no me debes nada, Linden.

—En ese caso tómatelo como si me estuvieras haciendo un favor —responde—. No quiero que Cecilia se enfade conmigo.

Titubeo.

—¿Por cuánto tiempo?

—Por un par de días, tal vez menos.

—Vale. Me quedaré un par de días o tal vez menos —le prometo.

Sus labios se mueven y creo que va a sonreír, pero no lo hace. La última vez que le vi estaba lleno a rebosar de palabras y pensamientos, de rabia e intensidad. Noté todos esos sentimientos bullendo en su interior. Me pregunto qué ha hecho con ellos. Si los ha metido en el naranjal junto con las supuestas cenizas de su difunta esposa y las de su hija.

—Si te piensas quedar aquí, ponte un suéter. Te metí uno en la maleta —se limita a decirme como respuesta.

Se da la vuelta para irse. La limusina le espera al ralentí a lo lejos.

—No te mentí, Linden —prorrumpo en cuanto se ha alejado unos metros—. No te mentí en todo. En todo, no —añado con una voz temblorosa que se va quebrando cada vez más a cada palabra.

Se sube a la parte trasera del coche, sin dar señal alguna de creerme.

5

Reed se sienta a la mesa de la cocina frente a mí y me observa mientras yo hago girar la manzana entre mis dedos. Tal vez tuviera razón en cuanto a que no necesito comer. No me acuerdo de la última vez que sentí verdadero apetito. Ahora ni siquiera me apetecen las exquisiteces que me servían en la planta de las esposas.

No despego los ojos de la mesa. No quiero que Reed vea en ellos mi derrota. No quiero que se dé cuenta de que Vaughn me ha ganado, porque ese hombre es el culpable de casi todas mis desdichas. La separación de mi hermano. La pérdida de Jenna. Ver a Cecilia irse con los ojos húmedos. Haber dejado a Gabriel temiéndose lo peor. La frialdad con la que ahora Linden me trata. Sigo intentando seguir adelante porque debo hacerlo, pero Linden tenía razón al decirme la última noche que yo no tenía ningún plan.

—¿Te la vas a comer o es para que analicen tus huellas dactilares? —pregunta Reed.

Dejo la manzana cuidadosamente sobre la mesa y meto las manos debajo de ella.

Él ladea la cabeza y me mira. Se está zampando una especie de estofado nadando en aceite. El olor es repulsivo, le caen algunas gotas sobre la camisa escocesa.

—Por lo que veo hoy tampoco comes nada. ¿Y de qué te vas a alimentar?

—Del aire —respondo en voz baja.

—Pero necesitas condimentarlo con algo —alega.

Es su forma de trabar conversación. Creo que se preocupa por mí.

—Entonces te haré una pregunta —respondo.

Deja la cuchara en el cuenco con un gesto que denota autoridad.

—De acuerdo. Adelante.

Miro hacia otro lado, pensando en las palabras más convenientes para expresarlo.

—Tú y Vaughn por lo visto no os parecéis —empiezo diciéndole—. Supongo que mi pregunta es: ¿siempre ha sido así? Me dijiste que a tu madre tampoco le caía bien él.

Reed se echa a reír ásperamente.

—Siempre estaba callado. Pero no me refiero a que lo hiciera por educación o respeto, sino que siempre estaba tramando algo.

—Y sigue siendo así —observo.

Me intento imaginar a Vaughn de niño o incluso de joven, pero me resulta imposible. Lo único que veo es la versión de un Linden joven con sólo oscuridad donde deberían estar sus ojos.

—Pero su vida no tenía demasiado sentido hasta que su hijo murió —me cuenta Reed—. Entonces fue cuando reprogramó los ascensores para que sólo él pudiera bajar al sótano. Nunca supe lo que estaba haciendo allí.

—¿Te dejaba ir antes a visitarle? —pregunto, porque Reed dijo hace unos días que Vaughn no le permitía ir a su propiedad.

—En el pasado yo vivía con él —responde—. Cuando nuestros padres murieron, nos dejaron la mansión a los dos. Nuestro padre era arquitecto y la reformó, antes la casa era un internado. Por eso es tan enorme. Pensarás que con todo ese espacio hay sitio de sobra para ambos. Pero por lo visto chocábamos demasiado. A los dos nos gusta hacer las cosas a nuestra manera.

—El abuelo de Linden era arquitecto —repito en voz baja como si lo dijera más para mí que para Reed.

Me alegra saber que Linden ha heredado su brillantez. En lugar de ir ésta a parar a su padre, le eligió a él, como si supiera que la aprovecharía mejor.

—Linden se parece a su abuelo en muchos sentidos —asiente Reed—, y cuando se lo digo a Vaughn, él no lo soporta. Le gusta pensar que su hijo sólo le tiene a él. Ni siquiera habla de la madre de Linden o del hermano que murió antes de que él naciera. Ésta fue una de las razones de nuestros encontronazos. Mi hermano y yo siempre habíamos mantenido una relación muy tensa, pero supongo que la gota que colmó el vaso fue cuando Linden enfermó.

Levanto la cabeza al oírlo. Linden me había contado el episodio de cuando cayó enfermo de niño. Mientras estaba inconsciente oyó la voz de su padre llamándole para que recobrara el conocimiento, pero estaba demasiado asustado como para responderle. Había decidido morirse, pero acabó sobreviviendo.

Reed se queda con la mirada perdida, con las pupilas contraídas como dos puntitos.

—¡Pobre chico! —exclama ensimismado en sus pensamientos—. Realmente creyó que era el fin.

—¿Qué tenía? —le pregunto arrancándole de sus cavilaciones—. ¿Por qué enfermó?

—Puedo contarte lo que Vaughn me dijo, o bien lo que yo opino —responde.

Frunzo el ceño.

—¿Crees que Vaughn fue el responsable?

—Sí, pero no lo hizo aposta —afirma Reed—, no creo que quisiera hacerle daño. Pero creo que estaba realizando algún experimento que le salió mal. Le pedí explicaciones y él me pidió que me fuera.

—¿Y lo hiciste?

—Sí —responde—. De todos modos prefería estar en mi propia casa. Me hubiera gustado llevarme a mi sobrino conmigo, pero Vaughn me habría hecho decapitar. Hubiese acabado descubriendo su paradero dondequiera que estuviera.

—Sé a lo que te refieres —mascullo.

—¡Vaya! —exclama sobresaltándome al dar una palmada en la mesa que hace tintinear el cuenco—. Me has preguntado una cosa y te he contado la historia entera. ¿Te sientes ya satisfecha?

Le pego un mordisco a la manzana como respuesta.

—Termina de desayunar y luego recógete el pelo. Tengo un nuevo proyecto para ti.

—¿Un nuevo proyecto? —pregunto antes de darle otro mordisco a la manzana.

—Un proyecto de limpieza —responde dejando el cuenco en la pileta—. Creo que dejar las cosas limpias como una patena se te da muy buen —añade haciéndome un guiño.

En cuanto termino de comerme la manzana, echo el corazón a la pila del compostaje que Reed ha empezado a hacer fuera, junto a la ventana de la cocina, y ahuyento a manotazos una nube de moscas. Él me acompaña más allá del primer cobertizo, a otro más enorme aún.

—Lo que te voy a enseñar es un secreto —me advierte. No sé si está bromeando—. No quiero que nadie lo desguace para robarme algunas partes.

Manipula el candado numérico para abrirlo. Después empuja la puerta del cobertizo y me hace un ostentoso gesto con la mano para que entre yo primero.

Todo está a oscuras hasta que acciona el interruptor y unas bombillitas dispuestas en hileras en el techo y en la pared iluminan el espacio.

—¿Qué te parece, muñeca? —dice Reed.

—Es… un avión. En el cobertizo —respondo sin poder ocultar mi asombro.

Me dijo que tenía uno y aquí está, y con todo me sorprende. Se ve oxidado y lo ha construido con piezas dispares, pero tiene cuerpo y alas, y ocupa casi todo el cobertizo.

—¿Cómo lo pudiste meter?

—Yo no lo metí —afirma—. La mayor parte del avión ya estaba aquí. Supongo que se estrelló en este lugar hace cuarenta o cincuenta años y luego lo abandonaron. Conque decidí arreglarlo para ver si lograba hacerlo volar. Y como el mal tiempo me complicó las cosas, decidí protegerlo construyendo este cobertizo.

La idea es demasiado absurda como para que se la haya inventado.

—¿Y cómo lo vas a sacar? —pregunto—. ¿Cómo piensas encender el motor sin intoxicarte con los gases?

—Todavía no me lo he planteado, pero no importa porque aún no está listo para volar.

Me lo quedo mirando y por alguna razón mis hombros de pronto se agitan y me echo a reír. Es la primera vez que me río con ganas desde hace días. O semanas. O tal vez meses. Reed es un genio o un chiflado, o ambas cosas a la vez. Pero si está chiflado, yo también lo estoy porque me encanta este avión. Es la primera vez que veo uno tan cerca y las historias que había oído nunca me prepararon para el poder de un aparato tan magnífico. Quiero subirme a él. Quiero volar por el cielo y ver la hierba volviéndose más y más verde a medida que nos alejamos de ella.

Reed sonríe cuando presiona la manilla de la puerta combada. Parece como si fuera la de un coche y la hubiera fundido para adaptarla al avión. Se abre por la parte de arriba lanzando un horrible chirrido, como un dedo arqueado levantándose para señalarme.

La puerta da a una pequeña cabina de mando. Hay pantallas, botones y lo que parecen ser dos volantes semicirculares.

—La bodega está en la cabina de pasajeros —dice Reed señalando con el dedo una cortina a guisa de puerta.

La cabina de los pasajeros es de color beige y roja, como una boca. Parece casi humana. Cuando estuve postrada en cama en la mansión, Linden me leyó una novela sobre un científico llamado Frankenstein que creó una criatura con distintas partes extraídas de cadáveres. De algún modo Frankenstein insufló vida y aliento a su creación. Me imagino que debió de parecerse a esta curiosa amalgama de piezas.

El avión es mucho más grande de lo que parece por

fuera. El techo es lo bastante alto como para que Reed, que me gana en altura, pueda mantenerse casi derecho. Hay espacio de sobra. Los asientos son rojos y están adosados a la pared. Hay cuatro, colocados en dos pares, cada uno frente al otro. La alfombra es beige como las paredes, aunque está manchada.

Lo que Reed llama la bodega es en realidad un armario. Al abrirlo la cabina de pasajeros queda reducida a la mitad.

—Hay que ordenar este lugar —me indica, plantado junto a la cortina que separa la cabina de mando de la de pasajeros. Me observa mientras abro uno de los armarios. Una pila de cajas de zapatos se derrumba ante mí derramando su contenido sobre los míos—. He pensado que podrías ocuparte de ello.

Es un trabajo fácil y repetitivo. Consiste en separar el equipo médico de los tentempiés deshidratados y etiquetar las cajas. Reed se ocupa del exterior del avión. Le oigo golpear algunas partes del fuselaje para colocarlas en su sitio y alisarlas, intentando ensamblarlas de forma que las piezas queden bien unidas. Dice que lo pintará cuando esté listo. Que el avión quedará precioso. Yo creo que ya lo es.

Abro otra caja, está llena de pañuelos de tela. Los reconozco al instante. Son como los de la mansión: de color blanco, con una flor roja de hojas puntiagudas bordada. Gabriel me dio un pañuelo con este adorno y todavía lo conservo como recuerdo de mi estancia en la mansión. En la verja de hierro forjado de la entrada aparece la misma flor.

—¡Ah, sí! —exclama cuando le pregunto sobre ellos sin despegar los ojos de la parte en la que está trabajando. Sentado sobre una de las alas del avión, presiona una plancha de cobre marcando con el destornillador dónde irán los tornillos—. Creí que los podría usar como vendas, ponlos en el botiquín de primeros auxilios.

—¿De dónde proceden? —pregunto.

—Eran del internado —apunta—. Cuando mis padres compraron el edificio, estaba lleno de material de ese tipo: pañuelos, mantas y otras cosas parecidas.

—Pero ¿qué clase de flor es?

—Un loto —responde—. Aunque no sea clavado a esta clase de flor, es lo único que podría ser. El internado se llamaba Academia Femenina Carlos Loto.

—¿Carlos Loto? ¿El apellido de esa persona era Loto?

—Sí. Y ahora vuelve a la bodega para dejarla limpia como una patena. Ya sabes que te tienes que ganar las manzanas y el aire del que te alimentas.

Paso el resto del día haciendo una tarea tras otra. Guardo los pañuelos en el fondo del botiquín. No quiero volver a verlos nunca más. He sido una boba al imaginarme que simbolizaban algo importante. Por creer que cualquier cosa de la mansión iba a ser especial.

Me doy una ducha y me acuesto temprano. El cielo está aún rosado, como el color de la carne poco hecha. Me meto bajo la manta. No es demasiado gruesa. La mayoría de noches paso mucho frío, pero en este momento la manta parece como si pesara una tonelada. Me reconforta. No sólo quiero dormirme, quiero que me aplaste hasta hacerme desaparecer.

Por la mañana oigo voces. Algún tipo de comida silbando o crepitando en la plancha. Alguien sube por las escaleras y una voz le grita «¡Espera!», pero los pasos no se detienen. La puerta se abre y aparece Cecilia en la habitación. La luz del sol baña todo su cuerpo, dándole el aspecto de una fotografía velada. Su sonrisa flota por delante de ella, como una brillante línea doble.

—¡Sorpresa! —exclama.

Me incorporo, intentando despejarme.

—Pero ¿qué estás haciendo...? ¿Cómo has llegado hasta aquí?

Salta al borde de la cama, zarandeándome.

—Hemos tomado un taxi —anuncia excitada—. Es la primera vez que voy en uno. Olía a basura helada y nos ha costado un dineral.

Me restriego los ojos, intentando entender lo que me está diciendo.

—¿Un taxi?

—El Amo Vaughn se ha llevado la limusina —dice—. Se ha marchado este fin de semana para asistir a una conferencia. Así que hemos venido a verte.

—¿Hemos?

—Yo y Linden —responde frunciendo el ceño—. No pareces encontrarte bien. Espero que no hayas pillado una sepsis. Este lugar es una pocilga.

—Pues a mí me gusta —contesto tumbándome sobre la almohada, fingiendo no haber notado que la casa huele a moho. Me pregunto quién habrá dormido en esta cama. Probablemente sus habitantes se murieron el siglo pasado.

—Es peor que el orfanato en el que estaba —afirma Cecilia dándome unas palmaditas en la pierna al ponerse en pie—. Levántate y baja —añade encaminándose a la puerta—. Te hemos traído varias cosas.

En cuanto se va me visto tomándome mi tiempo. No tengo ninguna prisa en ver la mirada vacía de Linden cuando me mira.

Supongo que he olvidado cepillarme el pelo a juzgar por cómo todos me contemplan cuando entro en la cocina. Y Cecilia me indica amablemente que llevo la camisa del revés.

—No ha comido nada desde que llegó —dice Reed disculpándose por mi aspecto—. He intentado blandir el tenedor alrededor de su cabeza para que comiera y mil y cosas más, pero todo ha sido inútil.

Me desplomo en la silla que hay frente a Linden. Sostiene a Bowen en brazos mientras el bebé está intentando agarrar los objetos de los anaqueles. Quiere los tarros que reflejan la luz matutina, creo que piensa que contienen pedacitos de sol.

—¡Claro que no ha comido nada! —exclama Cecilia poniéndose detrás de mí y desenredándome con cuidado el pelo—. No quiere morirse.

Reed enciende un cigarrillo y le da amistosamente a Linden un puñetazo en el hombro.

—¡Qué esposas tan encantadoras tienes!

Cecilia deja caer mi pelo y rodeando la mesa de la cocina le quita el cigarrillo a Reed de entre los dientes y lo apaga aplastándolo en ella.

—¡Maldita sea! —protesta él.

La casa vibra. Bowen sobresaltado retira la manita de los tarros.

—Estoy *embarazada,* imbécil. ¿Es que no sabes que el humo es malo para el feto? Y por si estás ciego, también hay un bebé de cinco meses sentado a tu lado.

Reed se la queda mirando horrorizado. Y luego entornando los ojos, se inclina sobre la mesa hasta pegar casi su nariz a la de ella. Parece que vaya a estrangularla, y Linden se pone tenso, dispuesto a detenerlo.

—No me caes bien, nena —le espeta a Cecilia.

—¡Me acabas de romper el corazón! —le suelta ella burlonamente poniéndose la mano en el pecho. Y dando media vuelta, se va de la cocina.

Reed recupera el cigarrillo e intenta volver a encenderlo, resoplando cada vez que el encendedor le falla.

—Nunca llegaré a entender qué viste en ella —le dice a Linden.

—Lo siento —digo levantándome, y limpio las cenizas de la mesa recogiéndolas en el cuenco de la mano y las echo a la pileta—. Con el tiempo te acabará cayendo bien.

Reed suelta una sonora carcajada.

—«Te acabará cayendo bien» —repite él divertido, rodeándole con el brazo el hombro a Linden—. *Ésta* sí que me gusta. Estás dejando que se vaya la mejor.

Linden se pone colorado.

Cecilia vuelve con una mochila colgada del hombro. En uno de los bolsillos delanteros hay un loto bordado. Me agarra de los hombros y me conduce de nuevo a la silla. Deja un recipiente de aluminio frente a mí y al levantar la tapa me llega el dulce aroma que despide. Es un pastel de frutas del bosque cubierto con grandes pedazos de azúcar desmenuzado, elaborado por la cocinera de la mansión.

—¡Come! —me ordena poniéndome un tenedor de plástico en la mano.

—Déjala tranquila. Rhine sabe cuidarse sola —dice Linden.

—Claro. ¡Sólo hay que verla! —replica ella.

—Estoy bien —alego, y para demostrarlo me como un trozo de pastel. Una parte pequeña y lejana de mí reconoce que está delicioso, lleno de la grasa y los nutrientes que necesito. Pero a mi otra parte más frontal y prominente le está costando horrores tragárselo.

Cecilia sigue desenredándome el pelo.

Se produce un tenso silencio.

—Bueno, chicos, lo siento mucho, pero os he de dejar —dice Reed rompiéndolo—. Tengo trabajo que hacer.

Mientras se dirige a la puerta se mete un nuevo cigarrillo entre los dientes.

—¡Comed lo que os apetezca! Aunque por lo visto os habéis traído vuestra propia comida —añade mirando primero al pastel y después a mí enarcando las cejas.

El suelo de madera cruje bajo sus pies mientras cruza el pasillo.

—¡Cecilia, te has pasado con él! —le regaña Linden en cuanto Reed se ha ido.

Ella le ignora, tarareando una canción, y me deja el pelo desenredado sobre los hombros como si extendiera un caro vestido. Me alegro de que mi hermana esposa esté aquí. A veces es un fastidio, pero me reconforta. Quiero apoyarme en ella y sacarme un gran peso de encima. Pero otra parte de mí está enojada por su regreso. Ya me había despedido de Cecilia, aceptando que no teníamos más remedio que separarnos. Y ahora no quiero despedirme de ella otra vez.

Siento que Linden me está observando con el ceño fruncido. No me atrevo a mirarle.

—No estás comiendo —protesta Cecilia.

—Déjala en paz —dice él.

Hay mucha tensión en el aire. Es casi insoportable. Siento que estallo.

—Sí, ¿por qué no me dejáis los dos en paz? —les suelto con un hilo de voz—. ¿Por qué habéis vuelto? —añado mirando primero a Linden y después a Cecilia.

Ella intenta tocarme la frente, pero me aparto de ella, me levanto y voy reculando hacia la pileta. Sus miradas me están asfixiando.

—¿Lo ves? —le dice Cecilia a Linden.

—¿Ver el *qué*? —le suelto subiendo un poco el tono de voz.

Linden traga saliva como si tuviera un nudo en la garganta, intentando calmarse.

—Cecilia, ¿por qué no te llevas a Bowen afuera? Hace un día cálido y agradable. Enséñale las flores silvestres —le propone él con ese tono suyo tan diplomático.

Me molesta que ella lo acepte sin rechistar. Me mira con el ceño arrugado y se va cantándole a Bowen una canción sobre narcisos.

—Lo siento —se disculpa Linden en cuanto nos quedamos solos—. Le advertí que no te agobiara. Pero está muy preocupada por ti.

Lo sé. Cecilia se preocupa por todo. Es su forma de ser. Es la más joven de las esposas de Linden y sin embargo siempre le ha encantado hacer de madraza. Pero en ese matrimonio él es el diplomático práctico. El que se ocupará de recordarle que soy yo la que quiero irme. Y seguro que Cecilia discutirá con él. Dará varios portazos y le negará la palabra durante un tiempo. Pero tarde o temprano se le pasará. Al estar encerrada en la planta de las esposas, la soledad le obligará a perdonar a Linden al cabo de poco.

—No deberías haberla traído —le digo—. Y tú tampoco deberías estar aquí. Los dos sabemos que esta situación no tiene remedio. Sólo estás prolongando nuestras despedidas.

Y no añado que cada día que me mantiene aquí es otro día en el que mi hermano cree que he muerto y es capaz de hacer cualquier barbaridad. Pero no puedo escaparme por la noche sin que Linden se entere. No puedo volver a hacerlo, sobre todo después de lo mucho que me ha ayudado.

Se queda mirando la pared del fondo con la vista alzada más allá de mi cabeza. Soy incapaz de leerle la cara. Abre la boca para hablar, pero de ella no sale más que la fracción de una sílaba. Me concentro en una grieta del suelo de linóleo que parece la punta de una hoja.

—No puedo creer las cosas que me has contado de mi padre —admite—. Lo entiendes, ¿verdad? No puedo ir contra él.

Pues parecía estar de mi lado cuando, llevándome en brazos, me alejó de las garras de su padre para que dejara de sangrar. Al igual que cuando dormía en la silla junto a mi cama y me dijo que mientras él estuviera ahí no dejaría que su padre cruzara la puerta de la habitación en la que me habían ingresado.

Pero lo que más me molesta es que le entiendo. Mientras Vaughn me controlaba a mí y a mis hermanas esposas manteniendo la verja cerrada y con los hologramas, controlaba a su hijo con algo más profundo que la violencia. Vaughn es la única constante en la vida de Linden. No le queda más remedio que querer a su padre, que creer que el hombre que lo ha criado es una buena persona.

Y lo entiendo perfectamente. Por más edificios que mi hermano hiciera saltar por los aires y por más vidas humanas que se llevara por delante, yo seguiría amándole igual.

Asiento con la cabeza.

Desde un paraje muy lejano, en un mundo donde no hay más que verde claro y verde oscuro, Bowen se ríe feliz.

—Te he traído algunas cosas —dice Linden—. Te iba a traer más ropa de tu armario, pero he pensado que te impediría viajar ligera. Conque te he puesto un botiquín de primeros auxilios y un poco de dinero para el autobús. No vayas mostrándolo por ahí para que nadie te lo robe, aunque supongo que ya eres una viajera experta —añade riendo, pero suena más bien como una tos.

—No tenías por qué hacerlo. Pero te lo agradezco —añado pensándomelo mejor.

Se levanta y coloca de nuevo la silla junto a la mesa, y luego también la de Cecilia y la mía.

—Tú y Cecilia podéis compartir la cama. Yo dormiré en el diván de la biblioteca de mi tío. Dejaré el moisés de Bowen en vuestro dormitorio, pero no te preocupes, normalmente duerme toda la noche.

—Entonces, ¿vais a pasar el fin de semana conmigo?

—A Cecilia le hará mucho bien —responde—. Últimamente ha estado muy agitada —se detiene en el dintel de la puerta un momento, de espaldas—. Y así podréis despediros como es debido. Le ayudará a superar tu partida.

6

Cecilia está plantada frente al espejo del dormitorio con el ceño arrugado. Se ha remangado la camisa hasta el pecho y desliza los dedos por las líneas rosadas que han aparecido en la reluciente piel de su barriga.

—Mis estrías son horribles, ¿verdad? Durante el embarazo Bowen me estiró la piel de la barriga a más no poder.

Estoy sentada en la cama, mirando un libro que he sacado de la biblioteca de Reed. No tiene tantos como su hermano y además todos son viejos y están hechos polvo. Me da la impresión de que ha heredado los peores. Algunos libros de historia tienen páginas arrancadas y pasajes tachados. También hay uno sobre el descubrimiento de América que me ha atraído por la imagen de un barco en la portada, pero las páginas están llenas de anotaciones enfurecidas tildando el texto de falacia, unas teorías garabateadas con letra emborronada y descuidada que me resulta imposible entender. De todos modos no pensaba leerlo, sólo quería mirar los barcos e intentar recordar los dedos de Gabriel en mi cabello.

Paso la hoja y miro la fotografía de otro carguero. Estoy segura de que Gabriel me comentaría algo sobre él. Sabría la velocidad a la que podría navegar por el mar. Aunque esta nave parece lastrada por su cargamento. Seguro que si me colara en ella podría ocultarme sin ningún problema entre los enormes contenedores, pero tardaría meses en llegar adonde está Gabriel. Sería una tortura cruzar las aguas con tanta parsimonia.

Aunque es mejor tarde que nunca.

Cecilia sigue quejándose de haber perdido la juventud, de que su cuerpo no volverá ya a ser el mismo, pero también dice lo feliz que se siente de formar parte de todo ello. De esta especie de milagro y de esperanza renovada. No quiero verle la barriga, que por cierto está empezando a tomar la forma de un interrogante. Cecilia ahora siempre tiene los nudillos, las mejillas y los pies colorados. Dio a luz a su primer hijo con dificultad, perdiendo el conocimiento y recobrándolo, gritando cuando tenía fuerza para ello, blanca como la cera por la sangre perdida. No quiero ni pensar en que volverá a pasar por lo mismo. La idea me aterra.

Pero es inevitable. Desde que Cecilia llegó con su hijo esta habitación ha estado oliendo a guardería. A polvos de talco y a ese aroma dulce tan peculiar de la piel de los bebés. Se ha apoderado de la habitación al igual que se ha apoderado de su vida. Esta chica de ahora ya no es la de antes.

—¿Estas cansada? —me pregunta echándose en la cama a mi lado y quitándose los calcetines antes de meterse bajo la manta—. ¿No quieres ponerte el pijama?

—Aún no —respondo—. Prefiero leer un rato. Si la luz te molesta, puedo hacerlo en otra parte.

—No, quédate —dice bostezando y luego apoya la cabeza en mi rodilla y cierra los ojos.

A los pocos minutos está lanzando esos inquietantes ronquidos de cuando está embarazada que me preocupan tanto. Nos llevaron ante Linden como si fuésemos máquinas de criar hijos y Vaughn aprovechó esa gran oportunidad eligiendo a la más ingenua de las chicas de la hilera: Cecilia. Estoy segura de que la eligió por esta razón. Vio esa determinación en sus ojos, esa vulnerabilidad. Ella haría cualquier cosa, lo que fuera por pertenecer a su hijo después de pasarse toda la vida sin pertenecer a nadie.

¿Qué le está pasando? ¿Cómo le afecta a una chica tan joven tener dos hijos en menos de un año? Le ha salido un sarpullido en las mejillas y sus dedos de pianista están ahora hinchados. Mientras duerme se agarra a mi camisa como Bowen se agarra a la suya. Como un niño aferrándose a su madre.

Le paso los dedos por entre el cabello mientras hojeo el libro.

En cuanto acabo de ver todas las imágenes de los barcos por segunda vez, sin preocuparme por leer el texto, alguien llama suavemente a la puerta. Sé que es Linden porque Reed nunca sube por la noche. A decir verdad ni siquiera sé con certeza dónde duerme o si incluso lo hace.

—Entra —respondo.

Linden se cuela por la puerta entreabierta. Su presencia apenas se hace sentir. Nos mira a Cecilia y a mí, y me siento como la modelo de un retrato inacabado. *Las esposas Ashby*. Antes éramos cuatro.

—¿Está dormida? —pregunta.

—Estoy despierta —murmura Cecilia—. He soñado que patinaba sobre hielo —añade incorporándose y restregándose los ojos.

—He venido a ver cómo te encontrabas —le dice Linden sin mirarme siquiera. No soy nada: la luz de una vela en la pared—. ¿Te apetece beber algo? ¿Te duelen los pies?

Cecilia dice algo sobre que necesita que le den un masaje en la espalda, y yo tomo el libro y salgo sigilosamente de la habitación con la misma facilidad con la que Linden se ha deslizado en ella.

Como he memorizado las tablas de madera del pasillo que no crujen, no molesto a Reed mientras trabaja sin descanso en sus misteriosos proyectos en la planta baja.

La ventana de la biblioteca está abierta y la brisa nocturna ha refrescado los libros, las paredes y el suelo de madera. Oigo a los grillos como si estuvieran cantando en los estantes. La luz de las estrellas es tan brillante y libre que baña todo cuanto hay en la habitación con un resplandor plateado.

Dejo el libro de los barcos en su sitio y deslizo los dedos por el lomo de los otros sin buscar ninguno en particular. Creo que estoy demasiado cansada para leer. En el diván hay una almohada y una manta muy tentadoras, pero no me parece bien meterme en la cama que Linden se ha preparado. Me fijo en los lomos de los libros.

—Mi tío me dejaba jugar con ellos a modo de ladrillos —observa Linden, sobresaltándome.

Saca un tocho de tapa dura del estante, lo sopesa primero con una mano y luego con la otra, y después lo vuelve a poner donde estaba.

—De pequeño me gustaba construir casas con libros. Nunca me salían exactamente como había planeado, pero eso es bueno. Me enseñó que hay tres versiones de una misma cosa: la que veo en mi mente, la que plasmo en el papel y la que me sale en realidad.

Por alguna razón me cuesta mirarle a los ojos.

Asiento con la cabeza con los ojos posados en uno de los estantes más bajos de la biblioteca.

—A lo mejor es porque en tu mente no te tienes que preocupar de los materiales de construcción. Gozas de una cierta libertad.

—¡Qué observación más sagaz! —concluye haciendo una pausa—. Siempre has sido una chica muy sagaz en todo.

No estoy segura de si es un cumplido, pero supongo que es verdad. Después nos quedamos callados durante tanto tiempo, en medio del imperturbable canto de los grillos y de la luz de las estrellas, que estoy dispuesta a decir cualquier cosa para romper el silencio.

—¡Lo siento! —exclamo, es lo único que me sale de la boca.

Oigo que se le corta el aliento. Tal vez está tan sorprendido como yo. Pero no alzo la cabeza para ver su expresión.

—Sé que crees que he sido mezquina contigo. Y no te culpo por ello —admito.

Es lo único que me atrevo a decir. Jugueteo con el dobladillo del suéter. Una de las creaciones de Deirdre. Es de color verde esmeralda, con unas finas hojas bordadas encima. Desde que me han devuelto mi ropa hecha a medida la he estado usando para dormir. Echaba de menos lo cómoda que es. Llevar una prenda que se adapta a cada ángulo y curva de tu cuerpo es como volverte a materializar en algo que vale la pena.

—No sé qué pensar —dice Linden en voz baja—. Sí, me he dicho a mí mismo que eres mezquina. Que debes serlo…, que ésa es la única explicación posible. Pero siempre me acabo acordando de la imagen que guardo de ti. De ti tumbada en el naranjal diciendo que no sabías si valía la pena que nos salvaran. Aquel día sostuviste mi mano entre las tuyas. ¿Lo recuerdas?

Siento una cálida oleada propagándose de mi corazón hasta la punta de los dedos, donde el recuerdo todavía perdura.

—Sí —le respondo.

—Y sobre mil cosas más —dice, haciendo a veces una pausa para asegurarse de usar las palabras adecuadas.

Me da la impresión de que las palabras no le bastan para expresar lo que le está pasando por la cabeza mientras está plantado frente a mí.

—Cuando te fuiste, intenté transformar todos esos recuerdos en mentiras. Y creí haberlo logrado. Pero ahora al mirarte sigo viendo a la chica que me metía arándanos en la boca cuando estaba destrozado por la muerte de Rose. A la chica con un vestido rojo apoyando adormilada la cabeza contra mi hombro en el coche de vuelta a casa.

Se me acerca un poco más y siento que el corazón me da un vuelco.

—He intentado odiarte. Y lo sigo intentando ahora.

—¿Y te funciona? —le pregunto mirándole a los ojos.

Alarga la mano, pero en lugar de tomar un libro del estante que hay sobre mi cabeza como yo creía, me toca el cabello. Algo en mí se tensa expectante. Contengo el aliento.

Cuando Linden se pega a mí, mi boca se abre esperando su beso incluso antes de su llegada. Sus labios me resultan familiares. Conozco su forma, cómo hacer que los míos se acoplen a los suyos. Su sabor también me resulta familiar. Él siempre me ha sabido a piel, pese a todas las ilusiones, colores y fragancias de la mansión, y de nuestro matrimonio. Respira anhelosamente. Sostengo su vida contra mi lengua, entre las hileras de mis dientes. Me la está ofreciendo.

Pero no me pertenece. Y yo lo sé.

Me aparto suavemente de sus manos aferradas a mis hombros, justo en el lugar donde termina mi cuello.

—No puedo —musito.

Una de sus manos sigue alzada cerca de mí, como un satélite. Me imagino lo que sentiría si yo ladeara la cabeza en su palma abierta. La calidez de su mano extendiéndose como una oleada por mi cuerpo.

Me mira y no sé qué es lo que ve. Antes creía que era a Rose. Pero ahora no está aquí con nosotros, en esta habitación. Sólo estamos él y yo, y los libros. Siento como si nuestras vidas estuvieran en ellos. Como si las palabras de sus páginas fueran dirigidas a nosotros.

Podría besarle de nuevo. Y hacer muchas otras cosas más. Pero sería por las razones equivocadas. Por estar lejos de mi hermano, o por darme él por muerta, y por añorar a Gabriel. En mis sueños él es algo pequeño que arrojo al mar, y me despierto sabiendo que tal vez nunca más vuelva a encontrarlo. Pero Linden está aquí. En todo su esplendor. Y sería demasiado fácil entregarme a él para olvidarme de todas esas otras cosas, aprovecharme de lo mucho que me desea.

Pero de pronto recobro la cordura. La cordura y el sentido de culpa.

No pienso volver a hacerle daño manipulando su afecto como cuando planeaba huir para alcanzar mi ansiada libertad.

Parece entenderlo. Sus dedos se cierran y baja la mano alzada junto a mí.

—No puedo —repito esta vez con más convicción.

Da un paso para acercarse más a mi cuerpo y el vello se me eriza como la alta hierba del exterior. Todo vibra expectante.

—Nunca llegamos a consumar nuestro matrimonio —reconoce en voz baja—. Al principio creí que necesitabas un poco de tiempo. Fui paciente —añade apretando los labios un momento, sumido en sus cavilaciones—. Pero luego ya no me importó demasiado. Me gustaba simplemente estar contigo. Tu forma de respirar mientras dormías. Cómo tomabas la copa de champán de mi mano. Tus dedos demasiado largos para tus guantes.

Una sonrisa aflora en la comisura de mi boca y no intento contenerla.

—Al mirar atrás esos recuerdos son para mí como las partes más importantes. Son reales, ¿no?

—Sí — le respondo diciéndole la verdad.

Linden me toca la mano izquierda y me mira a los ojos, pidiéndome permiso. Yo asiento con la cabeza. Él sostiene entonces la palma de mi mano sobre la suya, entre nosotros. Con la otra mano resigue la pendiente de mi alianza y luego la sujeta con el pulgar y el índice. Cuando comprendo lo que está a punto de hacer se me acelera el pulso y se me seca la boca.

Empieza a quitarme el anillo con suavidad del dedo, pero se atasca un momento en el nudillo, como si una parte de mí se siguiera aferrando a él. Mi cuerpo se inclina hacia delante, resistiéndose por un instante a separarse de la alianza.

¡Era por esta razón! Por eso la seguía llevando y nunca me había parecido bien sacármela. Sólo una persona podía devolverme la libertad.

—Llamémosle a este acto una anulación oficial —dice.

No puedo evitarlo. Le rodeo con los brazos y le estrecho contra mi cuerpo. Se tensa, desconcertado, pero luego él también me rodea con los suyos. Siento su mano cerrada sosteniendo la alianza.

—Gracias —le susurro.

A los pocos minutos estoy tumbada en el diván, contemplando mi tobillo balanceándose de arriba abajo por el borde como una guillotina. Linden camina a lo largo de la habitación, resiguiendo con el dedo el lomo de los libros.

Miro la luna por la ventana abierta, pero está escondida tras las nubes.

—¿Cómo es tu hermano? —me pregunta Linden.

Parpadeo sorprendida. Es la primera vez que me pregunta algo sobre Rowan. Tal vez esté intentando conocerme ahora que sabe que le diré la verdad.

—Es más listo que yo, y más práctico —respondo.

—¿Es mayor que tú? ¿O más joven?

—Unos noventa segundos más joven —le aclaro—. Somos mellizos.

—¿Mellizos?

Dejo la cabeza colgada sobre el reposabrazos del diván, mirando a Linden al revés.

—Pareces sorprendido.

—Es que no me esperaba que tuvieras un hermano mellizo —observa apoyado contra una hilera de libros encuadernados en tela estampada—. Ahora que lo sé te miro con otros ojos —añade boquiabierto, buscando las palabras adecuadas.

—¿Cómo la mitad de un todo? —sugiero intentando ayudarle.

—Yo no lo expresaría así, Rhine. Tú eres una persona completa en ti misma —puntualiza.

Vuelvo a mirar por la ventana.

—¿Sabes lo que me da miedo? Que estoy empezando a creer que tienes razón —admito.

Linden se queda callado un buen rato. Oigo el susurro de su ropa, la silla crujiendo bajo su peso.

—Creo que lo entiendo —dice él—. Cuando perdí a Rose, seguí adelante, y lo sigo haciendo, pero ya no he vuelto a ser el mismo. Siempre me siento como si… me faltara algo ahora que ella no está.

—A mí también me pasa lo mismo —le confieso.

Aunque mi hermano y yo sigamos con vida, cuanto más tiempo llevamos separados, más siento que estoy cambiando. Es como si me estuviera convirtiendo en algo que no le incluye. No creo que pueda volver a ser nunca más la persona que era.

Después de esta conversación nos quedamos callados. Pero es un silencio agradable. Apacible. Me siento como si me hubiese quitado un peso de encima y al cabo de un rato me imagino que el diván es un barco navegando por el mar. Las ciudades hundidas tocando música bajo las olas. Los fantasmas despertando.

Alguien enciende la luz arrancándome de mis cavilaciones al iluminar la biblioteca. Es una de las pocas habitaciones donde las bombillas siguen funcionando, aunque parpadean.

—¿Linden? —dice Cecilia.

Plantada en el umbral de la puerta, tiene los nudillos blancos de la fuerza con la que se agarra al marco. Todo en ella es blanquecino: su cara, la temblorosa O deforme de sus labios, el camisón remangado hasta las caderas como si nos estuviera revelando su cuerpo.

Pero por sus muslos se desliza un abundante líquido rojo. Tiene los pies cubiertos de sangre del reguero que ha ido dejando tras ella.

Linden va corriendo hacia Cecilia. La levanta en brazos por detrás de las rodillas y por los hombros. Ella cobra vida lanzando un chillido tan horrendo que él se agarra a la pared para no caer al suelo. Mientras él se apresura a bajar las escaleras, Cecilia está gimoteando.

Salgo tras ellos cruzando el largo pasillo a toda prisa, dejando mis huellas al pisar los charcos de sangre, pensando en lo pequeño que es el cuerpo de Cecilia, en cuánta sangre necesita una chica tan menuda para seguir viviendo, y en cuánta más soportará perder. Linden tiene los brazos cubiertos de chorretones rojos como venas sobre su piel.

Me llama y al darme cuenta de lo que quiere, me adelanto y le abro la puerta.

Afuera hace una noche cálida, salpicada de estrellas. La hierba suspira indignada al aplastarla con nuestros pies descalzos. Los insectos siguen cantando con sus alas y patas las deliciosas melodías que hace sólo unos instantes penetraban por la ventana abierta de la biblioteca llena de libros.

Me siento en la parte trasera del coche, que apesta a cigarrillos y moho, y pongo la cabeza de Cecilia en mi regazo mientras Linden sale a todo correr en busca de su tío para que nos lleve al hospital.

—¡He perdido a mi bebé! —exclama Cecilia con voz ahogada.

—No. No lo has perdido —respondo.

Cierra los ojos, y sus hombros se agitan convulsivamente al estallar en sollozos.

—En el hospital lo solucionarán todo —le aseguro, aunque yo no me crea ni una sola palabra.

Sólo intento tranquilizarla a ella y tal vez a mí. Sostengo su mano entre las mías. Está húmeda y helada. No puedo creer que esta chica pálida y temblorosa sea la misma que hace sólo una hora se miraba ante el espejo quejándose de su barriga.

Por suerte Linden vuelve al cabo de poco.

El trayecto al hospital es agitado gracias a la conducción temeraria de Reed y al camino sin pavimentar. Linden sostiene en brazos a Bowen, que lo mira todo lleno de curiosidad con los ojos grandes como platos, y lo acalla, aunque no llore, para calmarlo. Siempre he creído que era un niño intuitivo. Tal vez sea el único hijo de Linden que llegue a vivir.

Siento una ligera presión alrededor del dedo y al bajar la vista descubro a Cecilia tocando el lugar donde yo llevaba el anillo. Pero la esposa que siempre ha tenido como misión saberlo todo acerca de todos en su matrimonio no me pregunta por qué no lo llevo. Inquietantemente no ha abierto la boca en todo el trayecto.

—¡Abre los ojos! —le pide Linden cuando ella los cierra—. ¿Cariño? Cecilia. Mírame.

Ella lo hace con gran esfuerzo.

—Dime dónde te duele —le pregunta él.

—Es como si tuviera contracciones —responde ella encogiéndose de dolor al pasar el coche por un bache.

—Llegamos en un minuto —le tranquiliza Linden—. No cierres los ojos —añade, la dulzura se ha esfumado de su voz y sé que intenta mantener la calma, pero se le ve aterrado.

Cecilia está perdiendo las fuerzas. Respira con dificultad y lentitud. Tiene los ojos vidriosos.

—Llegarán suaves lluvias —digo presa del pánico. Alzando los ojos, ella me mira y recita las palabras conmigo al unísono—. Y el aroma a tierra, y las golondrinas revoloteando con su vibrante piar.

—¿Qué es eso? ¿Qué estáis diciendo? —pregunta Linden desconcertado.

—Es un poema. A Jenna le gustaba, ¿no es verdad, Cecilia?

—Sí, por cómo acababa —apunta ella con una voz que suena como si estuviese a miles de kilómetros de distancia—. Le gustaba por su final.

—Me gustaría oírlo entero —dice Linden.

Pero hemos llegado al hospital. Es la única fuente de luz en kilómetros a la redonda. Aunque la mayoría de farolas —las que se mantienen en pie— hace mucho que ya no funcionan.

Cecilia ha vuelto a cerrar los ojos y Linden me pasa al bebé para cogerla en brazos. Ella musita algo que no entiendo —creo que es otro renglón del poema—, y de pronto los músculos se le aflojan de golpe.

Tardo varios segundos en comprender que su pecho

ha dejado de moverse. Espero a que vuelva a respirar, pero no lo hace.

Nunca había oído a un ser humano lanzar un grito como el que sale de la garganta de Linden al llamarme. Reed se adelanta a nosotros y al volver lo hace con un enjambre de enfermeros tras él, tanto de la primera generación como de la nueva. Arrebatan a Cecilia de los brazos de Linden, dejándole tambaleándose y alargando las manos para impedir que se la lleven. No puedo evitar decirme que la atención que recibe Cecilia es gracias a su condición de nuera de Vaughn. Reed debe de haberles informado de quién es.

Bowen se echa a llorar y yo le hago botar sentadito a horcajadas en mi cadera para calmarle mientras contemplo el cuerpo de Cecilia por las puertas vidrieras. Las luces del hospital revelan su piel cerúlea. Y curiosamente veo su alianza como si fuera a través de una lupa: los largos pétalos dentados grabados son como cuchillos. Reflejan hasta el menor rayo de luz del hospital, su brillo me lacera los ojos. Después la colocan en una camilla y al doblar la esquina, desaparece.

Cecilia ha muerto. Nunca más la volveré a ver.

La certeza de este pensamiento me golpea con tanta furia que siento que las piernas me flaquean.

7

Estoy sentada en el suelo de la sala de espera del hospital, aguardando. La espera siempre es la peor parte.

Bowen se ha acabado durmiendo con el oído pegado a mi corazón. Los brazos me duelen de sostenerlo. Pero no puedo pensar en ello. Ni en ninguna otra cosa. Ante mí van desfilando voces y cuerpos.

La sala de espera del hospital está abarrotada de gente. Las sillas alineadas a lo largo de las paredes están llenas de pacientes tosiendo, durmiendo y con heridas. Es uno de los pocos hospitales dedicado a la investigación en el estado y mi suegro se jacta a menudo de él. Acogen a los heridos, a las personas macilentas, a las embarazadas y a las que se están muriendo por el virus, dependiendo de si los casos son lo bastante interesantes y de si están dispuestos a dejarse extraer sangre y muestras de tejido sin pedir ninguna compensación.

Una enfermera joven plantada en la sala de espera con una tablilla provista de sujetapapeles está decidiendo quién es el paciente que está peor. A Cecilia se la han llevado a toda prisa por el corredor esterilizado no por su estado, sino por ser la nuera del propietario del hospital. Aquí todos conocen a Linden, la última vez que lo vi alguien intentaba consolarle mientras él forcejeaba para que le dejaran ir tras su mujer.

No debería estar con Bowen en este lugar. La supremacía de sus genes le asegura una vida libre de enfermedades graves, pero no está totalmente inmunizado contra los gérmenes que flotan en el aire. Podría pillar un catarro. Alguien debe velar por su salud y de pronto han dejado esta responsabilidad en mis manos, junto con su cuerpecito regordete.

Alzo la cabeza buscando a Reed. Al final lo veo saliendo del mismo pasillo por el que ha desaparecido mi hermana esposa. Linden le precede a pocos pasos, cabizbajo y lívido. Me levanto para reunirme con ellos, pero me doy cuenta de que me tiemblan las piernas. Y de pronto no quiero oír lo que van a decirme. No quiero devolver a Bowen a su padre. Quiero llevármelo y largarme de aquí.

Linden se ha lavado las manos ensangrentadas. Tiene la cara salpicada de agua. El dobladillo de su camisa está arrugado y cuando se pone a retorcerlo entre sus dedos, comprendo por qué lo hace.

—No lograron que recuperara el pulso —me explica presionando con fuerza el pulpejo de las manos contra sus ojos—. Quería estar con ella, pero me hicieron salir de la habitación.

Lo único que se me ocurre es que se suponía que Cecilia nos sobreviviría a todos.

—Bowen no debería estar aquí —me limito a decir, es todo cuanto me sale como respuesta.

Reed me entiende. Siempre me ha entendido. Toma al bebé en brazos y es tan cuidadoso con él que Bowen incluso le sonríe.

—Estaba bien cuando le di un beso de buenas noches —observa Linden conmocionado.

Debería decirle algo para reconfortarle. Éste ha sido siempre mi papel en nuestro matrimonio, consolarle. Pero ya no estamos casados y no me acuerdo de cómo era yo cuando vivía con él.

—No quiero que la diseccionen —le pido. Sé que no debería ser tan morbosa, pero no puedo evitarlo. Si Cecilia está muerta, todas las reglas se rompen—. No quiero que tu padre se quede con su cuerpo. No quiero… —insisto con los labios temblorosos.

—No lo tendrá —me asegura Reed.

Linden sepulta la cara entre las manos gimoteando.

—¡Ha sido por mi culpa! —prorrumpe con una voz extraña—. No deberíamos haber buscado otro hijo tan pronto. Mi padre nos dijo que no pasaría nada, pero debí haber visto que era demasiado para ella. Cecilia ya era tan… —la voz se le quiebra, creo que la palabra que dice entre sollozos es «frágil».

En unas circunstancias más normales, me habría incomodado escuchar los detalles íntimos entre mi hermana esposa y mi antiguo marido, pero ahora ni siquiera se me pasa por la cabeza esta clase de sentimientos.

—Necesito salir para que me dé el aire.

—¡Espera! —grita Linden, pero me tambaleo de todos modos, hasta que un par de manos me agarran por los brazos. Me quedo mirando la placa de identificación prendida en el pecho del enfermero con su nombre, perpleja, incapaz de leerla. Seguramente es más joven que yo. En el laboratorio donde mis padres trabajaban también había enfermeros, y siempre me asombraba ver lo serios que eran, su gran profesionalidad.

—¿Señora Ashby? —dice el enfermero con una voz demasiado meliflua.

Sacudo la cabeza, con los ojos clavados en el suelo.

—Lo siento —susurro—. No.

Linden llega a mis espaldas. Dice unas palabras que no entiendo. Y el enfermero le contesta algo que tampoco entiendo. Y no capto nada de lo que están diciendo hasta que oigo una cruel punzada de esperanza en la voz de Linden.

—¿Podemos verla? —pregunta él expectante.

Giro con rapidez la cabeza y me lo quedo mirando. ¿Es que quiere verla? ¿Es que no entiende que un cuerpo ya no es una persona? ¿Es que no entiende lo horrendo que sería…, lo horrendo que ha sido ver cómo se la llevaban hace sólo unos minutos?

—Pero tardará un poco en estar lúcida —añade el enfermero.

Y de pronto —no sé por qué— puedo leer lo que pone en su chapa de identificación. Isaac. Emerjo de la oscuridad en la que me había hundido, volviendo al mundo de los vivos.

El corazón me martillea en los oídos, en la garganta. Intento aferrarme a lo que acabo de oír.

En alguna parte, en la mesa de una sala esterilizada, mi hermana esposa volvió a respirar de pronto. Sucedió justo cuando los médicos se estaban remangando para consultar sus relojes de pulsera y establecer la hora de su defunción.

Su corazón se puso a latir de nuevo empujando la sangre por el pecho, el cerebro, la yema de sus dedos y las mejillas.

Cecilia. Mi Cecilia. Una luchadora nata.

Un grito ahogado de alegría y alivio se escapa de mi garganta.

Nos acompañan por el pasillo, nuestras pisadas resuenan a nuestro alrededor como palmadas.

Linden y yo nos apiñamos ante la puerta de su habitación para verla por la ventanilla. Todavía no podemos entrar. Se podría emocionar demasiado. Su cuerpo aún se está recuperando del choque de perder al bebé en el segundo trimestre. Todos estos hechos fascinantes cuentan para el éxito de las investigaciones, la razón por la que se creó este hospital. Los médicos quieren conocerlo todo sobre las nuevas generaciones, y un aborto espontáneo tan violento como éste despierta toda clase de interés. Hay pantallas mostrando el ritmo cardíaco de Cecilia. El enfermero explica que le tomarán la temperatura a cada hora. Están anotando incluso los más ligeros cambios en la química de su cuerpo.

Pero yo no entiendo por qué estos casos les parecen tan interesantes. Ni tampoco cómo les pueden aportar algo nuevo. Lo único que veo es a mi hermana esposa debatiéndose entre la vida y la muerte.

Tiene la cara cubierta con una mascarilla de plástico empañada con su aliento. Sus mejillas están encendidas y sus ojos resiguen indolentemente los cables que conectan las máquinas del equipo médico a su cuerpo. Sus latidos son pequeños picos verdes en la pantalla. Se ve sola y perdida en sus sueños.

Pego la mano contra el cristal y el fantasma de mi ceño arrugado se superpone en su cama.

—¿Se pondrá bien? —pregunta Linden. No creo que haya oído ninguna de las divagaciones de los enfermeros.

—Podrá verla mañana a primera hora —dice el enfermero.

Linden tiene la cara cubierta de lágrimas. Sus labios se mueven, lanzando plegarias inaudibles a dioses espectrales. La única palabra que entiendo es «gracias». Toma mi mano y me conduce a la sala de espera, donde aguardaremos a que la luz del alba llegue y llene el cabello de Cecilia con su fuego habitual.

¿Por qué le ha pasado? Por una serie de razones. Ella es joven, le cuenta un médico de la primera generación a Linden. Y tenga o no unos genes excelentes, embarazos tan seguidos pueden dejar exhausta a una chica joven. Puedo ver que al médico no le parece bien. Hay muchas personas de las primeras generaciones que detestan lo que les ha sucedido a sus hijos, y a los hijos de sus hijos. Al mirarnos ven en nosotros lo que deberíamos haber sido, en lugar de lo que somos.

Los médicos hablan en términos impersonales, clínicos: feto, infección, placenta, hipótesis, paciente. Este método tan académico va de maravilla para dejar a un lado las emociones. La hipótesis más probable es que el feto llevara días muerto y que al no saberlo, la infección se propagó por su sangre como un fuego descontrolado. Al final su cuerpo al notarlo intentó expulsar la causa del problema, por eso ella se puso de parto. Empezó a sangrar y al final entró en un estado de choque. Mientras procurábamos mantenerla consciente en el coche, su cuerpo ya se estaba colapsando. De no haber recibido el tratamiento adecuado, la habríamos perdido. El médico nos lo cuenta con una gran profesionalidad y además todo parece cuadrar.

Es como si yo estuviera leyendo uno de los informes que mis padres redactaban en el laboratorio.

Es así de sencillo. Aquí acaba la cosa, y además si ella no hubiera reunido el valor para levantarse de la cama y cruzar trabajosamente el pasillo, cuando la hubiéramos encontrado habría sido demasiado tarde. ¿Cuánto tiempo habríamos desperdiciado hablando de anulaciones y de hermanos mellizos mientras ella se moría sola en la otra punta del pasillo? Guardo este pensamiento en el fondo de mi mente lo más lejos posible para olvidarme de él.

—No lo entiendo —insiste Linden—. Parecía encontrarse bien.

—Cecilia siempre estaba colorada —le observo recordando lo caliente que estaba su piel cuando compartimos la cama.

Y luego repaso mentalmente la lista: su pesada forma de respirar y roncar, los crujidos de sus huesos al moverse ella, las bolsas debajo de los ojos. A Linden le sorprende. No tenía idea de que fuera tan grave. Pero a mí no. Ni siquiera es consciente de lo que pasa fuera de la mansión. No ve más que lo que le han enseñado a ver. Pero es lógico dadas sus circunstancias.

—Ha sido por mi culpa —me confiesa más tarde, cuando estamos solos en la sala de espera.

—No. Claro que no —le digo.

Está temblando. Le toco el brazo para calmarle.

—Ella se puso tan triste cuando Jenna enfermó —admite—. Sólo era feliz cuando estaba con Bowen. Mi padre me convenció de que si Cecilia tenía otro hijo se sentiría mejor.

—¿Y qué hay de ti? ¿Tú querías tener otro hijo?

Linden clava los ojos en su regazo.

—No —responde con un hilo de voz. Se enjuga las lágrimas que se le deslizan por la cara—. Pero no sabía qué otra cosa hacer para que ella se sintiera mejor.

Pobre Linden. Ha llegado a tener cuatro esposas a las que adoraba e incluso quería. Pero le asustamos con la intensidad de nuestros sentimientos, el peso de nuestra tristeza y la hondura de nuestros corazones. Rose le conocía bien. Evitaba mostrar lo infeliz que era y encontró una forma de quererle. Jenna y yo fingíamos: sonreíamos sentadas al otro lado de la mesa mientras cenábamos con él, le dejábamos dormir a nuestro lado y nos lamentábamos de nuestra suerte cuando estábamos solas. Pero Cecilia le amaba de la única forma que sabía amar: desde el primer día. Era tal como se mostraba. Yo percibí su tristeza y era espantosa. Empezó a medida que la barriga le creía con Bowen, pero se volvió mucho más profunda después de dar a luz y de perder a Jenna.

Y entonces yo también me fui.

Linden sólo quiere que Cecilia sea feliz. La llena de afecto y de preciosos regalos. Pero sabe que incluso él tendrá que separarse de ella un día.

Cuando nos permiten ver a mi hermana esposa, la encontramos en la cama con el colchón ligeramente inclinado. Sus ojos están apagados. La infección causada por el aborto le ha producido fiebre y la cara le brilla por el sudor. Tiene los labios y las mejillas encendidas. Y lleva el pelo enmarañado.

Se ve muy demacrada. Consumida y exangüe.

Linden se queda a mi lado en el umbral buscando a tientas mi mano, pero no me la agarra. Sé que está intentando respetar la anulación, acostumbrarse a la idea de que ya no estamos casados. Pero en este momento me gustaría que me la agarrara. Necesito que me dé fuerzas y él también necesita que yo se las dé a él, como antes.

—¿Linden? —dice Cecilia con voz ronca.

Él se apresura a ir junto a su cama.

—Estoy aquí, cariño —le responde, y luego le da un beso en la cima de la cabeza, en la nariz, en los labios con un afecto tan apasionado que trasluce que no se cansaría de besarla de lo feliz que es de haberla recuperado. Es la clase de atención por la que ella vive, pero ahora está tan destrozada que no consigue más que esbozar una vaga sonrisa.

—Cuando me desperté, no te vi. Estaba preocupada por ti —dice ella.

Linden se ríe con voz temblorosa.

—¿Estabas preocupada por mí? ¿Sabes que anoche me diste el mayor susto de toda mi vida?

—¿Ah, sí? —responde ella parpadeando para intentar sacudirse la pesadez de los ojos. El médico nos había dicho que no estaría demasiado lúcida y que apenas hablaría, pero salta a la vista que ha subestimado la determinación de Cecilia—. ¿Dónde está Bowen?

—Bowen está bien —responde Linden dándole otro besito en los labios—. Mi tío se lo ha llevado a su casa.

—Estará hambriento —observa ella intentando incorporarse en la cama, pero Linden se lo impide empujándola por los hombros.

—Está la mar de bien, Cecilia —le dice con voz severa—. Lo verás más tarde. Ahora necesitas descansar.

—¡No me des órdenes como si fuera una niña! —protesta ella.

—Lo siento —se disculpa él tomándole las manos—. Es verdad, no eres ninguna niña.

Pero sí que lo es, aunque lo disimula tan bien que a veces incluso yo me olvido de ello.

No obstante, qué más da lo que yo piense. Ahora marido y mujer están en su propio mundo y yo no formo parte de su conversación. Por primera vez siento en toda su fuerza el efecto de la anulación.

Cecilia me mira con los ojos nublados.

—Tenías razón en todo —afirma.

—Calla —le digo tocándole el brazo para tranquilizarla. Deberías estar durmiendo.

—¿Quiénes somos nosotros para tener hijos si no somos capaces ni de resolver nuestra propia maldición? —le dice a Linden.

Aunque lo diga con voz serena, le tiemblan los labios.

—Hablaremos más tarde, cariño —le susurra él haciéndola callar. Ahora no tienes la cabeza clara.

—Mi cabeza está tan clara como el cristal —replica ella con voz extraña y ronca. Unas lágrimas se deslizan por sus sienes.

Los ojos de Linden están llenos de dolor, aunque no sé si es porque está preocupado o porque cree que Cecilia tiene razón. Le susurra algo al oído y ella se calma y deja que él le limpie con la manga la nariz, que en ese momento le gotea. Ha luchado como una leona, pero la fiebre, el agotamiento y los medicamentos la han dejado sin fuerzas.

—Si quieres puedo volver a casa de Reed para comprobar que Bowen esté bien —me ofrezco de manera poco convincente.

—No —responde ella con la voz apagándosele mientras se le cierran los ojos—. No, no, no. Quédate donde yo pueda verte. Allí fuera corres peligro.

Está delirando, pero puede que tenga algo de razón.

—Ya está bien por hoy —dice Linden resiguiendo la línea de los párpados de Cecilia con el dedo. Se ve un casi imperceptible temblor en su bíceps—. Descansa un poco. Estaremos aquí.

Ella arquea las cejas, pero sin abrir los ojos.

—¿Me lo prometes? —musita.

—Sí —le asegura él pronunciando esta palabra con desesperación. ¡Claro que no va a dejarla sola! Después de lo que le ha pasado, no creo que vuelva a dejarla sola nunca más. Y ella lo sabe, pero necesitaba oírselo decir.

Fiel a su palabra, permanece a su lado cuando Cecilia se duerme. Sentado junto a su cama, le pasa los dedos por entre el cabello con el ceño arrugado.

Me quedo sentada en la silla que hay al otro lado de la cama, invisible. No pertenezco ya aquí, pero esta noche no tengo ningún otro lugar adonde ir. No quiero que Cecilia se despierte por la noche y se alarme al ver que no estoy.

—Gracias por quedarte —dice Linden como si me hubiera leído la mente, sin despegar los ojos de Cecilia.

—Me iré cuando ella esté más fuerte.

—Lo que te dije antes iba en serio. Quiero que estés a salvo —me recuerda él.

—Lo sé —respondo—. No tienes por qué preocuparte por mí.

—Lo mismo digo, y esta vez me gustaría que te despidieras antes de irte.

Se atreve a mirarme y me sonríe como lo hizo la mañana después de la muerte de Rose. Aquella mañana la sonrisa se borró de sus labios en cuanto vio que yo no era ella. Pero ahora perdura en ellos. Comprende que no soy un fantasma, sino una chica que no se ha portado demasiado bien con él.

—Te lo prometo, esta vez no me iré sin despedirme —afirmo. Estoy segura de que si digo algo más me echaré a llorar.

Escucho la pantalla transmitiendo continuamente el pulso de mi hermana esposa y pienso en lo lejos que está Gabriel. No sé si podré llegar a quererle como Linden y Cecilia se quieren ni como Linden y Rose se querían. Nunca me acabó de convencer entregarme tanto emocionalmente a algo de lo que sólo podrás gozar unos pocos años. Nunca planeé casarme, aunque en mis momentos de debilidad y locura fingí que llegaría un día en que lo haría.

Pero ¿este ramalazo de añoranza que siento ahora es amor? Nunca me he sentido tan sola.

En la vida puedes cambiar muchas veces. Naces en el seno de una familia y es la única vida que te imaginas que vas a llevar, pero de repente cambia. Los edificios vuelan por los aires. Un incendio destruye tu casa. Y al instante siguiente estás en un lugar totalmente distinto, haciendo otras cosas e intentando adaptarte a la nueva persona en la que te has convertido.

En el pasado fui hija de alguien y luego esposa. Ahora no soy ni una cosa ni la otra. Este joven deprimido sentado frente a mí ya no es mi marido y yo no soy la chica por la que está tan preocupado, ni lo seré nunca más.

8

Linden mira el reloj que hay sobre la puerta.

—¿Por qué no vas a la cafetería a tomar algo? —me propone.

—¿Quieres que te traiga alguna cosa? —le pregunto.

Sacude la cabeza contemplando el movimiento del pecho de Cecilia mientras ella respira con dificultad. Lleva horas durmiendo.

—Mi padre llegará pronto —me advierte—. Es mejor que no te vea. Le hará una breve visita a Cecilia cuando salga de la conferencia de Clearwater a la que ha ido. Me dijo que tardaría dos horas en llegar, pero eso fue esta mañana.

Se me hiela la sangre en las venas.

—¿Has llamado por teléfono a tu padre?

—Claro —afirma un poco más alto quizá de lo que deseaba, porque Cecilia abre los ojos. Se nos queda mirando con ojos vidriosos y no estoy segura de si está despierta. Linden le aparta el cabello de la frente—. Estás recibiendo las mejores atenciones médicas —le dice inclinándose hacia ella—. Mi padre se asegurará de ello.

Al oírlo las pupilas se le dilatan. Está luchando para recobrar la conciencia. Es como mirar a alguien que ha caído al agua helada al romperse la capa de hielo, sin nada a lo que agarrarse.

—¡No! —exclama. Se le acelera el corazón y los pitidos de la pantalla se intensifican—. Linden, no. ¡Te lo ruego! —grita mirándome para que la ayude, y yo le agarro la mano.

—¿Por qué te pones así, cariño? —dice él—. Nadie va a hacerte daño. Estoy a tu lado.

Ella sacude la cabeza con furia.

—No quiero ver a tu padre, no lo quiero aquí.

Pero es demasiado tarde. Su pesadilla ha llegado. Oigo la voz de su suegro llamando a Cecilia por el pasillo.

Y helo aquí.

Vaughn trae consigo el olor primaveral a lluvia y a tierra. Siempre he asociado este olor con la vida, pero ahora me asfixia. Llega con el pelo húmedo y alborotado por el viento y el abrigo goteando, manchando el suelo con sus botas enlodadas.

—¡Oh, Cecilia, no sabes cuánto lo siento! —exclama—. Tal vez si hubieras hecho reposo como te aconsejé no habrías perdido al bebé. Siempre has sido demasiado irresponsable en lo que atañe a tu salud.

Por supuesto le está echando la culpa.

Cecilia patea en la cama enloquecida, intentando apartarse de él. Nunca la había visto tan asustada. La chica que ha pasado las últimas horas durmiendo apaciblemente me está ahora estrujando la mano con tanta brutalidad que estoy segura de que me saldrá un moratón.

—Por favor, cariño, acuéstate. No te encuentras bien —le insiste Linden.

Pero Cecilia ni siquiera le oye.

—Tú has sido el que lo ha matado —le espeta a Vaughn—. Me enterrarás viva a la menor oportunidad.

Su mirada perdida me aterroriza. Sentada en la cama, profiere frases enteras en lugar de palabras sueltas, pero está delirando.

Vaughn pasa junto a mí rozándome y se inclina sobre la cama de Cecilia. En ese momento pienso que la va a agarrar del brazo como hizo esta mañana delante de la casa de Reed, pero en su lugar toca la bolsa del gota a gota que cuelga sobre ella y lee lo que pone en ella.

—No deberían administrarte algo tan fuerte. Me ocuparé del asunto —dice.

—¡No! —grita Cecilia—. ¡No! —repite mirando a Linden en busca de ayuda—. ¡Haz que se vaya! Me quiere ver muerta. A mí y a nuestro bebé.

Linden, con el rostro demudado, parpadea varias veces antes de hablar.

—Cecilia, no...

—¡Sácalo de aquí, Linden! —prorrumpe ella con los dientes apretados.

Vaughn me mira con indiferencia antes de contemplar a Cecilia lleno de afecto.

—Querida, no tienes la cabeza clara —dice—. Me encargaré de que te administren algo más suave y te sentirás mejor. Linden, sal un momento que quiero hablar contigo —añade.

En cuanto se van, consigo tranquilizar a Cecilia lo bastante para que vuelva a tumbarse en la cama.

—No te preocupes. No va a volver —le aseguro.

—Intentará llevarse a Bowen —me advierte al borde de las lágrimas.

—Ni hablar. ¿Es que no has visto la colección de pistolas de Reed? No dejará que nadie se acerque a Bowen.

Le enjugo las mejillas con la manga de mi jersey verde porque es lo más suave que tengo a mano. Atrapa sus lágrimas sin absorberlas y se quedan colgando como estrellitas entre las fibras de lana.

—Me siento extraña, como si estuviera bajo el agua —dice ella.

La arropo con la sábana hasta la barbilla y le toco la frente con el dorso de la mano.

—Es por la fiebre.

—¿Estás segura?

—Sí, conozco muy bien esta sensación.

—Antes de quedarme embarazada no había estado enferma un solo día —se queja—. Y la nariz nunca me había goteado.

—Pronto te encontrarás mejor —le aseguro deseando que sea verdad.

—He soñado que el Amo Vaughn me empujaba en la tierra húmeda y yo me empezaba a hundir en ella —me cuenta—. Sus ojos se transformaron en los de Jenna. Yo intenté gritar, pero tenía la boca llena de lodo.

Aunque estuviera vigilándola a todas horas, no podría protegerla de lo que le ocurre en sus sueños.

—No es más que un sueño —le digo cubriéndola con la delgada manta del hospital—. Cierra los ojos —le susurro y ella me obedece.

Me distraigo haciéndole trencitas, deshaciéndoselas y volviéndoselas a hacer. Jenna nos trenzaba el cabello cuando estaba aburrida, cosa habitual en ella, e imitarla ahora me hace sentir como si Cecilia y yo siguiésemos formando parte de aquel trío.

—¡No me dejes sola, te lo ruego! —exclama.

—Claro que no. No me separaré de ti —le respondo.

—Él intentó matarme.

—Si lo vuelve a intentar, le mataré yo primero —le aseguro.

—No será necesario, lo haré yo con mis propias manos —responde ella hablando con dificultad.

Sigo trenzándole el pelo hasta que los medicamentos y el agotamiento la dejan sin fuerzas. Se queda dormida con la boca abierta, respirando con regularidad.

Ha madurado mucho desde mi huida. La barbilla respingona se le ha alargado lo bastante para que su cara deje de estar siempre enfurruñada y ahora emana un aire de seguridad. Su sentimiento de superioridad propio de niña mimada se ha convertido en un aplomo sereno y práctico, quizá por eso Vaughn la ha agarrado del brazo esta mañana, ahora teme no poder controlarla. La ferocidad de Cecilia es palpable, es la misma fuerza que la ha hecho volver a la vida boqueando y resollando, como si quisiera demostrar que le prometieron veinte buenos años y que los va a vivir.

—Jenna estaría orgullosa de ti —musito.

Cecilia frunce las cejas un momento y luego se relaja.

Cuando Linden vuelve, lleva los brazos cruzados sobre el estómago. Tiene la cara enrojecida por haber estado llorando. Se ve desvalido y nervioso. Sólo le había visto así a altas horas de la noche, el día que lloró la muerte de Rose, pero aquella vez la oscuridad ocultó la peor parte. Su respiración agitada hace que mis brazos recuerden la forma del cuerpo de Linden bajo las mantas. Siento algo en el fondo de mí que me empuja a abrazarle.

—¿Cómo está? —pregunta con voz ronca.

—Está aterrada, Linden —le suelto en lugar de decirle que está bien como yo quería.

Espero que sostenga que Cecilia no corre ningún peligro, pero sólo asiente con la cabeza mientras vuelve a sentarse junto a su cama.

—Mi padre ha aceptado irse por ahora, conque puede estar tranquila. Pero se la quería llevar esta noche para que recibiera en su propia cama los mejores cuidados de los médicos que tenemos en casa —añade contemplando los ojos de Cecilia moviéndose sin parar mientras sueña. Ella los entreabre un poco, revelando el blanco de los ojos—. Pero le he dicho que no me parecía una buena idea.

Estoy impresionada. Es la primera vez que no acepta las decisiones de su padre.

Pienso que ayer no pegó ojo en toda la noche, aguardando el momento de poder ver a Cecilia de nuevo. Yo me adormilé varias veces en la sala de espera, apoyada contra él, y cada vez que me despertaba Linden tenía una expresión distinta de pena en la cara.

—Intenta dormir un poco —le aconsejo en voz baja.

Sacude la cabeza, mirando cómo tomo con la mano unos mechones del pelo de Cecilia para hacerle otra trencita.

—Mi padre me ha dicho que eres una intrusa —me advierte—. Que debo hacer que te vayas porque ya no estamos casados y no tengo por qué ocuparme de ti.

La idea me da escalofríos. Sí, estoy segura de que a Vaughn le encantaría que su hijo me abandonara para abatirse sobre mí y volver a recuperarme en cuanto yo esté sola.

—Le he dicho que tampoco me parecía una buena idea —añade.

Por la noche Linden ha sucumbido al sueño. Está sentado encorvado sobre la cama, con la cabeza apoyada junto a la almohada de Cecilia, agarrándola del brazo como si ella pudiera irse flotando en cualquier momento. Escucho el sonido de la lluvia y los truenos, y me parece oír la voz de Jena en ellos, advirtiéndome de algo. Ahora ya hace meses que se fue. Pero a veces me parece como si estuviera más viva que nunca. Como si me susurrara cosas indescifrables cuando se alza el viento, y también está presente en todos mis sueños, sean apacibles o terroríficos.

Me quedo medio dormida en un sueño intermitente. Al sumergirme en él oigo la voz encantadora de Cecilia, fuerte y operística cuando canta. Sueño con Jenna trenzándose la melena negra mientras las notas musicales llenan la habitación. Aquí estamos seguras. Mucho más seguras de lo que jamás estaremos cuando nos despertemos.

Pero con la mañana llega la realidad. El rumor de las camillas y las bandejas por el pasillo reemplaza el peligro de la tormenta de anoche.

—Te he traído un té —dice Linden cuando abro los ojos. Me señala con la cabeza el vaso de papel que ha dejado encima de la mesita de noche—. Pero ya debe de estar frío.

—Gracias.

—De nada —responde mirando a Cecilia, que al estar durmiendo tiene la cara más relajada.

—Creo que ahora que mi padre se ha ido se siente mejor —observa Linden, abatido y exhausto. Al aspirar la siguiente bocanada de aire parece como si le doliera—. Creía que Cecilia quería a mi padre. Y que mi padre la quería a ella. Me ha dicho que es como una hija para él.

Decido que ahora no es el momento de decirle nada malo sobre su padre. Ya se ha llevado bastantes disgustos. Me tomo el té a sorbos. Está frío, pero lo siento en el acto en mi estómago, removiendo cosas, despertando mis órganos y espabilándome.

Sea lo que sea lo que Linden esté pensando, no lo dice en voz alta. Se queda contemplando a Cecilia.

—Se pondrá bien —le aseguro—. Le daremos una campanita para que la toque cuando necesite algo, y ya verás como al segundo día la arroja por la ventana.

Le arranco una sonrisa. Oigo el sonido que hace al rascarse el mentón sin afeitar. Abre la boca como si quisiera decirme algo, pero entonces mira hacia otro lado.

—¿Qué te pasa? —le pregunto.

—¿Crees… —dice como si tragara algo que le lastimara la garganta— crees que mi padre ha tenido algo que ver?

Linden. ¡Qué pensamiento más siniestro! Ni siquiera yo he querido barajar esta posibilidad. Pero ahora que el miedo y el estado de choque se están disipando, sé que es la mejor explicación. Vaughn es tan bueno en sus malvadas artimañas que podría destruir a su nuera, aunque no estuviera bajo el mismo techo o ni siquiera en la misma ciudad. Encuentra la manera de abrirse paso en la sangre de uno de una forma tan mortífera como el virus que nos está aniquilando.

Siento tanta rabia y es tan intensa que no la puedo soportar.

—Es una buena teoría —respondo.

Pero él no parece oírme.

—Si la perdiera, me quedaría deshecho. Y mi padre lo sabe, ¿verdad? —dice con la mirada perdida.

—Sí —asiento cautelosamente.

Veo su cara llena de dudas, cómo todo está cobrando sentido para él. Vaughn apenas le habló a Linden de su difunto hermano ni de su madre. No quería que sintiera ni una pizca de amor por ellos. Pero le permite amar a sus esposas si lo desea, porque si ellas mueren, Vaughn sabe que su hijo volverá a él, quebrantado, desvalido y fácil de controlar.

Se ve tan demacrado que acerco mi silla a su lado, le pongo a la fuerza el té frío entre las manos y, sosteniendo el vaso de papel con la palma, se lo llevo a los labios. No tiene más remedio que tomárselo a sorbos, pero al cabo de poco he de quitárselo porque las manos le tiemblan tanto que se está salpicando los muslos.

Le rodeo con los brazos y él me agarra de la camisa para que me pegue a él.

—Venga —le susurro al oído—. Se va a poner bien. Eso es lo que cuenta. Ya nos ocuparemos más tarde del resto.

Linden asiente con la cabeza y ya no dice nada más, pero puedo sentir su rabia. Surge en ese instante. Es la llama que lo acabaría consumiendo.

9

Estrujo la esponja y el agua del cubo se vuelve rosada al mezclarse con la sangre de mi hermana esposa.

Reed fabrica su propio jabón: esos burdos rectángulos de avena que dejan una pátina beige en todo. Pero va de maravillas para limpiar la tapicería del coche. El manchón de sangre cobra un color naranja apagado y luego gris. Ahora se parece más a una mancha de grasa o de aceite de cocinar. Pero quiero que se vaya del todo y la froto hasta que los hombros me duelen y la tapicería se empieza a desgastar. Después fregaré los regueros de sangre del pasillo, lavaré las sábanas y las quemaré si no quedan impolutas. Cecilia ya ha tenido bastante con perder al bebé sola en esa habitación del hospital. No quiero que vuelva a casa y vea además las evidencias.

—La mancha ya ha desaparecido, muñeca —dice Reed.

Tiene los brazos cubiertos de grasa hasta los codos. Me dijo que iba a estar en el cobertizo. Pero no sé cuánto tiempo lleva aquí. No alzo la vista. Sigo fregando.

—Todavía se ve un poco.

—¿Ah, sí? De todos modos la tapicería del coche ya estaba muy sucia. Es imposible que la dejes como nueva.

—Sí que puedo.

—Muñeca…

Estrujo la esponja otra vez. De mis dedos gotea un hilillo de agua rosada que cae sobre la mancha. Así no conseguiré limpiarla a fondo. Necesito agua limpia. Cuando agarro el cubo, se me escurre de las manos húmedas y el agua sucia se derrama por el suelo del coche. Y de pronto me quedo paralizada. Sólo puedo contemplar las alfombrillas absorbiendo el agua. Me cuesta respirar. Los músculos me duelen. La cabeza me martillea. Y lo único que quiero es limpiar el maldito coche, pero es imposible. Es imposible.

¿Ha sido culpa mía? Al advertir a Cecilia sobre Vaughn, ¿la he animado a plantarle cara y él la ha empezado a ver como un peligro? ¿Acaso no habría sido mejor dejar que siguiera viviendo plácidamente en las nubes? Tal vez si él la siguiera teniendo en un puño, ella estaría más segura y no habría perdido al bebé.

Me siento fatal y frunzo la boca para no vomitar.

Reed se sienta al volante y alargando el brazo abre la puerta del copiloto.

—Ven —me dice.

Y yo salgo del coche como atontada, lo rodeo y me siento a su lado. Doy un portazo tan fuerte que el coche se zarandea y me echo a llorar a lágrima viva. No puedo evitarlo. Estoy demasiado cansada como para ni siquiera intentar controlarme. He estado durmiendo encorvada sobre una silla de plástico, escuchando en mis sueños los penetrantes y rítmicos pitidos de la pantalla. Me duele la espalda y tengo el cuello agarrotado, pero ¡cómo iba a fijarme en esas cosas! No, no puedo hacerlo mientras los ojos de Linden estén tan hinchados y haya tantas cosas que limpiar.

Reed desliza las manos por el volante como si fingiera conducir.

—Qué semana más dura, ¿verdad? —dice al final.

—Sí —asiento sorbiendo por la nariz y enjugándome las lágrimas con la muñeca.

—Esta noche van a dar de alta a la mujer más joven de Linden, ¿no?

—Sí, a Cecilia —le recuerdo. Los nombres no son su fuerte—. Y ahora es su única esposa.

—Bueno, pues es una buena noticia, ¿no te parece? Significa que se pondrá bien.

La última vez que la vi estaba en la cama del hospital, meciendo a su hijo y susurrándole cositas en el cabello. Linden intentaba decirle algo, pero ella no paraba de alejar la cabeza.

Me quedé estupefacta al ver lo joven y estropeada que se veía al mismo tiempo. Y entonces pensé en Jenna, en la fuerte, osada y hermosa Jenna, que se consumió y murió en nuestros brazos sin que pudiéramos hacer nada para evitarlo. Vaughn puede hacer lo que se le antoje con nosotras. Nos puede causar enfermedades y curarnos de nuevo, y mantenernos con vida durante meses después de la fecha de nuestra defunción si le viene en gana. Puede traer nuestros hijos al mundo, asesinarlos en nuestro seno o ahogarlos si nacen con alguna deformidad.

Y yo no se lo puedo impedir. Lo único que puedo hacer es limpiar.

—Voy a por agua limpia.

—Descansa un poco —dice Reed—. Estás a punto de desfallecer.

Me tiemblan las piernas por la inactividad. Tengo los ojos llorosos.

—Voy a seguir limpiando hasta que no pueda más.

—Si te desmayas, no vas a servir para nada. Quédate sentada un rato conmigo —me sugiere.

—Si me obligas a hacerlo, te acosaré con preguntas hasta que estés harto de mí —le advierto.

—Trato hecho.

—Y tendrás que respondérmelas —insisto.

—¡Qué le vamos a hacer!

Ni me las tengo que pensar. Hay algo que he estado deseando preguntarle.

—¿Has estado casado alguna vez?

—No —responde— Prefiero vivir solo. Durante un tiempo tuve un perro que me seguía a todas partes sin abrir nunca la boca. Supongo que una esposa no me daría este nivel de paz.

—¿Nunca has querido tener hijos? ¿Ni siquiera antes de enterarte de lo del virus?

—Tener hijos es una insensatez para alguien como yo —admite Reed—. Y ahora que sé lo del virus, es peor que una insensatez. Es además cruel. No te lo tomes a mal, muñeca. Tienes todo el derecho a nacer como cualquier otra persona de la primera generación, pero si quisiera ver a alguien vivir los años que le tocan y morir, adquiriría otro perro.

No sé por qué, pero su comentario me hace reír. Los perros. Sólo viviré unos pocos años más que un chucho. A fin de cuentas todos esos esfuerzos por salvar a mi hermana esposa y la mancha que ha dejado en el asiento trasero durarán más que ella. La soledad de Reed se ha visto trastocada por una casa llena de chicos y en unos pocos años todos nosotros estaremos muertos, aunque sea él el que tiene los ojos cansados, las manos arrugadas y el pelo canoso. Somos jóvenes y estamos llenos de energía, pero dentro de seis años nos habremos evaporado de este mundo. Es de lo más absurdo.

Reed me mira con el ceño fruncido.

—Tu hermano nos ha estado llenando la cabeza con promesas de que nos iba a curar —le digo tras recuperarme de mi ataque de risa con hipo incluido—. Construye todos esos hospitales y guaridas secretas. Pero tú no.

—Mi hermano está loco —afirma—. Loco de atar. Pero no me malinterpretes, en el fondo lo único que quiere es no enterrar a otro hijo. No me queda más remedio que creerlo, de lo contrario sería un monstruo.

—Y cuando no pueda salvar a Linden, se aferrará a Bowen.

—¡Bowen y Linden! —exclama Reed dando una palmada en el volante con la mirada perdida—. Son dos nombres que nunca creí volver a oír de un tirón.

—¿A qué te refieres?

—A Vaughn no le gusta hablar del pasado como puedes imaginarte. El pobre Linden no sabe que su hijo se llama como su difunto hermano.

Esa noche a Cecilia la dan de alta en el hospital. Está lloviendo. Reed conduce a todo trapo por unas carreteras secundarias sinuosas, con las ruedas de su viejo coche chirriando en las curvas cerradas. Por el parabrisas no veo nada y me pregunto cómo se las apaña para conducir o si entrevé algo siquiera.

Linden, en el asiento del copiloto con Bowen en brazos, le va diciendo pacientemente cosas como «Tío Reed, no corras tanto» y «Te acabas de saltar un stop».

Cecilia, con los ojos cerrados, sigue acurrucada en el asiento trasero con la cabeza apoyada en mi hombro. Sé que está despierta por cómo se tensa al pasar el coche por un bache, pero no despega los labios y sé por qué está tan apagada.

Cuando estaba a punto de dar a luz prematuramente, perdió la conciencia y estuvo en un tris de morirse. Pero los médicos le provocaron el parto con medicamentos. Le dilataron la cérvix. Le relajaron los músculos. Y la obligaron a expulsarlo todo. Recuerdo haber visto en uno de los libros de Cecilia sobre partos la imagen de un feto de cuatro meses. Aparecía chupándose el dedito, con los ojos cerrados, las rodillas dobladas y los tobillos cruzados. Incluso cuando Cecilia se empezó a sentir más fuerte a los pocos días, me pidió que me quedara con ella. Mientras estaba junto a su cama, ella y Linden le pidieron al médico si podían ver a su hijo que había nacido muerto, si había sido niño o niña. El médico les respondió que hacía ya tiempo que se lo habían llevado para donarlo al laboratorio de investigación del hospital, el cual aceptaba cualquier cosa que valiera la pena analizar. El médico dijo que esto debería reconfortarles, porque su pérdida ayudaría a encontrar una cura.

Recuerdo que los dos se quedaron perplejos. Estaban tan conmocionados por la pérdida de su hijo que ya no les quedaba espacio para más dolor. Cuando Linden se llevó las palmas a las sienes, le temblaban las manos.

Ambos han soportado lo peor con una obstinada resistencia. Pero el silencio entre ellos es ahora como una presa a punto de romperse.

El coche se detiene chirriando.

—Espera, voy a por un paraguas. Cecilia, cariño, ponte la capucha —dice Linden.

Ella se incorpora, grogui, con la mitad del cabello aplastado. Le ayudo a ponerse la capucha del abrigo.

—¿Hemos llegado? —musita.

—Sí —respondo—. Y ahora ya puedes ir a acostarte. Incluso he ido esta mañana a casa de Reed para limpiar las sábanas del polvo. —No le digo lo de la sangre.

—Así es —asiente Reed—. ¡Vete a saber si la lavadora funcionaba! La he estado usando como despensa.

—Te he hecho la cama —le digo preocupada, apartándole el cabello de la cara—. He remetido las sábanas bajo el colchón tal como a ti te gusta —es un patético gesto de consuelo comparado con la desgracia que acaba de vivir.

—Gracias —responde ella bostezando.

Ladea la cabeza adormilada. Linden le cubre la cabecita a Bowen con la capucha del impermeable y le pasa el niño a Reed antes de ayudar a Cecilia a salir del coche, sosteniendo el paraguas sobre ella. En cuanto entramos a la casa, se dispone a llevarla en brazos, pero ella le aparta.

—¡Espera! —grita Linden, pero Cecilia, adelantándose, cruza el pasillo.

Desde que el corazón le dejó aquella noche de funcionar, tiene una mirada distante. Se mueve como una sonámbula encerrada en su propio mundo, ignorando las voces llamándola. Ha dejado de hablar de sus pesadillas, pero en realidad nunca ha despertado de ellas.

Deslizando la yema de los dedos por la pared, avanza con pasos lentos y temblorosos, pero decididos.

Reed, que acaba de tirar del cordel que ilumina el

hueco de la escalera con una luz parpadeante, se aparta para dejarla pasar. Cecilia se detiene frente a él, que le saca más de una cabeza en altura.

—Siento haber sido tan grosera contigo —se disculpa mirándole a los ojos—. Gracias por dejarme estar en tu casa.

Y Reed, que siempre echaba pestes cuando ella se iba de la cocina, se ablanda de golpe.

—De nada, nena —responde.

Cecilia le ofrece una vaga sonrisa y luego sube trabajosamente los crujientes peldaños de la escalera.

En cuanto llega al dormitorio, se tumba exhausta boca abajo en el colchón y Linden le quita los zapatos enlodados. Ella se da la vuelta desmadejada como una muñeca de trapo, mirándole con ojos apagados mientras él le desabrocha el abrigo, le saca los brazos de las mangas y le frota los dedos de las manos para hacérselos entrar en calor.

No para de susurrarle cosas bonitas, diciéndole lo importante y fuerte que es, pero ella no reacciona, ni siquiera cuando él le dice que la ama.

Y entonces es cuando escucho el grito ahogado de Cecilia y veo la mueca de su labio inferior al estallar en sollozos. La presa por fin se ha roto.

Cuando Linden aparta las mantas para que Cecilia se acueste, voy reculando hasta salir del dormitorio. Necesitan estar solos. Marido y mujer. No hay espacio para una tercera y molesta joven que ya no está casada con él. Si Cecilia supiera que me he quedado por ella, me obligaría a irme a la fuerza. Pero no puedo hacerlo hasta asegurarme de que está ya bien.

Bajo a la cocina, donde Reed está intentando darle el

biberón a Bowen mientras trabaja en un proyecto relacionado con tierra y tarros de cristal.

—Sandías compactas —me anuncia sin alzar los ojos—. Hago crecer la semilla en un tarro para que adquiera su forma. Ni más ni menos.

—Me gusta la idea de cambiar algo sin modificar su genética —afirmo.

—Qué lástima que no te quedes lo bastante como para ver el resultado.

Cojo a Bowen en brazos, me sorprende cuánto pesa algo tan pequeño, y me siento en una silla para darle el resto del biberón. Observo sus labios moviéndose, la leche manando entre ellos sin derramar nunca una sola gota. Se la toma entornando los párpados. Es una maquinita perfecta. Excelentemente diseñada, salvo por un molesto problema técnico.

Nos quedamos callados un rato.

—La pobre parece como si hubiera estado viviendo un auténtico infierno y acabara de salir de él —observa Reed.

Me gusta que vea a Cecilia tal como es.

—Sí, es verdad, ha estado viviendo un auténtico infierno —asiento—, lo que no sé es si todavía sigue en él.

Reed mete la mano dentro de un tarro y presiona la semilla en la capa de tierra que contiene.

—Está convencida de que Vaughn quiere matarla. No deja ni que se le acerque —observo.

—Vaya —responde sin parecer sorprendido—. ¿Y tú qué opinas?

—A mí no me extrañaría nada —afirmo inclinando el biberón para que Bowen no trague ninguna burbuja de aire.

Recuerdo habérselo visto hacer a mi madre mientras alimentaba a los recién nacidos en el laboratorio. Si un segundo embarazo era peligroso para Cecilia, tal vez lo único que Vaughn debía hacer era quedarse de brazos cruzados y dejar que siguiera su curso. Lo que no entiendo es por qué. Tal vez ha visto que ya no podía controlarla. Pero ¿por qué la quiere matar? ¿Qué ganaría con ello?

—He oído decir que en el pasado había cazadores que lo aprovechaban todo de sus presas —dice Reed—. Cocinaban con la grasa del animal, se comían su carne, se cubrían con su piel, conservaban sus órganos y veneraban su cráneo. Quizá mi hermano es como ellos, no quiere desperdiciar nada, a todo le da un uso.

—Supongo que te estás refiriendo a los esquimales —respondo—. Hacían esculturas con los huesos y cuerdas con los tendones.

Leí sobre ellos hace años en una de las enciclopedias de mi padre. Vivían en las regiones árticas del Canadá y sobrevivían casi por completo de lo que obtenían de la vida marina. Incluso me acuerdo perfectamente de las fotografías en papel satinado de sus pesados abrigos de piel, del largo rastro que una niña con trenzas negras había dejado en la nieve mientras sostenía un pez en alto. Recuerdo lo fuertes y hermosos que parecían. Me duele compararlos con Vaughn, pero es cierto. Nos destriparía a mí y a mi hermana esposa como a un pescado, aunque sin desaprovechar ni un solo órgano.

Por un instante siento rabia, las manos me tiemblan y el biberón se escurre de la boquita de Bowen, pero él lo recupera chupando con fruición. No me parece bien estar pensando en unas cosas tan horribles mientras sostengo en brazos a una criatura tan frágil.

—Sabes un montón de cosas, muñeca —afirma Reed—. Pero no te creas todo lo que los libros de historia dicen. Están llenos de mentiras —añade agitando el frasquito de semillas y sosteniéndolo junto a la bombilla que bambolea sobre su cabeza. Las semillas son embriones diminutos que aún tienen que nacer y yo las envidio. Las sembrarán y se convertirán exactamente en lo que estaban destinadas a convertirse.

—¿Rhine? —dice Linden en voz baja. Plantado en el umbral de la puerta, está lívido como un muerto.

—Estoy aquí, acabando de darle el biberón a Bowen —digo—. Cuando se lo termine, lo llevaré arriba. ¿O te lo quieres llevar ahora?

—No, deja que acabe —responde con el mismo tono de voz—. Cuando se haya tomado el biberón, ponlo en el moisés si no te importa. Hasta mañana.

No espera a oír mi respuesta. Da media vuelta con lentitud y precisión, como si llevara sobre la cabeza una pila de platos de porcelana, y desaparece en la oscuridad del pasillo.

Reed frunce el ceño tras un tarro de vidrio.

—¡Míralo! —exclama—, siempre he estado deseando que despertara de una vez y se diera cuenta de la clase de persona que es su padre. Pero nunca deseé verlo tan mal. Ojos que no ven, corazón que no siente. ¿Has oído alguna vez este refrán?

—Sí —respondo—. Aunque los de mi generación casi lo hemos visto todo, por suerte o por desgracia.

—Mi sobrino es un chico brillante, pero creo que prefiere vivir en las nubes —señala Reed—. Pero tú no eres como él. Siempre le estás dando vueltas a las cosas.

—Pues ya ves de qué me ha servido —me quejo— Para causarles problemas a todos.

—Los problemas ya existían —afirma él—. Tú no has hecho más que sacarlos a la luz.

En cuanto Bowen se acaba el biberón, lo llevo al piso de arriba procurando sortear las tablas del suelo de madera que más crujen. El dormitorio está a oscuras.

—Estoy segura de que tu padre está haciendo algo allí abajo —oigo a Cecilia decir.

—Pues ni tú ni yo vimos nada —le responde Linden. Los dos se están intentando recuperar de haber llorado, lo noto en sus voces.

—Oí ruidos tras las paredes. Gente. No creo que Rhine esté mintiendo. Ella no me mentiría.

—Cariño, yo antes también pensaba como tú…

—Pues yo la creo. Tanto si tú la crees o no —le suelta sollozando—. Déjame, no me toques así, como si te diera lástima.

—Ya seguiremos hablando de ello cuando estés mejor —dice él.

—No soy de cristal —replica ella—. ¿Cuándo vas a dejar de tratarme como si me fuera a romper?

—De acuerdo —contesta él también sollozando—. Hay algo que nunca te conté —le confiesa. Hace una pausa. Oigo el frufrú de las sábanas—. Hace mucho tiempo, antes de estar casados, tuve una hija.

Su voz se convierte en un murmullo, es tan inaudible que ni siquiera estoy segura de si continúa hablando.

—¡Dios mío! —oigo que exclama Cecilia, y vuelvo a oír a los dos sollozando—. ¿Por qué no me contaste algo tan importante?

A partir de aquí me cuesta entenderles, porque sus

voces se han transformado en meros murmullos y sólo capto pequeños fragmentos de la conversación, como «Rose me dijo... no me lo podía creer... no quería pensar en ello... creí que te asustaría».

—A mí me lo puedes decir todo. Todo —oigo que responde ella.

Bowen, al ser un niño tan intuitivo, se pone a hipar y lanza uno de esos agudos gimoteos que anuncian que se va a echar a llorar. Sabe que hay una razón para estar triste.

—¿Rhine? —me llama Cecilia, procurando que no se le note que ha estado llorando, aunque en el aire flota la tensión de una conversación interrumpida por mi llegada.

Me adentro en la oscuridad del dormitorio, apenas entreveo sus figuras en la cama.

—Ya le he dado el biberón —le aclaro.

Bowen gimotea y Cecilia alarga las manos para cogerlo en brazos.

—Gracias —dice cuando se lo entrego.

—Buenas noches —respondo.

—Buenas noches —me desea ella con una alegría que no parece para nada forzada y luego se acurruca bajo las mantas con su marido y su hijo.

Linden bosteza con tanta naturalidad como si no les pasara nada.

—Que descanses —me dice.

De seguir los tres casados, me pregunto si habrían querido incluirme en su conversación, si hubiera pasado siquiera alguna de estas cosas tan horribles.

En cuanto me acuesto en el diván de la biblioteca, me quedo roque. Siempre ha sido mi reacción cuando las cosas no me van bien. Cuando estoy agotada. Dormir me reconforta. Es como un pesado manto que lo transforma todo en algo oscuro y suave. Al otro lado del pasillo Bowen está llorando y sus padres se olvidan de sus propias lágrimas para ocuparse de él. Se me ocurre que son una familia, una familia tan real como la que yo tuve, aunque hace ya tanto tiempo que apenas lo recuerdo.

No me despierto hasta el mediodía. Cuando abro los ojos, descubro en el reloj de la pared que son las dos pasadas.

Habría seguido durmiendo de no ser por el ruido de un motor acelerando en el exterior. Reed está intentando resucitar un viejo coche, no me cabe la menor duda.

Junto al diván hay una bandeja en el suelo con una taza llena de un líquido beige y un bol con macedonia de frutas nadando en su propio jugo.

—Lo siento —se disculpa Linden desde el umbral de la puerta—. Sé que te gusta tomar fruta fresca para desayunar, pero mi tío prepara conservas con todo lo que cultiva, salvo algunas manzanas demasiado harinosas.

Me incorporo en el diván y me aparto el pelo de la cara. La persiana está echada, aunque estoy segura de que anoche no lo estaba.

—No te preocupes. Gracias —le digo.

Linden asiente con la cabeza, me mira unos segundos y luego clava la vista en el suelo.

—Quería asegurarme de que estabas bien —responde—. Al ver que era tan tarde, me extrañaba que aún no te hubieras levantado.

—¿Cómo se encuentra Cecilia?

—Está en la planta baja intentando hacer funcionar

la radio —apunta—. Cuando la dejé, estaba a punto de arrojarla contra la pared.

Esboza una sonrisa forzada y yo le ofrezco también una vaga sonrisa. Es reconfortante creer que Cecilia vuelve a ser la de siempre. Dentro de lo que cabe, claro.

Parece como si quisiera decirme algo más, pero creo que está esperando a que yo le invite a pasar. Le hago un hueco en el diván, tapándome con la áspera manta de lana.

Él se sienta en la otra punta, a dos palmos de distancia. Tarda un buen rato en hablar.

—Te debo unas disculpas —admite mirando el reloj de la pared como si le estuviera apuntando con una pistola—. Pese a todo lo que dijiste, no te creí, por más evidente que fuera. Me inventé toda clase de excusas para no creerte.

No puedo culparle por no confiar en mí. Después de todo he sido la que más le ha mentido en nuestro matrimonio. Pero no quiero interrumpirle cuando salta a la vista que le está costando horrores decírmelo.

—Mi padre no demostró importarle en lo más mínimo tu integridad. Deberías haberme contado que temías por tu vida, Rhine, eras mi esposa. Pero decidiste callártelo. Y te entiendo, porque no te habría creído. Al igual que no creí a Rose —admite con una mueca de dolor al pronunciar su nombre.

»Intentó decirme cosas sobre mi padre. Me contó que había oído a nuestra hija llorar. Y... —se le quiebra la voz, incapaz de seguir hablando.

Me mira a los ojos. Y yo me vuelvo a sentir como el fantasma de Rose. Está mirando su cabello, su cara, intentando enmendar su muerte.

—Una parte de mí la creyó. Se parecía mucho a ti, era una chica muy juiciosa, nunca afirmaba algo sin estar *segura*. Siempre llevaba razón. Pero con todo me pareció un hecho demasiado horrible para ser verdad. Y… al oírte decir a ti lo mismo la tarde que te despertaste en el hospital, me sentí en cierto modo como si ella hubiera vuelto para atormentarme.

El corazón me martillea en la garganta. Pego las rodillas al pecho bajo la manta, intentando hacerme lo más pequeña posible.

—Te mentí —reconoce—. En realidad creí todo lo que me dijiste, a mi pesar.

—Es lógico que no quisieras ver a tu padre de ese modo —asiento en voz baja—. Linden, te entiendo…

—Por favor, déjame acabar —me ruega sosteniéndome la mirada, obligando a Rose a irse, obligándose a sí mismo a aceptar que ya no le puede pedir perdón por no haberla creído. Yo no soy ella.

»Cuando me dijiste que Cecilia corría peligro, tampoco quise creerlo. Pensé que podía protegerla. Pero la noche que perdió a nuestro bebé, yo… —dice clavando los ojos en sus manos—. Pero ya no había nada que hacer.

Hasta ese momento había logrado hablar con serenidad, pero ahora las manos le tiemblan y los ojos se le nublan de lágrimas. Ha tenido que hacer un esfuerzo tremendo para mantener la calma, incluso ha conseguido hablar de Rose sin venirse abajo. Pero ahora no puede soportar que Cecilia haya sufrido tanto por su culpa, la quiere demasiado.

—¡Debería haberte escuchado! —exclama cerrando las manos angustiado.

Aparto la manta bajo la que estaba acurrucada y me

acerco a él. Nos quedamos con la cima de la cabeza y los hombros pegados.

—Lo siento —dice.

—Yo también.

Permanecemos en silencio un rato. Dejo que recobre la calma.

—Pero ¿estás seguro? —pregunto apartándome un poco para mirarle a los ojos—. ¿De verdad crees todo lo que me acabas de decir?

—Cecilia sigue jurando que mi padre es el culpable. Cree que él sabía lo del bebé y que estaba simplemente aguardando a que el embarazo la matara. Pero mi padre insiste en que lo que ella afirma no tiene ni pies ni cabeza.

—Tu padre se ha equivocado en muchas cosas —respondo.

Se equivocó sobre su propio hijo. Me dijo que el amor no correspondido que Linden sentía por mí se había vuelto violento. Pero Linden tuvo la oportunidad de darme la espalda —nadie le hubiera culpado por ello— y no lo hizo.

—Sigo sin entenderlo —insiste él—. ¿Por qué mi padre querría hacerle daño? Tal vez no ha sido más que un gran malentendido. Pero debía tomar partido por uno de los dos, y decidí apoyar a Cecilia. Ella me contó muchas cosas que antes temía decirme al pensar que podría sentirme traicionado y echarla de mi lado.

Anoche mientras me dormía, los oí murmurando al otro extremo del pasillo y me pregunté si alguno de los dos habría pegado ojo en toda la noche.

—Cecilia no quiere que se rompa vuestro matrimonio. Lo es todo para ella.

—Y para mí también —afirma él—. Estuvimos hablando largo y tendido. Acordamos ser sinceros el uno con el otro. Y apoyarnos en todo, fuera lo que fuera.

—Me parece bien.

—Por eso cuando Cecilia me dijo que debíamos ayudarte, yo la respaldé.

—¿Ayudarme?

—Queremos ayudarte a encontrar a tu hermano. Y a ese sirviente —dice Linden.

—Gabriel.

—Sí. Gabriel —repite clavando los ojos en el regazo y luego mirándome.

De pronto no sé qué hacer con las manos. Las meto entre las rodillas. La sangre se me agolpa en las mejillas y siento la necesidad de llorar y reír a la vez, pero sacando fuerzas logro no hacer ni una cosa ni la otra.

—Sé que no tengo ningún derecho a preguntarte lo que hubo entre vosotros dos —admite Linden—. Incluso antes de la anulación, ahora veo que no podía esperar que sólo me amaras a mí.

—Tenías todo el derecho —le aseguro—. Estábamos casados.

—Fue una locura —afirma—. Pero admito que me he estado preguntando, desde el día que huisteis, si había algo entre vosotros. Me pregunté por qué habías elegido quererle a él en lugar de a mí.

—No fue lo que crees —me apresuro a decir con demasiada rapidez y vehemencia. Me obligo a mirarle—. Lo que pasa es que no podía dejarle en la mansión. Me encantaba la idea de volver a ser libre, y también que Gabriel lo fuera, en lugar de trabajar de sirviente hasta el fin de sus días. No me parecía bien, Linden, que la gente sólo viera el mundo a través de sus ensoñaciones y de las ventanas.

Creo que le acabo de herir. Mirando por encima de mi hombro, se queda pensativo y asiente con la cabeza.

—Entonces, ¿se ha portado bien contigo? Me refiero a Gabriel.

—Mejor de lo que yo me he portado con él —admito.

Frunce la boca, aún sin mirarme. Su mueca trasluce que quiere decirme algo que no le resulta fácil.

Desea preguntarme si me he acostado con Gabriel. Creo que me lo ha querido preguntar desde mi regreso, pero no se ha atrevido. Es una pregunta demasiado indiscreta.

Linden se aclara la garganta.

—Lo que en realidad he venido a decirte es que me gustaría ayudarte a volver a tu hogar. Si tú me lo permites, claro. Y esta vez tengo un plan.

—¿Cuál es? —pregunto intrigada.

—Mi tío va a arreglar uno de sus viejos coches —me cuenta—. Los modifica para que funcionen con el carburante que elabora en casa. La fórmula es un secreto, y no sé lo fiable que es, pero es mejor que nada, ¿no crees? Puedo enseñarte a conducir.

Ya sé conducir. Mi hermano me enseñó con la furgoneta de repartos del trabajo. Pero ahora no es el momento de añadir otra cosa más a la lista de lo que Linden no sabe sobre mí.

—Gracias —le respondo de corazón.

Él ve la esperanza que su plan me ha dado.

—Deberás posponer tu viaje un poco más, pero a la larga llegarás antes a tu casa y yo me sentiré mucho mejor al saber que vas en coche, o sea que habrá valido la pena.

Alarga la mano para tocarme el hombro, pero de pronto cambia de idea, como si estuviera deseando separarse de mí cuanto antes. Sin embargo, cuando me mira me sonríe fatigosamente al ponerse en pie.

—Come y lávate, si quieres. Creo que mi tío te necesita en el cobertizo. Le dije si quería que le echara una mano, pero me contestó que se me da mejor el diseño que la reparación. Me temo que todavía se acuerda de la radio de fabricación casera que le estropeé de niño.

—¿Linden?

Se gira en el umbral de la puerta.

—No lo hice. Ya sé que no me lo has querido preguntar directamente, pero Gabriel y yo... no nos acostamos.

Su expresión no cambia, salvo por las mejillas que se le enrojecen.

—Nos veremos en la planta baja —dice.

En cuanto se va, hago un esfuerzo para comerme todo lo del bol. No me apetece, pero sé que mi cuerpo lo necesita. Me noto el estómago vacío royéndome los huesos. Después de desayunar, me ducho bajo el caño oxidado. Ignoro el deseo de meterme bajo las mantas y dormir tres años seguidos. Si Linden y Cecilia han hecho el esfuerzo de seguir adelante y ser fuertes pese a todo lo que han perdido, yo también puedo hacerlo.

Tras una semana de lluvia, llegan unos días el doble de soleados que antes. Las briznas de hierba se alzan desafiando la pesadez de las gotas de lluvia. La luz del sol se cuela por las rendijas del cobertizo, iluminando las motas de polvo suspendidas en el aire. Todo huele a flores y a tierra.

La sirvienta de Cecilia llegó el otro día. No estoy segura de lo que Linden le dijo a su padre para que dejara de tenerla en un puño y le permitiera quedarse con nosotros, pero cuando bajó de la limusina parecía no haber sufrido ningún daño, aunque no despegó los labios.

Cecilia a veces sale afuera, descalza. Durante la mayor parte de nuestro matrimonio prefirió llevar faldas y vestidos de tirantes para impresionar a nuestro marido, pero ahora lleva unos tejanos remangados hasta la rodilla. Deja a Bowen boca abajo en el suelo e intenta con paciencia que gatee, aunque todo cuanto él hace es agarrar tierra del suelo y sostenerla en alto ofreciéndosela al sol. Cecilia concluye que debe de estar venerando a su dios secreto.

—¡Cuántos colores hay en su iris! —me dice ella una tarde cuando me siento a su lado en el suelo—. A veces me pregunto de dónde los ha sacado —observa arrancando un puñado de hierba y esparciéndola sobre su hijo, que intenta, combando el cuerpo y apoyándose en las manitas, gatear.

—¿Te pareces a tus padres? —me pregunta.

—Un poco a mi madre —le respondo llevándome las rodillas al pecho— Tenía los ojos azules.

—Me pregunto hasta dónde llega la línea genética —dice—. Tu madre tenía los ojos azules, al igual quizá que su madre, y que la madre de su madre. Podría ser que hubieras adquirido un gen que tus antepasados fueron heredando durante miles de años. Podrías ser la última persona en tener los ojos con ese tono azul.

No le digo que mi hermano tiene los ojos del mismo color que los míos y que vivirá más que yo. Aunque a juzgar por las explosiones que está provocando y todo lo demás, me pregunto si incluso estará vivo cuando logre dar con él.

—¿Cómo te encuentras? —le pregunto—. ¿Tienes frío? Si quieres te traigo un suéter.

—No. En este momento me siento bien.

Ya hace casi una semana que la dieron de alta en el hospital, y ahora es más autosuficiente que nunca. Insiste en comer con nosotros en la mesa, declinando amablemente los ofrecimientos de Linden de llevarle la comida a la cama. Incluso ha estado limpiando la casa, aunque nadie se lo haya pedido, nunca la había visto ser tan hacendosa. Me la encuentro sacándole brillo a los tarros de vidrio, quitando el polvo de la encimera, limpiando el linóleo con un trapo húmedo. Ha envuelto la antena de la radio con papel de aluminio hasta que las chirriantes interferencias se han transformado en música. Ha memorizado las canciones y ahora las canta en voz baja mientras se mueve por las habitaciones. A veces creo oírla cantar mientras duerme.

—Deberías irte pronto a tu casa —me advierte—. El tiempo corre para ti.

Sabe que he estado posponiendo el viaje. Cuando estaba encerrada en la mansión, no pensaba más que en mi hogar. Pero ahora mi casa ya no existe. Me asusta pensar en lo que me espera cuando me reúna con Rowan. Me asusta no poder encontrarlo. Y lo que quizá más miedo me da es aceptar que en cuanto me vaya no volveré a ver a Cecilia ni a Linden nunca más.

En esta parcela en medio de la nada de Reed, el tiempo parece casi haberse detenido. Es muy reconfortante, por extraño que parezca.

Me protejo los ojos con la mano a modo de visera y

los entrecierro para ver a Linden a lo lejos. Le han quitado la lona a uno de los coches y él y su tío lo están señalando con el dedo mientras hablan.

—Conque ése será mi medio de transporte —observo.

—Es como si estuviéramos viendo una fotografía antigua —dice Cecilia entornando los ojos.

—Ignoraba que Linden supiera conducir.

—Yo también —asiente—. Pero creo que está haciendo prácticas.

Levanta a Bowen en brazos y se lo pone en el regazo. En sus ojitos se reflejan las nubes y el cielo. Intenta agarrarme el cabello y yo sostengo un mechón entre mis dedos para que lo atrape.

—Soñaba con lo bonito que sería que tú tuvieras uno —afirma Cecilia—. Me refiero a un hijo. Y Jenna también—. Contempla a Reed tumbándose debajo del coche mientras Linden manipula algo bajo el capó levantado. —Esta situación no es la que creí que viviría al año de nuestro matrimonio. Pensé que todos seríamos felices. ¡Qué boba he sido!, ¿verdad?

Bowen me tira del pelo, la piel de sus deditos es tan suave que se le pegan mis cabellos.

—No, no lo has sido —respondo—. Nadie podía prever que todo acabara así.

—¿Qué he hecho, Rhine? —me pregunta—. He traído un niño a este mundo porque el Amo Vaughn me convenció de que nos curaría. Pero Bowen está condenado a morir como tú y como yo.

El pequeño se agarra a la blusa de Cecilia y echa la cabecita atrás para que le dé el sol en la cara, totalmente ajeno a todo. Una vez oí que los humanos somos la única especie consciente de nuestra mortalidad, pero me pregunto si esto es cierto en los bebés. ¿Le importaría siquiera a Bowen que su vida acabara? La niñez es un camino largo larguísimo desde el que el oscuro y susurrante bosque de la muerte parece un destino imposible.

—¿Quién se va a ocupar de él cuando Linden y yo nos hayamos ido? —dice Cecilia.

No sé qué responderle. Bowen es fruto de un plan fallido, como todos nosotros.

—Ya se os ocurrirá algo —concluyo—. Las cosas no han salido como querías, pero siempre es así. De momento te las estás apañando la mar de bien, ¿no crees? Estás saliendo adelante.

Cecilia sacude la cabeza.

—¡Odio a ese hombre! —exclama—. Me lo ha estropeado todo.

En sus ojos destella algo peligroso y horrendo. Sólo por un instante, pero después ya no parece la misma. Y ahora lo sé: la novia alada avanzando dando saltitos ante mí se ha desvanecido. La han camelado, arruinado y dado por muerta, y ella no piensa olvidarse de ninguna de estas cosas. Seguirá al pie del cañón, aunque sea por puro rencor.

—Aun cuando Vaughn hubiera querido curarnos, nuestro matrimonio no podía seguir así eternamente —afirmo.

Cecilia contempla los cambios de luz en el cabello de Bowen.

—Nunca quise vivir eternamente, sólo lo suficiente —declara.

10

—¡Comed! —dice Reed dejando con un golpe seco en medio de la mesa una olla llena de alguna clase de jugo.

Cecilia le echa un vistazo al jugo gris y turbio y arruga el ceño al ver un dado de carne flotando en el borde.

—¿Qué era esto en su vida pasada? —le pregunta.

—Palomas y conejos del monte —dice él—. Cazados por mí.

—Es un gran tirador —tercia Linden.

—¿Te gustan las palomas? —le pregunta Cecilia reclinándose en la silla con cara de asco y de curiosidad a la vez.

—¡Todo es comestible! —afirma Reed, sirviéndole en el bol un cucharón lleno de potaje.

Cecilia, como yo, ha estado comiendo sólo las manzanas harinosas, las frutas en conserva y los encurtidos más reconocibles. No hemos sido tan valientes como Linden, que jura y perjura que los dudosos platos de su tío no «son tan malos» después de todo.

Sé que Cecilia está deseando soltarle algo más, pero se muerde la lengua porque es nuestra última comida juntos. Mañana a primera hora me iré. He decidido volver a Nueva York para encontrar en primer lugar a Gabriel. Espero que siga con Claire. Y le echo de menos. Le echo de menos cada vez que Linden y Cecilia se miran, o susurran tras una puerta cerrada, porque me recuerdan que ahora no formo parte de lo que tienen. Ya no pertenezco a este sitio.

Las piezas de mi vida nunca parecen permanecer en un único lugar.

Nadie habla. Reed se ha traído a la mesa el engranaje en el que está trabajando. Una especie de motorcito que silba y le arroja chispas.

Linden se toma a sorbos el jugo gris, en silencio. Hago girar la cuchara dentro del bol.

Cecilia se levanta de la mesa y vuelve al cabo de poco con la radio, que crepita con las interferencias, interrumpidas por desagradables chirridos y de vez en cuando por voces apagadas.

—¿Por qué traes eso a la mesa? —le pregunta Linden.

—Pues tu tío ha traído… eso otro —replica ella señalando con el dedo el motor de Reed—. Solo quería escuchar un poco de música mientras cenamos, eso es todo.

Linden arruga el ceño, pero no dice nada más. Sabe elegir sus batallas con Cecilia y es mucho más comprensivo desde que ella estuvo al borde de la muerte. Soporta estoicamente los chirridos de la radio.

Por fin Cecilia encuentra una emisora. Pero no dan música. Están retransmitiendo noticias de la actualidad. Mucho antes de que yo naciera había un montón de emisoras con programas musicales, pero hace años que nadie compone canciones nuevas y ahora la única música que dan es la de los intervalos entre las noticias. Viejas canciones alegres sobre frivolidades que no tienen ningún sentido para mí. Aunque a Cecilia le gustan, disfruta con cualquier cosa que pueda cantar.

Mueve la antena hasta que las voces se oyen con más claridad.

—A lo mejor pondrán pronto una canción —dice ella.

—Lo dudo, nena —afirma Reed—. Ya he oído antes a ese tipo. Retransmite las noticias desde su casa.

Cecilia arruga el ceño y se dispone a girar de nuevo el botón de las emisoras.

—¡Espera! ¿Has oído eso? —exclama Linden.

—¿Qué? —dice ella.

Han vuelto las interferencias y Cecilia ajusta el papel de aluminio alrededor de la antena.

Se oyen algunas voces saliendo de la radio. Al principio las palabras no significan nada en especial. Las he estado oyendo toda mi vida. «Genética», «virus», «esperanza». Se han convertido en ruido de fondo, sobre todo al pasarse mis padres las noches escuchando esa clase de emisiones.

Tomo una cucharada del jugo gris, evitando los dados de carne. No sabe tan mal después de todo.

—¡Ya funciona! —dice Linden.

Cecilia aparta la mano de la antena, las interferencias han desaparecido y ahora ya sólo se oyen voces.

—¡Otra vez el mismo tipo! —protesta decepcionada.

Pero ahora Linden se ha puesto a escucharlo atentamente.

«Los llamados médicos han estado buscándolo durante años», dice la voz de la radio.

«La labor de los Ellery —responde otra voz— es ahora objeto de culto, tanto por parte de los médicos como de los extremistas a raíz de los últimos atentados terroristas con bombas. Sus investigaciones, interrumpidas como todos sabemos por un acto terrorista que acabó con sus vidas, fueron cayendo poco a poco en el olvido junto con todo lo demás.»

La pequeña ración de comida que me he tomado se me indigesta de golpe. El cuerpo se me hiela, la mente se me nubla aturdida y pienso: *No pueden ser los Ellery que conozco.* ¿Cómo pueden estas voces desconocidas saberlo todo de mis padres que llevan muertos varios años? Eran unos científicos y médicos que consagraron sus vidas a descubrir el antídoto, pero apenas se les conocía comparados con otros médicos famosos a nivel nacional como Vaughn.

¡Oh!, pero los locutores también conocen a Vaughn. «Incluso expertos tan prestigiosos como el doctor Ashby han citado el estudio de los mellizos de los Ellery. El doctor Ashby tiene la teoría de que los hijos de los Ellery, que supuestamente eran mellizos, formaron parte de sus investigaciones.»

«Si es que llegaron a existir —dice la otra voz—. «A lo mejor no fueron más que metáforas.»

Cecilia juguetea con un mechón sacándoselo de la coleta, y juraría que sus ojos se van agrandando por momentos mientras me mira y oye las palabras cada vez más enigmáticas de la radio.

«El doctor Ashby está actualizando la teoría de los Ellery sobre que el virus se puede duplicar a modo de vacuna. Administrado en pequeñas dosis refuerza el sistema inmunitario para que las víctimas del virus se curen.»

Los tipos están manteniendo una discusión de lo más

apasionada, las interferencias siguen, y Linden ajusta y reajusta el papel de aluminio para que las voces no se esfumen. Pero no importa, porque no puedo oír nada más. Tengo la cabeza llena de interferencias que me impiden concentrarme. Siento como si la temperatura de la habitación se doblara de golpe y la bombilla bamboleándose en el techo proyecta un sinfín de sombras. ¿Cómo es que no las había advertido antes?

«¿Y qué piensa de uno de los autores de los ataques terroristas que afirma ser el único mellizo superviviente de los Ellery? Podría muy bien tratarse de quien afirma ser.»

«¿Cuántos extremistas han afirmado ser producto de un proyecto u otro de investigación? Y eso en el caso de que la investigación de los Ellery no sea una leyenda urbana —replica la otra voz—. Esas clínicas de maternidad que los Ellery dirigían como parte de su supuesto proyecto del Jardín Químico también servían como laboratorios de investigación. En el caso de que sus hijos llegaran a existir, seguramente murieron en el atentado junto con las otras víctimas. La única razón por la que los Ellery están acaparando ahora la atención de los medios es por ese terrorista que afirma ser su hijo.»

Las interferencias vuelven y las voces desaparecen.

Todos tienen la vista puesta en mí. Soy el blanco de todas las miradas, pero yo no puedo mirarles.

Noto en el pecho la pesadez que sentía en el estómago y me cuesta respirar. Necesito salir afuera, en medio de la brisa y las estrellas, en lugar de estar rodeada de paredes. Me levanto incluso sin darme cuenta.

Salgo al porche tambaleándome. Mareada, me siento en el escalón de arriba e intento recobrar el aliento.

Se me agolpan tantos pensamientos en la cabeza que no puedo captar ninguno. Nunca creí volver a oír hablar de mis padres, y mucho menos en una discusión de la que mi suegro formaba parte. Es cierto que también se dedicaban a la investigación genética, pero Vaughn está loco de atar. Mis padres sólo querían encontrar un antídoto, ¿no?

¿Cómo es que los tipos de la radio sabían cosas de mi hermano y de mí?

¿Había dicho Rowan que era el único superviviente de nuestra familia?

¿Qué era esa teoría de que el virus se podía duplicar? ¿Qué eran los Jardines Químicos?

Las preguntas son pedazos oscuros, como piezas de rompecabezas, hasta que apenas puedo ver ni pensar nada.

¿Y para qué servían? ¿Tengo yo las respuestas? Mi hermano y yo —por lo visto los famosos mellizos Ellery— no somos una leyenda urbana. Existimos. Pero en nosotros no se encuentra la clave, ni podemos ofrecer siquiera la vaga promesa de una cura.

La puerta mosquitera se cierra de golpe a mis espaldas, haciéndome estremecer.

La madera del porche cruje bajo las fuertes pisadas de Reed. Siempre lleva puestas las botas, incluso por la noche, como si estuviera preparado para echar a correr en cualquier momento. No es distinto de la gente que conocía en mi hogar, antes de la vida recluida que llevaba en la mansión. Ni tampoco de mi hermano ni de mí.

Se sienta a mi lado, oliendo a tabaco, aunque haga horas que no fume. Cecilia se pone echa un basilisco cuando el humo de los cigarrillos ronda el aire que

Bowen respira. Y cuando Reed sostiene que el humo es totalmente inofensivo, ella se enfurece más todavía. Antes causaba enfermedades que ya no existen, y Reed dice que el bebé no se va a morir por toser un poco.

—Estás metida en un buen problema, ¿verdad, muñeca? —observa Reed.

Me pego las rodillas al pecho.

—No tengo idea de lo que significa todo eso —respondo con la voz quebrada.

Oigo las interferencias de la radio mientras Linden y Cecilia intentan sintonizar la emisora de nuevo.

—¿Sabe mi hermano que los Ellery eran tus padres? —pregunta Reed con una cara tan seria que se me ponen los pelos de punta.

La idea es demencial. ¿Es que además de arrancarme de mi hogar he estado siendo un blanco y no una mera víctima de los Recolectores? Ahora miro la locura de Vaughn con otros ojos. Podría haberme estado buscando toda mi vida.

No. No. No puede ser. Como decían los tipos de la radio, hay un montón de científicos, un montón de teorías. Mis padres no descubrieron nada nuevo. Vaughn debe de haber oído hablar de ellos cuando mi hermano dijo lo que dijo, es decir, que era el único mellizo superviviente.

Mi hermano es clavado a mí. Tiene unos ojos heterocromáticos como los míos. En cuanto Vaughn lo vea, se dará cuenta de nuestro parentesco.

—No lo sé —musito—. Si Vaughn se entera, también irá tras mi hermano.

Estoy demasiado alucinada como para procesar la información. Demasiado pasmada incluso para llorar, aunque los ojos me escuezan. Las piernas me tiemblan.

—A pesar de todo, aquí estás a salvo —afirma Reed.

—¿Lo estoy? —respondo—. ¿O es lo que tu hermano quiere que yo crea mientras planea la siguiente jugada?

—Nunca cruzará esta puerta —me asegura.

Quiero creerle. Reed no sólo siempre va con botas, sino que también lleva siempre ceñida al cinto una pistola. Pero Vaughn es muy listo. Se presenta tranquilamente, nunca alza la voz, nunca usa armas, pero se sale con la suya la mayoría de veces.

Me llegan otras voces desconocidas procedentes de la radio. Cecilia la saca al porche. Su cara es solemne y comprensiva.

—No hemos encontrado la emisora de antes, pero en ésta también dan noticias. Ayer pusieron otra bomba, es de lo que hablaban esos tipos.

Linden sale tras ella, con el ceño fruncido.

—¿Por qué no te llevas eso dentro, cariño? Déjala tranquila un rato.

—¡Tiene que oírlo! —insiste Cecilia sosteniendo la radio en alto como una ofrenda. En las noticias están contando una historia terrible.

«Se ha confirmado que hay catorce víctimas y al menos cinco personas heridas por la bomba que ha estallado en Charleston, Carolina del Sur.»

El estado donde también se encuentra la feria demencial de la Madame. Aunque esto por supuesto no significaría nada para el locutor.

«Los tres autores de la bomba —prosigue— han reivindicado el acto terrorista, y aunque no hayan revelado su siguiente objetivo, han incitado concentraciones públicas y han hablado abiertamente de sus acciones ante la cámara.»

Siento como si la cabeza me fuera a estallar, como si mi cerebro estuviera rodeado por el hilo de una cometa que tirase de él hacia los altavoces. Y sé que estoy a punto de oír algo que llevo mucho tiempo sin oír. Algo cuya ausencia ha hecho que una parte muy profunda de mí se resecara.

La voz de mi hermano.

Irritado, está gritando ante la multitud. La cámara, sepultada en medio de vítores, abucheos y susurros, capta el rumor del viento. Pero Rowan es el maestro de esa algarabía. Me concentro en mi hermano, me lo imagino plantado en un lugar elevado, y le oigo decir: «Las investigaciones son inútiles. Toda esa locura de intentar descubrir una cura es más peligrosa que el mismo virus. Mata a la gente. Mató a mi hermana». Dice la última palabra desecho de dolor. La palabra que me simboliza. «¡Han llegado demasiado lejos y hay que atajarlas!»

El fragmento de la grabación llega a su fin y él se desvanece.

Una especie de grito ahogado o de gemido sale de mi garganta.

Ahora no hay ninguna duda. Cree que he muerto. Ha dejado de buscarme.

—¿Rhine? —dice Linden empujando un poco a Reed para arrodillarse en el escalón inferior al mío. Me aparta el cabello de la cara y me sostiene el cráneo con las yemas de los dedos buscando con sus ojos los míos, como si quisiera comprobar si un jarrón está desportillado o agrietado.

—Era mi hermano —consigo decir.

La voz se me agarrota, como si sólo pudiera inhalar, o tal vez sea lo que me está pasando. No lo sé. Nunca me había sentido así. Primero fue la adrenalina y el terror de descubrirme en la furgoneta de los Recolectores, y luego en la parte trasera de aquel camión con Gabriel, pero en la oscuridad todas esas sensaciones se acabaron amalgamando al cabo de poco en una especie de malestar. Más tarde llegaron mis maquinaciones. La lógica me ayudaría a mantener la calma. Me habían capturado. Me las ingeniaría para escapar. Regresaría a mi hogar y mi hermano y mi casa me estarían esperando. Pero mi hermano ha convertido nuestra casa en un cráter. Al igual que ha hecho con él y con todo cuanto toca.

—¡Respira! —dice Linden en voz baja.

Siempre se ha ocupado de mí, incluso cuando le he hecho daño. Lo veo rodeado de chiribitas, como si alguien hubiera agitado las estrellas de una manta y estuvieran volando a su alrededor.

—¡Ha sido por mi culpa! —exclamo—. Debíamos cuidar el uno del otro, y yo lo abandoné. Ahora no sé donde está. Nunca más volveré a encontrarlo.

—Claro que lo encontrarás —me asegura Linden.

—Conozco al tipo de la primera emisora que daba las noticias —tercia Reed—. Puedo llevarte al lugar donde vive. Tal vez él sepa algo.

Linden se levanta para sentarse entre su tío y yo.

—¿Es seguro ir a verle? —pregunta—. Parecía como si fuera un pirado.

—Linden, como has crecido entre algodones crees que todo es peligroso —apostilla Reed.

—¡Tienes que hablar con él, Rhine! —me ruega Cecilia—. Enterarte de qué son los Jardines Químicos.

Quizá tus padres conocían algo que nosotros ignoramos. ¿Y si existiera una cura? ¿Y si tuviera que ver contigo y con tu hermano? Debes descubrirlo por el bien de todos —añade con una voz tan esperanzada que me resulta insoportable.

—¡Cecilia! —le suelta Linden—. Ahora no es el momento de pedirle nada. ¿Es que no puedes ser un poco más sensible?

—¿Sensible? —le espeta ella—. ¡Sensible! Cuando estaba embarazada de nuestro hijo, me dijiste que mi cometido era tener al bebé. Me dijiste: «¿No ves lo importante que es?» ¡Pues ahora lo veo! Tal vez no haya ninguna solución, ¡vete a saber!, pero debemos comprobarlo. He traído a Bowen a este mundo creyendo que podría tener la oportunidad de sobrevivir, y no pienso quedarme de brazos cruzados esperando a que se muera si todavía hay alguna esperanza.

Cecilia es el blanco de todas las miradas. Bajo la luz de la luna su cuerpecito parece más grande y todo. Las tragedias la han fortalecido. Pero la radio, ahora silenciosa, le tiembla en las manos. Tiene las mandíbulas apretadas. Por más realista que se haya vuelto, nunca dejará de aferrarse a la menor esperanza. Aunque todos sepamos que la situación no tiene remedio, ¿quién soy yo para quitársela?

Linden abre la boca para hablar, pero le pongo la mano en el brazo para impedírselo.

—Tiene razón —asiento—. Debemos ir a hablar con ese hombre.

—¿Estás segura? —pregunta Linden.

No puedo soportar más la pena de Linden y Reed, y la intensidad de Cecilia. Mirando hacia otro lado, contemplo la alta hierba doblándose bajo una ráfaga de viento.

—Sí —insisto—. Y ahora, ¿podríais dejarme sola, por favor?

Reed se pone en pie en el acto.

—¡Se ha acabado la fiesta, chicos! —exclama acompañando a Linden y a Cecilia al interior.

En la planta de arriba las ventanas están abiertas y a los pocos instantes oigo a Bowen rompiendo a llorar y a Cecilia cantándole una canción. Linden le pregunta dónde ha dejado la maleta y ella le responde que debajo de la cama.

Todos vamos a morir prematuramente dentro de poco. Quiero ser la persona que los salve, pero no puedo.

Me duermo, pero mi sueño es una vívida alucinación de las manos de Vaughn llevándose a Bowen del moisés mientras Cecilia y Linden duermen en la cama a un metro y medio de distancia. Y entonces Vaughn se adentra en una franja de luz de luna y deja de ser Vaughn. Se convierte en mi hermano.

Abro los ojos, con el corazón martilleándome. No los vuelvo a cerrar. Me levanto del diván y me acerco a la ventana abierta. Afuera reina una gran quietud. Si en lugar de mirar atrás mirara el horizonte, podría creer que la línea donde la tierra se une con el cielo es el fin del mundo. Y en medio del silencio me parece oír a mi padre susurrándome algo.

Mi madre me dijo que yo tenía una clase de fuerza distinta a la de mi hermano, y que por eso debía cuidar de él. Pero quizá no me conocía tan bien como creía, porque mientras mi hermano está iniciando revoluciones alarmantes y provocando explosiones que enrojecen el cielo, yo sólo intento recobrar el aliento. Si me comparo con otras personas, sobre todo con mi hermano, no soy demasiado fuerte que digamos.

Cuando tenía ocho años, él y yo encontramos una estrella fugaz.

Aunque en realidad no lo era. Supongo que no era más que un trozo de metal que había ido a parar a nuestro jardín una noche de viento. Pero al amanecer, cuando lo vimos, la luz del alba incidía en sus cantos de una forma extraña y el metal parecía estar envuelto en llamas. Salimos corriendo en pijama, con las llamas extinguiéndose a cada paso que dábamos, hasta que vimos que no era más que un trozo de metal abollado. Mi padre salió corriendo tras nosotros para advertirnos que no lo tocásemos. Dijo que era peligroso y enseguida supe que tenía razón. Al ver los bordes con picos y lo oxidado que estaba, comprendí lo traicionero de sus oscuras grietas. Pero, aun así, quería creer que era especial.

Mi hermano lo empujó con el pie y casi de inmediato el calcetín blanco enrojeció. Rowan se quedó paralizado, viéndolo sangrar hasta que mi padre se lo llevó en brazos a la cocina. Lo recuerdo sentado en la encimera mientras mi madre, muy preocupada, le limpiaba el pie con un trapo húmedo y se lo desinfectaba con un líquido que silbaba y crepitaba al entrar en contacto con la piel.

Recuerdo que al mirar por la ventana la estrella de metal en el jardín, vi el canto afilado ensangrentado con el que se había cortado. Para mí fue una traición que algo tan fascinante y bonito hubiera hecho daño a mi hermano.

—No pasa nada —me dijo él más tarde con el pie vendado—. Seguramente eran los restos de una bomba. Estaba diseñada para herir a la gente.

Se tomó el episodio como si nada. Es la última vez que lo vi herido. Entendió a una edad temprana las artes de la guerra. Acercarse a un arma y tocarla llevado por la curiosidad no era una buena idea. No. Debía entender antes su objetivo y encontrar la forma de utilizarla.

Tal vez siempre haya tenido esta tendencia. Quizá la muerte de nuestros padres le hizo ver el virus y todos los intentos de destruirlo como a enemigos, y tal vez yo era de veras la única que lo apaciguaba. Quizá mi madre sabía muy bien de lo que estaba hablando cuando nos dijo que no nos separásemos nunca.

Me acodo en el marco de la ventana, reflexionando en ello.

En cuanto mis cavilaciones se vuelven demasiado dolorosas, intento evadirme de ellas con un libro de Reed. Me encantaría encontrar uno que contara la historia de América, pero a mi anfitrión no le gusta conservar esta clase de libros. Tiene la absurda teoría de que la historia fue falsificada poco antes de nacer los de las primeras generaciones. Afirma que no se puede confiar en la información que contienen. Ahora sus teorías de la conspiración me reconfortan. Me encanta todo lo que tiene que ver con Reed y con su extraño pequeño mundo. Un diccionario es lo primero que agarro por casualidad y me lo llevo al diván para leerlo desde la primera página, a partir de las aes. Cuando encuentro una palabra que nunca he tenido la oportunidad de usar, la pronuncio en voz alta para haberla dicho al menos una vez en la vida.

Cuando ya voy por la segunda página de las aes, la puerta se abre chirriando y Cecilia se asoma por ella. Ya ha aprendido a sortear mejor las tablas del suelo que más crujen y no la he oído llegar.

—He visto la luz encendida —dice en voz baja—. ¿Tenías pesadillas?

Me conoce bien.

—Un montón en las que cavilar.

—¿Quieres hablar de alguna? —pregunta—. Puedo preparar una taza de té —por más que se burle de los extraños menús de Reed, le encanta su té casero. Él lo cultiva en latas y cajas de cartón.

Pero con té o sin él, no quiero hablar de lo que me está pasando por la cabeza. Ya es bastante agotador intentar aclararme con todas esas ideas rondando por mi mente, sólo me faltaría tener que contárselas. Y además me duele demasiado saber la esperanza que le he dado, lo destrozada que se quedará cuando descubra que todo es falso.

—No, pero te lo agradezco.

Frunce el ceño, pero no cruza la puerta. Es una vieja costumbre que adquirimos en la mansión. No entrar en la habitación de las demás sin pedir antes permiso era una norma de la casa. Y a ninguna se nos ocurrió romperla, porque cada una teníamos nuestras propias razones para seguirla.

—Estás enfadada conmigo.

—No, no lo estoy —contesto cerrando el diccionario—. De verdad, para nada. Lo que has dicho antes tenía mucho sentido.

—Podía haber sido un poco más delicada —murmura apenada—. Pero cuando se trata de Bowen no puedo evitarlo. Siento esa sensación de pánico en el pecho, como si no hubiera tiempo que perder.

Se me ocurre el extraño pensamiento de que Cecilia quiere a su hijo como mis padres me querían a mí, pero ella es muy joven y en cambio mis padres tenían muchos más años y estaban más preparados. O eso era lo que yo creía.

Ahora que la miro, observándola de verdad, veo en su camisón las manchas semicirculares de la leche que le rezuma de los pechos. Le debe de haber pasado después de perder a su hijo, porque Bowen ha estado tomando leche para lactantes de esas latas con las que Cecilia abarrotó la maleta antes de venir. Tiene bolsas bajo los ojos. Me pregunto cómo se las ha ingeniado para tener tanta energía los últimos días, zangoloteando por la casa cantando canciones y tarareando refranes, pero ahora lo entiendo. Está tan triste como antes, lo que pasa es que intenta distraerse cantando.

Me pongo en pie.

—¿Adónde vas? —pregunta.

—A la cocina. He cambiado de opinión en cuanto al té.

Bajamos la escalera de puntillas. Las luces están apagadas. Los ronquidos de Reed amortiguan los crujidos de una tabla del suelo que piso sin querer. Está acostado en el sillón, con la mano sobre la empuñadura de la pistola. Creo que hablaba en serio cuando dijo que no permitiría a Vaughn cruzar la puerta. Murmura mientras pasamos por su lado sigilosamente.

Elle duerme en el sofá, frente a él. Al pasar junto a ella se mueve, me pregunto si en realidad estará dormida, porque está acostumbrada a despertarse en cuanto Bowen hace el menor sonido.

Nos llevamos el té a la biblioteca. No creí que acabara durmiéndome, pero los agudos chillidos de alegría de Bowen me sobresaltan y al abrir los ojos descubro que ya ha salido el sol. Tengo la cabeza apoyada en el hombro de Cecilia. Duerme abrazada al reposabrazos del diván, y yo estoy desplomada sobre ella, como dos fichas de dominó derribadas. Nos han cubierto con una manta y me pregunto si Linden se ha levantado en la mitad de la noche y al advertir la ausencia de Cecilia en la cama individual en la que duermen apretujados, nos ha encontrado en el diván.

—Buenos días —dice Linden en voz baja. Sostiene en brazos a Bowen, que está embobado, aunque en nada en especial—. Siento despertarte, pero tío Reed cree que deberíamos ir a ver a ese tipo.

Como si lo hubieran acordado, oigo fuera el petardeo de un motor. Los primeros intentos de arrancar el coche fallan. Cecilia refunfuñando echa pestes sobre el ruido y esconde la cara en sus brazos para intentar seguir durmiendo.

Linden acerca a Bowen a la ventana y el bebé se pega tanto al cristal que lo empaña con su aliento. Le fascina la luz del sol y los pájaros que contempla en el exterior. Linden lo observa con una sonrisa un tanto triste, como si supiera que la felicidad de su hijo es una mentira que un día se disipará. Quiere a su hijo, pero no le prodiga tantas muestras de afecto como Cecilia. Después de todas las pérdidas sufridas, sabe que no le espera más que la promesa de la muerte y las despedidas. Se ha vuelto muy cauteloso.

—¡Mira! —le dice simplemente a su hijo señalándole con la cabeza la luz del sol.

Es una palabra asombrosa. Un regalo.

Bowen la mira y por ahora todo cuanto ve es hermoso para él.

11

Antes la gente estaba siempre conectada. Es lo que mis padres me contaron. Todo el mundo tenía teléfonos y ordenadores. Todos se llamaban para estar en contacto. Esas cosas eran muy importantes, pero ahora apenas se recuerdan. Ya no significan nada para mí.

Supongo que al estar siempre conectado, el mundo te parecía pequeño. Si te ibas de viaje, te comunicabas con tus seres queridos. No existían hermanos preocupados por la muerte de sus hermanas.

Pero ahora no hay más que antenas y señales de radio antiguas. Sé que hay menos tierra de la que había, pero sin esos sistemas de comunicación el mundo parece inmenso a más no poder. Me siento como si no parara de correr y mi hermano siguiera siempre a la cabeza a muchos pasos de distancia. Le llamo, pero no me oye. Ni siquiera intenta ya oír el sonido de mi voz.

Y ahora por la mañana iré a ver a un tipo con unas ideas muy particulares y una radiofrecuencia, otro callejón sin salida que mantiene viva la esperanza como el débil pulso de un animal moribundo.

—¿Puedo conducir? —pregunta Cecilia. Sentada en

el asiento del copiloto, resigue con la yema de los dedos los botones y mandos del coche de Reed sin tocarlos.

—No —responde Linden desde el asiento trasero, sentado a mi lado—. Podrías tener un accidente.

—A ti no te lo he preguntado —le suelta ella alzando la nariz.

—Linden tiene razón, nena —tercia Reed metiendo la primera. No es una buena idea. Pero ese botón es el de las emisoras de radio. Tal vez encuentres alguna.

Esta solución no la entretiene demasiado, porque en cuanto empezamos a circular por la carretera no se oye ninguna emisora. A veces surge una voz humana en medio de las interferencias y el corazón me da un vuelco con una mezcla de terror y esperanza, pero no sacamos nada en claro. No oímos ni una palabra más sobre mi hermano. Ni hay señal alguna de que ahí fuera haya vida.

La menuda Elle está sentada a mi lado sin despegar los labios, con Bowen en brazos. Cuando nació Bowen, era una chica alegre y atenta, pero ahora se ve apagada. El sol centelleando en su cabello castaño de color miel no le quita el aire gris que la rodea. Me pregunto si Vaughn le ha hecho algo. Si ella sabe lo que él le hizo a Deirdre y si alguna de estas cosas es real. Y entonces mis cavilaciones se adentran en ese lugar oscuro y doloroso en el que miro a Elle y veo la niña que debería estar haciendo diademas de margaritas, soñando despierta y viviendo la vida.

Pero a lo que a nosotros nos ha tocado en suerte no se le puede llamar vida.

Circulamos por largas carreteras secundarias destartaladas. Reed se salta las señales de stop y los semáforos abandonados nos miran como cuencas de ojos vacías. Los campos están cubiertos de maleza. Hay pequeños pueblos con casas reparadas sin orden ni concierto con tablas y chapas de metal. Linden las ve pasar mirando por encima de mi hombro. Creció en una ciudad acomodada muy pequeña y dudo que pudiera imaginarse a la gente viviendo en estas condiciones. Me pregunto qué clase de mundo plasmó en su cabeza su padre. Seguro que estaba hecho de mansiones y hologramas, y de espacios en blanco entre medio. Sin elementos. Sin nada.

Aunque no parece sorprendido. Sólo triste, con ese aire tan apagado que adquirió desde que Cecilia perdió a su bebé. Creo que está empezando a comprender, y comprender es algo horrible.

Linden se aprieta la mano angustiado. Quiero transformar el mundo en algo distinto para que se sienta mejor. Quiero ser la cura que no existe. Pero no soy nada, ni siquiera tengo el valor de decirle algo reconfortante.

Llegamos a otra casa parecida a la de Reed por lo aislada que está. Hay gallinas cacareando y correteando en una zona rodeada con una alambrada. Se ponen a aletear y a volar al oír los gorgoteos y petardeos del motor del coche al pararlo. También hay un cartel anunciando huevos frescos a veinte dólares la docena, y una taza de mantequilla recién hecha por el mismo precio. Los precios son exorbitantes, aunque habituales. Mi hermano y yo les pagábamos casi lo mismo a los vendedores de Manhattan cuando conseguíamos que nos hicieran un descuento al prometerles volver.

Cecilia es la primera en bajarse del coche.

Linden ve mi cara de culpabilidad mientras la observo.

—No te preocupes —me dice en voz baja—. Lo acabará comprendiendo.

—¿Cuándo? ¿Dentro de tres años, cuando vea a su marido exhalar el último suspiro? ¿Cuando ella se esté muriendo?

Nos abrimos paso entre la alta hierba y yo contemplo a Elle, a dos pasos por delante de mí, avanzando con soltura por el camino formado por piedras medio sepultadas por la maleza.

Pese a lo abandonada que está, la casa tiene detalles bonitos. Las persianas son rojas y las macetas de las ventanas están llenas de glicinas en flor.

—¡Oh, Linden, mira! —exclama Cecilia poniéndose la mano en el pecho—. Es como la casa que dibujaste para mí.

Ahora él se dedica a dibujarle casas. Ignoro este absurdo ramalazo de celos que siento y sigo avanzando lentamente.

—¡Tened cuidado! —nos advierte Linden cuando llegamos al porche—. La madera tiene pinta de estar podrida.

Elle pega la cabecita de Bowen a su pecho para protegerlo, pero él gimotea resistiéndose. Quiere mirar por encima de su hombro la luz matutina centelleando en la alta hierba.

Reed llama a la puerta, hecha con piezas de metal soldado. Cecilia se vuelve aprensiva de pronto.

—Conoces a este tipo, ¿verdad? Me refiero a que no es un mero conocido, sino una persona de fiar.

—Es totalmente inofensivo —le asegura Reed.

Linden está a su lado, pero es mi mano la que Cecilia agarra cuando oímos a alguien moviéndose dentro de la casa. Por más contenta que esté de ser la mujer de Linden, la terrible experiencia de haber caído en manos de los Recolectores le sigue acosando. Sabe que a las chicas descartadas las metían en furgonetas oscuros y las mataban a balazos. Desconfía como yo de los lugares oscuros y de los desconocidos. A veces no nos damos cuenta de lo asustadas que estamos hasta encontrarnos ante una puerta desconocida sin saber qué habrá al otro lado.

La puerta se abre lo justo para revelar un par de ojos mirándonos parpadeando.

—¿Reed? —dice una voz—. ¿Quién es toda esa gente?

—Vengo con mi sobrino —le explica Reed dándole una palmada a Linden en el hombro—. Y las chicas están con él. Le siguen a todas partes. El pobre ha sucumbido al hechizo de la vida conyugal.

Linden, pese a su abatimiento, no sabe dónde meterse. Clava los ojos en el pasamanos.

—Sois demasiados —se queja la voz.

—Maldita sea, Edgar. No seas absurdo. ¿Te sentirías mejor si llevásemos gorros de papel de aluminio?

Los ojos miran a Linden de arriba abajo.

—Tu padre es ese médico que siempre sale en las noticias, ¿verdad? —observa la voz, es decir, Edgar.

Linden no tiene nada que decir al respecto. Por lo visto sabe menos cosas de su padre que el resto de los mortales.

Sin que me dé cuenta. Cecilia me suelta la mano y dando un paso adelante, le quita el niño a Elle para cogerlo en brazos.

—Sí —le suelta exasperada—. Sí. Su padre es ese médico que siempre sale en las noticias. Y éste es nuestro hijo —añade desafiante pegándose a esos ojos y alzando a Bowen para llevarlo a horcajadas en la cadera—. Y se va a morir. Pero tú ya lo sabes. Te hemos oído en la radio, hemos oído todas esas parrafadas tuyas sobre antídotos y teorías. Pues esto es lo que estamos intentando curar.

La contundente actitud de Cecilia se resquebraja por un instante con un ligero temblor. Linden pegado a su espalda, le toca los rizos a Bowen con una mano y posa la otra en el hombro de su esposa para serenarla.

La puerta se cierra de un portazo.

Se oye el sonido de una cadena descorriéndose y la puerta se vuelve a abrir, esta vez lo bastante como para permitirnos ver el interior.

Aunque haga una mañana clara y soleada, la casa está a oscuras. Las ventanas cubiertas impiden el paso de la luz, y en su lugar hay unas luces alineadas a lo largo de los bordes del techo como grupos de estrellas.

Edgar es alto, con los miembros enjutos y un barrigón que a duras penas contienen los botones de su camisa de franela. Sus ojos son oscuros, como de búho.

—Voy armado con pistolas —le suelta a Cecilia—. Me da igual que seas menuda. No intentes nada. Ninguno de vosotros.

Todos miramos a Reed como si le dijésemos que no nos fiamos de ese tipo. Él agita la mano en el aire para que entremos. Está de lo más sereno, pese a la amenaza que nos acaban de soltar y lo protector que siempre se ha mostrado conmigo para que no temiera a su hermano. Se me ocurre que Reed apenas le teme a nada, salvo quizá a su hermano.

Bowen vuelve a estar en brazos de Elle, que ha arrancado una larga brizna de hierba para que el niño esté distraído y se porte bien. Últimamente quiere agarrarlo todo.

En el interior de la casa las luces crean un ambiente cálido de un ligero color marrón anaranjado. Las paredes están forradas de estanterías.

—¡No toquéis nada! —nos recuerda Edgar de nuevo.

De todos modos yo no sabría por dónde empezar. El suelo está cubierto de cables que llevan a otra habitación, donde se agrupan invadiendo una mesa como enredaderas selváticas. Adosado a la pared de ese cuarto, un televisor parpadeante ofrece una imagen granulada de las noticias, como si necesitáramos que nos recuerden lo inhóspito de nuestro mundo.

Pienso en la casa que Linden le dibujó a Cecilia. Me pregunto qué habría dentro, a veces te permite echar un vistazo a través de las ventanas a su interior. Si quería construirla para vivir con Cecilia allí. Si ella sintió como si la casa cobrara vida en la hoja de papel cuando Linden se la entregó. Si alguien ve sus casas como yo las veo.

—Ya sabes lo que pienso de los visitantes —refunfuña Edgar.

Apenas es la voz segura que anoche oí por la radio. Cuando mencionó a mis padres, daba la impresión de saber de lo que estaba hablando. Pero ahora parece una persona dispersa e inestable.

—Pese a ser todo un genio, ¿es que no tienes ojos en la cara? —le suelta Reed—. ¿Que no lo ves?

Edgar nos ha estado mirando por encima sin prestarnos demasiada atención, por lo visto le preocupa más que le podamos robar o estropear algo.

Reed me agarra de la barbilla, estrujándome las mejillas con los dedos y me obliga a ponerme de cara a la luz.

—¡Sus ojos! —dice—. Fíjate en sus ojos.

Linden se tensa, como si quisiera ahorrarme este mal trago. Ojalá pudiera. Me siento expuesta. Como cuando, plantada en la cuneta, estaba en la hilera de las chicas capturadas por los Recolectores.

Edgar le echa un buen vistazo a mis ojos. Reed me suelta y yo me quedo paralizada en esta posición. Es mejor acabar de una vez. Demostrar que tener un ojo azul y otro marrón no significa nada. Que sea cual sea el color de tus iris, ves el mismo mundo que los demás.

Edgar tropieza al acercarse a mí. Algo impacta contra el suelo. No parece importarle. Mis ojos le han hipnotizado.

—Estás pensando que me parezco a ese chico —le suelto desdeñosamente, sintiéndome de pronto llena de valor—. A ese terrorista de las noticias que está haciendo saltar por los aires los hospitales y los laboratorios de investigación, ¿no? ¿Me parezco a él?

Por el rabillo del ojo veo a Cecilia arrugando el ceño preocupada. Por fin se da cuenta de lo que me está haciendo pasar por culpa de sus esperanzas, de su desesperación. Ve lo dolorosa que es para mí la situación.

—Sí —asiente Edgar. Se echa a reír. Es la risa forzada de un loco. Una risa de alivio, tal vez—. Sí, tú eres la que se había muerto.

Reed me tomó por el fantasma de Rose, mi hermano cree que estoy muerta, y ahora Edgar. Gabriel, dondequiera que esté, probablemente también lo piensa. Y pronto también yo empezaré a creerlo.

—Como puedes ver, está vivita y coleando —dice Reed—. Y además tiene unas preguntas para hacerte.

La cara perpleja de Edgar vuelve a cobrar un aire cauteloso.

—¿Es una treta? —pregunta.

—Sabes cosas de mis padres —afirmo—. Al menos eso parecía en la radio. Dijiste que la gente conocía sus investigaciones. Las de los Ellery.

—Se supone que estás muerta —insiste Edgar—. Es lo que dijo ese chico en las noticias.

—Era mi hermano —aclaro sorprendida por mi voz serena, por cómo el dolor y la conmoción han llegado a tal extremo que soy incapaz de admitirlos—. Desapareció hace más de un año. Cree que he muerto porque no he podido comunicarme con él…

—No —interrumpe Edgar—. No, dijo que te mataron en un experimento que salió mal.

El estómago me da un vuelco.

—¿Qué?

—Por eso los está haciendo volar por los aires. Se opone a los laboratorios de investigación.

—En tal caso, está claro que no puede ser el hermano de Rhine —tercia Linden—. En la radio dijiste que había impostores, ¿no es cierto? Tipos que afirmaban ser hijos de los experimentos.

—Sólo hay un modo de saberlo —propone Edgar.

Nos acompaña a la habitación adonde llevan los cables. Me siento como si me hubieran sacado las entrañas. El corazón me late en un lugar oscuro y vacío y la cabeza me da vueltas.

Veo el televisor adosado a la pared y sé lo que significa. Cuando creo haberme quedado sin fuerzas, un instante antes de desmoronarme, Linden me agarra de una mano y Cecilia de la otra.

Edgar saca de una caja de cartón una cajita llena de vídeos y hurga en ella.

Cuando encuentra el que buscaba, lo inserta en el aparato de vídeo.

Siento una sensación de calor, y luego de frío, y de calor, y de frío.

La pantalla se queda en blanco y de pronto aparece la imagen de una multitud. Es una secuencia de aficionado, algo muy común en las noticias nacionales. Alguien con una cámara puede ganar un pastón arriesgando su vida filmando secuencias de noticias.

Creo que es la misma escena que oímos anoche por la radio. Aparecen cuerpos desenfocados mientras el que los grababa intenta ajustar el objetivo de la cámara. Al final lo consigue y veo que la multitud no es tan grande como creía. Por lo visto se compone de personas de las nuevas generaciones, desde niños hasta los que han llegado al postrero año de su vida. Hay dos figuras plantadas a lo lejos en un escenario que no es tan alto como había imaginado. Se ve el mar a sus espaldas. Debe de ser en la costa, me pregunto amargamente si el lugar donde se encuentra ahora mi hermano queda cerca de donde Gabriel y yo estuvimos hace varios meses.

Reconozco a mi hermano de inmediato. A su lado hay una chica que no conozco. Lleva el cabello negro desgreñado y tiene unos ojos a juego. Los dos están mugrientos.

—No, no es mugre. Son cenizas.

La chica se ve indómita y peligrosa. Y de pronto me

doy cuenta de que Rowan también lo parece. Esto es lo que le sucedió a él cuando me separé de su lado. La pérdida de nuestros padres le robó la esperanza y ahora perderme a mí le ha quitado el juicio.

La multitud le conoce, están gritando su nombre, pidiéndole que hable.

Y entonces con sosiego, metódicamente, empieza a contar su historia. Hace muchos años era un niño con ojos risueños que creía estúpidamente que el mundo se podía salvar. Tenía padres y una hermana. Sus padres, que intentaban salvar el mundo, murieron por culpa de una bomba como las que ahora él y sus compañeros ponen. Le pregunta al gentío si cree que está mal hecho querer llevarse por delante a otros padres. Si piensa que está mal incendiar todos esos edificios.

La muchedumbre calla, esperando su respuesta, porque el veneno se ha disipado de la voz de ese guerrero vigilante. Incluso da pena y todo, al fin y al cabo es un ser humano vulnerable como cualquier otro.

—¡No! —exclama—. Hace mucho tiempo tal vez estuviera mal hecho. Pero en este mundo no existe el bien ni el mal, porque no es más que el mundo que alguien creó llevado por su idea de perfección, y cuando esa perfección no ocurrió, se desentendió de nosotros y nos abandonó a nuestra suerte.

»Y en cuanto a mi hermana —prosigue—, era lo opuesto a mí. Mientras yo intentaba que los dos sobreviviéramos, ella se pasaba el día en un jardín muerto intentando que las flores marchitas reverdecieran. Yo no compartía su opinión, pero pensé *¿Qué mal hay en ello? ¿Por qué no dejar que siga soñando?*

La chica plantada a su lado le toca el brazo para darle

su apoyo. Ya ha oído esta historia antes. Ha notado que mientras la contaba se le quebraba la voz.

Él ni se inmuta.

—Y como la dejé soñar, su absurda fe en esta mierda de mundo creció. Firmó un contrato a mis espaldas en el que se comprometía a participar en un experimento. La engatusaron para que fuera a un laboratorio provisional de lo más rudimentario con la promesa de que nos iban a curar.

Ahora no hay en su voz el más ligero dejo de emoción. Habla como si leyera un libro de texto.

—Empezó a tener palpitaciones. Y luego la garganta se le hinchó tanto que se le cerró y los ojos le comenzaron a sangrar. Y cuando se murió, tras agonizar durante varios minutos, diseccionaron su cuerpo para *seguir* con las investigaciones.

Es lo que Rowan se había imaginado. Mientras me abrochaban el vestido de novia, o chupaba con deleite un June Bean, o hacía la siesta cómodamente cubierta con una manta suave y esponjosa con mis hermanas esposas, o soñaba con mi hogar, eso era lo que él creía que me había pasado.

Mi campo de visión se estrecha de golpe y no siento las piernas, pero de algún modo sigo en pie.

—Respira —me susurra Linden para que no me desmaye.

—Estoy aquí para destruir vuestras esperanzas —afirma Rowan—, porque las esperanzas os matarán. Cada segundo destinado a esas investigaciones es una pérdida de tiempo. Toda esta locura de intentar encontrar el antídoto es más peligrosa que el mismo virus. Mata a la gente. Mató a mi hermana.

Intento escuchar las siguientes palabras, pero los vítores de la multitud me lo impiden. Es obvio que le apoyan. Y apenas les culpo. Una historia como ésta es convincente, la esperanza no surge fácilmente y cuesta más todavía conservarla. Es mejor tirarla por la borda. Es más fácil. Después de todo, en esta historia hay el mellizo que intentó sobrevivir y el que fue víctima de absurdas esperanzas.

La escena se congela.

Edgar guarda el vídeo en la caja.

—¿Lo ves? Cree que has muerto —dice.

—Pues salta a la vista que está viva —le suelta Cecilia—. ¿O es que estás más loco de lo que pareces?

Nadie lo reprueba.

—Pues yo creo que el que está loco es tu hermano —replica Edgar.

—Yo… —logro apenas responder con la voz agarrotada—. ¿Dónde has oído decir semejante cosa?

—Pues como era de esperar, del más prestigioso experto en ciencia y medicina moderna —precisa Edgard girándose de cara a nosotros—. De Vaughn Ashby.

—¡Es imposible! —exclamo.

—Es lo que se rumorea —afirma Edgar—. Dicen que quiere sacarse de encima todos los competidores para descubrir él el antídoto.

—¿De dónde has sacado la información? —pregunta Linden.

—Yo nunca revelo mis fuentes —replica el hombre con cara de pirado.

12

Me está costando mucho averiguar cosas de tu hermano mellizo porque hay algo sobre él que ni siquiera tú quieres admitir. Es lo que una adivina me dijo. Puede que lo acertara por pura chiripa o que tuviera el don de la videncia, porque me dijo una verdad como un templo. Yo me resistía a aceptar que mi hermano fuera capaz de unos actos tan horrendos. Quería creer que volvería a encontrarlo y que todo sería como antes.

Hay más cosas que Edgar nos puede decir. Tiene otras secuencias y está fascinado por la labor y el progreso de uno de los médicos y científicos más prominentes de la nación, conocido también como mi antiguo suegro. Pero Linden advierte la lividez de mi rostro.

—¡Ya basta! —ataja.

Abro la boca para contradecirle.

—Si quieres saber la verdad sobre tus padres —me interrumpe Linden antes de que me dé tiempo a hablar—, es evidente que tu hermano conoce las respuestas.

Las notas de mis padres desaparecieron del baúl enterrado en el jardín. ¿Acaso Rowan las interpretó o las tergiversó para alimentar sus delirantes ideas?

¿Se las dio a Vaughn?

Me siento como si flotara sobre mi cuerpo. Incluso Cecilia, que es la que me insistió en venir, coincide con Linden en que es hora de irnos. Si quiero respuestas, tendré que dar con mi hermano, y por ahora, al menos, creo que sé dónde puede estar.

Pero pese a todas mis preguntas sin responder, esta mañana se han dicho y revelado muchas cosas. Regresamos a casa en silencio. Pensativos, mirando todos hacia direcciones opuestas, en este coche pilotado por el hermano de la maldad personificada.

Lo único en lo que puedo pensar es: *Tengo que encontrar a Rowan.*

Qué más da las cosas horribles que Edgar dijera después de ver el vídeo. Qué más da los fragmentos de las noticias que nos mostró. Lo que ahora importa es llegar a toda prisa a Charleston, en Carolina del Sur, antes de que Rowan vuelva a desaparecer.

—¿Por qué nadie se lo impide? —pregunta Linden—. Tu hermano se ha vuelto loco de remate —añade mirándome—. ¿Por qué las autoridades se lo permiten?

—No está loco —afirmo con una calma que me resulta inquietante—. Mi hermano tiene razón. Se desentendieron de nosotros cuando las cosas les salieron mal. Les importamos un bledo.

—¡No puede ser! —exclama Linden.

—Créetelo, es la pura verdad —tercia su tío.

—Tú ya lo sabías, ¿no es cierto? —le pregunto a Reed.

Por un instante sus ojos se encuentran con los míos en el retrovisor.

—Todos los viejos chiflados prestamos atención a las noticias, muñeca. Te lo habría dicho yo mismo, pero no tuve el valor.

Linden abre la boca para decir algo, pero las palabras se desvanecen. En lugar de estar dolido o enojado, como yo esperaba, tiene una mirada inexpresiva. Toda su cara carece de expresión.

Creí que defendería a su padre.

Linden contempla el reflejo de Cecilia en el cristal mientras ella mira por la ventanilla. Contempla su rostro desapareciendo y volviendo a aparecer superpuesto en el paisaje, y tal vez está recordando que su padre es la razón por la que ella ha estado a punto de irse del todo.

Al menos se tienen el uno al otro, pienso sintiendo el ramalazo de celos más amargo de toda mi vida.

Cuando llegamos, Linden desaparece silenciosamente en el interior de la casa de Reed. Elle le sigue para darle el biberón a Bowen, que es de lo que a Cecilia normalmente le gusta ocuparse, pero en lugar de ello nos descubrimos sentadas sobre la alta hierba mirando a Reed juguetear con el coche que supuestamente me llevará hasta Rowan. Él creía que ya estaba listo, pero ahora hay una cosa u otra que se calienta demasiado y no está seguro.

—Linden planea ir contigo a buscar a tu hermano —me confiesa Cecilia—. No te lo ha dicho porque piensa que te opondrás y que intentarás ir sola a escondidas. —Su cabeza parece pesada cuando la apoya en mi hombro—. Pero deja que te acompañe, te lo ruego. Cree que tiene la culpa de todo. Que es el único que puede protegerte si su padre intenta capturarte de nuevo, y seguramente tiene razón.

Linden ha planeado ir conmigo. Supongo que era de esperar. Pienso en todas las veces que ha procurado mimarme y consolarme durante nuestro matrimonio. Y en las que, pese a mi resentimiento, ha sido el único que me ha ayudado.

—¿Y tú qué harás?

—He estado dándole vueltas al asunto —admite Cecilia, y luego lanza un suspiro—. Tendría que dejar a Bowen con Reed y Elle, y no me gusta la idea de separarme de mi hijo. Por otro lado, hay un sueño que se repite.

El sol se asoma tras una nube y ella se protege los ojos.

—En mi sueño estoy persiguiendo algo. Una especie de sombra. Pero siempre se me escapa de las manos, dejando caer unos pedazos que se transforman en cenizas antes de llegar al suelo. Los pedazos van cayendo y la sombra se va empequeñeciendo cada vez más.

»Creo que la sombra es el antídoto. Y que cuanto más espere, menos posibilidades tendré de alcanzarlo. Y no me digas que es absurdo creer que se acabará descubriendo un antídoto, porque sé que tú también albergas esta esperanza.

Gracias a Rowan, ahora cualquiera que vea las noticias nacionales nos conoce a los dos, y yo soy la que fue lo bastante estúpida como para tener esperanzas.

Pero ¿las sigo teniendo? No lo sé.

—No le digas a Linden que te lo he dicho —me pide.

—No.

Al mediodía hace más calor. El sol me está abrasando la piel. La luz ha tomado como rehenes a Cecilia y a Reed, plantados a unos metros de distancia, sus cuerpos son ahora meras sombras, salvo por la franja de color de la coleta de ella.

Él le está enseñando a manejar su rifle del calibre veintidós. Le muestra cómo se carga, la pólvora de las municiones y el culatazo que da. Pero a ella no le preocupa más que una cosa: «¿Puede matar a alguien»?

—Es un rifle, ¿no? —responde Reed.

Abre la recámara y los casquillos dorados van cayendo uno a uno en la palma de Cecilia.

—Pero ése no es el que tú llevas siempre —apunta ella.

—Porque éste no es tan peligroso como el mío. Aunque te puede resolver la cena.

Acodada sobre la alta hierba, cierro los ojos y echo la cabeza atrás para sentir el calor del sol antes de que una nube errante se lo engulla.

Entiendo un poco de armas. Mi hermano y yo teníamos una escopeta para protegernos. Rowan engrasaba el cañón porque decía que así haría más ruido al disparar. Quería intimidar a los intrusos. Que todo el mundo nos tomara por peligrosos. Me llevó meses dejar de tenerle miedo a esa escopeta. A su peso bajo mis manos. A lo que implicaba. Sentía como si pudiera matarme sólo por el hecho de estar cerca de ella.

Pero a Cecilia no le da miedo. Es la primera vez que ve un arsenal como el de Reed, y después de estar admirando las armas durante días, está por fin haciéndole preguntas. Él está encantado de enseñarle a manejarlas. Es paciente, sus respuestas son sensatas y detalladas. A pesar de decir que prefiere los perros a los niños, creo que sería un buen padre. Sin duda uno mejor que Vaughn.

Reeds le entrega la escopeta a Cecilia y le enseña a apuntar hacia un cornejo que se encuentra entre los árboles a varios metros de distancia.

—Maneja siempre una escopeta como si estuviera cargada, aunque no lo esté —le instruye él.

Se oye el ¡pum! cuando ella aprieta el gatillo, retrocede el percutor y luego vuelve a apretar el gatillo.

—Si sigues practicando, quizá un día te deje disparar de verdad —dice él.

—¿Lo dices en serio?

—Tal vez incluso te enseñe el avión que tengo escondido.

—Ahora me estás tomando el pelo, ¿no? Es imposible que tengas un avión.

—Pues así es —afirma él—. Y deja que te diga que con unos pocos arreglillos más, estará preparado para volar. ¡No quites los ojos de la diana!

Se oye la puerta mosquitera cerrándose de golpe. Linden baja corriendo las escaleras del porche y se dirige como una flecha hacia nosotros.

—¡No, no, no! —grita—. ¡De ninguna manera!

—No está cargada —dicen Cecilia y Reed al unísono.

Linden me mira como si yo fuera la responsable. Como no digo ni pío, decide echarle la bronca a su tío.

—¿Cómo se te ocurre dejarla juguetear con una escopeta? —le suelta.

—¡No estoy jugueteando, estoy aprendiendo! —protesta Cecilia.

Salta a los ojos que Linden quiere arrebatarle la escopeta de las manos, pero no se atreve. No sólo por lo peligrosa que es, sino por la alarmante imagen de la esposa que siempre ha estado mimando jugueteando con un arma de fuego. Extiende los dedos y los vuelve a doblar frustrado. Si estuviéramos casados, yo intentaría hacerle entrar en razón.

—No entiendo qué te pasa —protesta él—. Es como si hubieras perdido el juicio.

Cecilia, recordando el consejo de Reed de manejar siempre la escopeta como si estuviera cargada, aparta el dedo del gatillo mientras la baja. Mira a su esposo con resignación, incluso tal vez con fastidio.

—¡Podrías haber muerto! ¡Esa arma podría matarte! —exclama Linden angustiado.

—No está cargada —tercia Reed—. Ya te lo hemos dicho.

—¡Y tú! ¡Deberías ser más juicioso! —le suelta Linden.

Parece estar al borde de las lágrimas. Cuando se siente muy frustrado, sus ojos adquieren esa clase de brillo. Quiero consolarle. Y también defender las acciones de Cecilia, porque la entiendo. Perfectamente. Ella es joven y nunca ha tenido la oportunidad de formarse, sólo quiere poder decidir algunas cosas por sí misma. Que se la tomen en serio.

Pero no es mi matrimonio. Ni mi problema.

—A ver si lo entiendes, chico —precisa Reed—. Nunca he hecho ni una maldita cosa para herir a nadie en toda mi vida y no permitiría nunca que Cecilia se lastimara con un arma. No me vengas tú ahora a dar órdenes.

«Linden sólo desea protegerla», es lo que quiero decir. Ella es todo cuanto le queda. Yo le he dejado. Estoy a medio metro de distancia, pero le he dejado.

Me echo boca arriba en el suelo para ocultarme entre la hierba. Esperando desaparecer en ella.

Les oigo discutir. Cierro los ojos. Dejo que el sol los haga desvanecer.

Un estallido me devuelve a la tierra. Me incorporo. Se produce un corto silencio. Reed sostiene su pistola del calibre cuarenta y cinco apuntando al cielo. Incluso sin estar cargada el ruido ha sido infernal. Creo que ha disparado para poner fin a la pelea, pero ahora Linden le suelta que es un viejo chiflado y que su padre tenía razón, y Cecilia al oírlo le espeta histérica que cómo se atreve y que cómo se le ocurre decir eso, porque Vaughn es ahora su peor enemigo. Es la primera vez que veo a Linden y a Cecilia tener una bronca tan gorda y me hace sentir como si el mundo se estuviera haciendo pedazos. Creí que se había hecho pedazos ya, pero ahora me doy cuenta de que todavía tengo fe en algunas cosas.

Todo se me está derrumbando a mi alrededor, una cosa tras otra.

Salgo disparada hacia la casa.

Me encuentro a Elle sentada a la mesa de la cocina, sosteniendo a Bowen en brazos y mirando un anaquel de Reed abarrotado de objetos raros. Tiene los ojos empañados de lágrimas. El niño está sin hacer nada. Por fin se debe de haber cansado, después de no parar en todo el día, agarrando cosas, chillando, arrojando todo cuanto cae en sus manos.

Pienso en lo que Jenna dijo: que Bowen heredaría el genio de Cecilia y que era una lástima que ninguno de nosotros viviéramos para verlo. Creo que ahora se sorprendería de lo feliz que es, de lo excitado que se siente por el hecho de estar vivo.

Elle debe de estar reventada.

—Si quieres, cuidaré yo de él —le sugiero.

—¿Qué? —dice apartando la vista del anaquel y parpadeando con los ojos muy abiertos al darse cuenta de mi presencia.

—Puedo ocuparme de Bowen si quieres descansar un poco.

—No te preocupes —musita—. Me gusta sostenerlo en brazos.

Me la quedo mirando. No me doy cuenta de estarlo haciendo hasta que noto que ella, nerviosa, me lanza miraditas de vez en cuando.

Lo que ocurre es que con la luz de la ventana centelleando en su pelo me recuerda a Deirdre. Me recuerda el cuento de hadas de *Había una vez una mansión* y de cómo esa mansión tiene su propio universo paralelo de los horrores.

Aparto la silla que hay frente a Elle y tomo asiento. Ella se estremece y se queda mirando los rizos cobrizos de Bowen. Nunca la había visto tan nerviosa. En la mansión era callada y obediente, soportaba las exigencias de Cecilia, pero no estaba asustada. Me la imagino poniendo los ojos en blanco y diciéndole a Cecilia que se estuviera quieta en la silla mientras intentaba rizarle el pelo o arreglarle las faldas.

Sigue llevando el uniforme: una blusa blanca con botones y una falda negra de volantes. También sigue dirigiéndose a nosotros con los correspondientes títulos de cortesía, en el caso de decir algo. Creo que la rutina le da una sensación de normalidad a la que aferrarse.

—¿Es que no te sientes segura en esta casa? —le pregunto sin preámbulos. La mañana ha sido demasiado agotadora como para dar ahora un rodeo por cortesía—. Reed es un tanto excéntrico, pero no es como el Amo Vaughn. Nunca te haría daño.

Elle frunce la boca y se queda mirando a Bowen largo tiempo.

—Nadie está a salvo, señorita Rhine. Sobre todo usted —se atreve por fin a decir.

—Y yo te pongo nerviosa, ¿verdad? Porque te da miedo verte envuelta en el fuego cruzado de los problemas que atraigo.

Ella titubea.

Asiente con la cabeza.

—Nunca fue mi intención que todo acabara de esta forma —digo. —Es una excusa patética, pero es la pura verdad—. Sólo quería volver a mi casa.

Bowen emite un sonido y Elle le besa la cabecita.

—No quería que le pasara nada a Deirdre —aclaro.

No digo nada más porque Deirdre existe en mi cabeza como dos chicas: mi sirvienta y la joven acabada que vi en el sótano. Todavía estoy intentando decirme que la segunda fue una especie de pesadilla, de alucinación. Es la única manera de seguir adelante. Me quedan pocos años de vida y debo decidir qué misterios dejo sin resolver.

—Deirdre se ha ido —dice Elle levantándose y encaminándose a la puerta—. Y ya no va a volver. Voy a acostar a Bowen para que haga la siesta.

Está deseando alejarse de mí cuanto antes.

Y no puedo culparla por ello.

La contrapuerta de la entrada se abre y se oye el repiqueteo de unos pasos por el pasillo dirigiéndose a la cocina. Cecilia es menuda, pero cuando está enojada hace vibrar toda la casa.

Sin embargo, cuando llega a la cocina, me doy cuenta de que no está enojada, sino asustada.

—¡Escóndete! —grita—. Está aquí. El Amo Vaughn está aquí.

Estoy acurrucada en el armario del pasillo de la primera planta, escondida al tuntún debajo de los abrigos de Reed, intentando respirar sin hacer ruido, pese a la presión que siento en el pecho por el pánico. Detesto los sitios oscuros.

Las botas de Vaughn resuenan por la casa, y cuando se detiene, estoy segura de que está justo debajo de mí, que al menor movimiento que yo haga crujirá alguna tabla del suelo, delatándome.

—Por cierto, Rhine no está aquí, antes de que lo preguntes —le suelta Cecilia. Pese a su tajante tono, sé que Vaughn la aterra y que le está plantando cara para protegerme—. No quería que siguiera estando cerca de mi marido —añade—. No me parecía bien.

—Se ha ido —tercia Linden sin el tono irritado de su mujer—. Se fue después de que a Cecilia la dieran de alta en el hospital. Creo que dijo que se iba a Manhattan.

—¿Es que no se te ha ocurrido que no es por tu antigua mujer que he venido? —dice Vaughn—. He estado muy preocupado por tu salud, Cecilia, y echo de menos a mi nieto. He permitido esta farsa durante todo este tiempo porque quería que descansaras a tus anchas. Hasta he dejado que tu sirvienta viniera a ayudarte. Pero ya veo que vuelves a ser la briosa joven de siempre.

—Nadie se va a ir de esta casa a la fuerza —tercia Reed—. Salvo quizá tú, hermanito.

—¿Quién ha hablado de usar la fuerza? —replica Vaughn—. Cecilia. Linden. Sed realistas. No os podéis quedar aquí para siempre. Ya está bien de este absurdo rencor que me guardáis. Me gustaría que nos olvidásemos del asunto y ver a mi nieto de nuevo. Sé que está aquí.

—Está haciendo la siesta —responde Linden.

—Me gustaría verlo de todos modos —insiste Vaughn con un tono para nada contundente—. ¿Puedo?

Y me doy cuenta de que Linden es quien tiene el poder en esta casa. Vaughn ha estado siempre manipulándolo, pero nunca ha usado la fuerza. Nunca le ha mostrado su lado peligroso a su hijo, ni lo hará, porque se arriesga a perderlo para siempre.

—Tiene un sueño muy ligero —responde Linden.

Intercambian algunas palabras más, Vaughn intenta resquebrajar esa desconocida firmeza de Linden, pero éste se niega a dar su brazo a torcer.

—Ya has oído a los chicos —ataja Reed—. Esta noche no van a irse contigo.

—Cecilia, ve a ver si Bowen está bien —dice Linden. Es una orden que no admite discusión.

Y al cabo de unos instantes oigo los peldaños crujiendo, las pisadas de Cecilia pasando por delante del armario mientras se encamina a la habitación, donde sin duda arrimará el oído al suelo para escuchar por qué la ha hecho salir Linden.

—Sé que nunca me mentirías, ¿verdad, hijo? —dice Vaughn. Juraría que hay un deje de duda en su voz.

—No, papá, no lo haría. Siempre he creído que podemos confiar el uno en el otro.

—Rhine es peligrosa para ti —le advierte su padre—. Sabes que yo sólo te estaba intentando proteger, ¿verdad? Vi lo destrozado que te quedaste cuando se fue. ¿Entiendes por qué no te dije nada cuando volvió?

—Sí, lo entiendo —responde Linden.

—Todo cuanto he hecho ha sido para protegerte.

—Lo sé. Como ya te he dicho, ella se ha ido —dice

mintiéndole con un desparpajo del que nunca creí que fuera capaz—. Hablaré con Cecilia, no te preocupes —añade Linden—. Vuelve esta noche, estoy seguro de que estará lista para regresar a casa.

Siguen conversando, pero ya no les puedo oír porque están hablando en susurros. La voz de Vaughn suena melindrosa, comprensiva. Aunque no tenga ni una traza de decencia humana, nunca he dudado de que quiere a su hijo. Linden lo es todo para él, lo que lo lleva a la locura y a la vez le llena con esos inusuales ramalazos de humanidad.

Pero destruirá todo cuanto hay en la vida de Linden. Diseccionará a sus esposas. Asesinará a cualquier nieto imperfecto antes de permitir que su hijo cargue con semejante imperfección.

La puerta de la entrada se cierra. Tras un largo silencio, oigo unas pisadas subiendo las escaleras y la puerta del armario se abre. Linden y Reed están plantados ante mí. Emerjo de la oscuridad y Cecilia sale del dormitorio, con los ojos llorosos, retorciéndose angustiada el cuello de la camisa.

—Siento haberte gritado antes —le dice a Linden—. No me lleves de vuelta a la mansión, te lo suplico.

Él la mira durante largo rato, y luego me mira a mí. Reed le pone la mano en el hombro, ya sabe lo que su sobrino está pensando.

—Debemos irnos antes de que mi padre vuelva —anuncia Linden—. Haced las maletas lo más deprisa posible.

13

Reed mete una caja de comida deshidratada en el asiento trasero del coche.

Cecilia arruga el ceño, sosteniendo a Bowen pegado contra su pecho.

—¿El techo del coche es de plástico? —pregunta.

—De vinilo. Es un *jeep*. Tiene más de cien años y sigue soportando las inclemencias del tiempo como si nada —se jacta Reed dando una palmada a una de las ventanillas. El coche centellea bajo la luz del sol—. Y además la radio funciona. He notado que eres un tanto aficionada a la música.

Este comentario logra a su pesar arrancarle una sonrisita a Cecilia.

—¿Y tú sabes cuidar de un bebé? ¿Tendrás bastante leche para lactantes y todo lo demás?

—¿Leche para lactantes? —dice Reed fingiendo juguetonamente darle un puñetazo a Bowen en la mejilla—. ¡Pero si a esta edad ya está listo para correr como un gamo!

—¡Es una broma! —se apresura a decir Linden sacando mi maleta de la casa—. Está bromeando, cariño —añade dándole un beso en la mejilla al pasar por su lado—. Mi tío me cuidó cuando yo era un bebé. Sabe lo que se hace.

—Y además Elle se quedará para ayudarle —le recuerdo.

En este momento la joven está en la planta de arriba limpiando la casa como lleva haciendo toda la semana. Linden le dijo que sólo hacía falta que se ocupara de Bowen y no de la casa de Reed, pero ella insistió en que la capa de polvo que había no era saludable para un niño.

—Voy a asegurarme de que Elle tenga la lista que le he dado —dice Cecilia apresurándose a meterse en la casa.

Está intentando no venirse abajo. Bowen es una parte suya, tanto como su propio brazo, y le ha costado una barbaridad decidir dejarlo. Pero no sería seguro llevárnoslo. Quién sabe con lo que nos vamos a encontrar.

Linden la sigue y yo me apoyo contra el flanco del *jeep*. Reed también se arrima a él, a mi lado.

—Tú no tienes la culpa, muñeca —dice.

Sé que está intentando consolarme.

—¿Ah, no? —exclamo riendo amargamente.

—Te lo digo de verdad. Al final esto tenía que ocurrir. Mi hermano habría acabado pasándose de la raya un día. Siempre me ha dado miedo que acabara metiendo la pata y que Linden muriese por los intentos de su padre de curarlo. Pero gracias a ti mi sobrino está por fin abriendo los ojos.

—¿No crees que habría sido mejor dejarle vivir en la ignorancia? —concluyo—. Si yo no hubiera regresado, al menos habría sido feliz.

—Pero ahora estás aquí. Puedes darte cabezazos contra la pared o decidir actuar —observa Reed.

Tiene toda la razón. Morir intentándolo es mejor que morir sin un objetivo.

Fue mi hermano el que me sacó de la cama a rastras en el pasado, el que me obligó a seguir una rutina diaria hasta que se acabó convirtiendo en un reconfortante hábito para mí. Pero ahora no está aquí para animarme, se encuentra a cientos de kilómetros de distancia, asesinando a personas inocentes en nombre de una causa anarquista. Esta vez no podrá animarme. Tendré que hacerlo yo sola.

Linden mete en el asiento trasero un envase de cartón con agua del manantial de Reed entre otras provisiones.

—¿Puedo ayudarte en algo? —le pregunto.

—No hace falta —responde cerrando la portezuela del *jeep*—. Ya nos podemos ir.

Reed nos enseña a usar los móviles, de los cuales se enorgullece de haber fabricado. Hay tres, y él se queda con uno.

—Casi nunca funcionan —nos advierte— porque dependen de las torres de repetición, y sólo las encontraréis en las ciudades. Y aquí, claro, gracias a la que he construido yo con mis propias manos.

—Conque eso era aquello que siempre estaba zumbando —observa Cecilia meditabunda.

Cruzada de brazos, va con la capucha del jersey puesta pese al calor. Me da la sensación de que en cualquier instante una ráfaga de viento puede cubrirle la cara con el pelo y que, al amainar, nos daremos cuenta de que ha desaparecido.

—Podéis cargarlos con el dispositivo destinado al encendedor que hay en el salpicadero —dice Reed—. Si os encontráis en alguna situación de emergencia, llamadme. Os iré a buscar volando.

Nos despedimos. Bowen pone cara de satisfacción cuando Cecilia y Linden le hacen mimos, pasándoselo el uno al otro como un secreto compartido. Se ríe y Cecilia arruga el ceño al entregárselo a Elle, y luego la acribilla con una lista de cosas que le recuerda a última hora: «¡A Bowen le gusta que le canten canciones!», «¡No te olvides de animarle a gatear para que no se retrase en su desarrollo!»

—Volveremos pronto —le promete Cecilia a su hijo—. En un pispás, no te darás ni cuenta.

Siento una punzada de culpabilidad al sentarme en el asiento trasero. No quiero ser la razón de que le separen a nadie de su familia.

Estoy apretujada entre la ventanilla de plástico y un montón de cajas y maletas. Cecilia se sienta frente a mí y Linden al volante.

—¿A cuánto puede ir este coche? —pregunta Cecilia.

—A unos ochenta kilómetros por hora —dice Linden.

Ella, pasando a gatas por encima del apoyabrazos, le echa un vistazo al indicador.

—Pues en el velocímetro pone que llega hasta doscientos veinticinco kilómetros —afirma señalándolo con el dedo.

—Es un coche antiguo, cariño —dice él—. Aunque ponga doscientos veinticinco no significa que pueda alcanzar esta velocidad.

—¡Oh, Linden! —exclama ella dejándose caer en el asiento haciendo un gesto como si espantara las preocupaciones—. ¡Vive la vida un poco!

Al caer la noche no nos detenemos. Linden pone las luces largas y sigue conduciendo. La música de la radio suena suavemente interrumpida de vez en cuando por las interferencias.

Hacemos una breve parada en una cafetería para ir al lavabo y Cecilia y yo intercambiamos los asientos. Ahora ella está durmiendo en el asiento trasero recostada cómodamente sobre las maletas. Linden, preocupado, le va echando miradas por el retrovisor. Pese a la vitalidad de Cecilia, está inquieto. Creo que teme que deje de respirar de nuevo.

Pienso en mi hermano, ¡quién sabe dónde estará ahora! Pienso en que el tiempo corre y en que nos quedan pocos años de vida. Pienso en la letra de mi madre y en la escopeta de Reed entre las intrépidas manos de Cecilia.

—¿No puedes dormir? —me pregunta Linden.

Sólo son las nueve de la noche según los mortecinos números verdes del reloj del salpicadero. Parece como si en lugar de cuatro horas llevásemos viajando una eternidad. Como si no hubiera ningún destino a la vista, y a lo mejor es así. No lo sé. He estado pensando que Linden y Cecilia estarían más seguros si fuéramos a la casa de Claire. Me he estado preguntando si Gabriel aún sigue allí, si cree que he muerto. Y mis pensamientos se trocan en preocupaciones y luego en dolor, y para sacármelos de la cabeza decido mirar el borroso paisaje por la ventanilla, pero todo está ya demasiado oscuro.

—No —respondo. Estoy demasiado preocupada. Si quieres puedo conducir.

—Aún no estoy cansado —dice él—. Charleston ya

queda sólo a pocas horas más de camino. Prefiero que vayamos directos sin hacer ninguna parada.

He advertido que ahora va más rápido. Circulamos como bólidos por un túnel de la nada. Rodeados de cosas muertas. De edificios derruidos, de civilizaciones escondidas en sus casas protegidas con barricadas, si es que todavía existe alguna civilización.

De pronto siento la imperiosa necesidad de aferrarme a algo. Como si estuviera cayendo y cayendo interminablemente en la nada, y quiero agarrarle la mano a Linden. Notar la firme presión de su mano en el volante. Sentir que puedo controlar de algún modo adónde voy y lo que pasará a continuación.

Hago un esfuerzo tremendo para no agarrársela.

Linden carraspea.

—Yo también tenía un hermano —me confiesa—. Lo sabías, ¿verdad? ¿Te lo dijo mi padre?

—Murió antes de que tú nacieras.

—Así es. Ni siquiera sé cómo se llamaba —dice Linden—. Cuando le pregunto sobre él, mi padre se cierra en banda, incluso se enoja. No sé si se parecía a mí. Ni si era bondadoso o… irascible, o cualquier otra cosa. Pero pienso en él cada día. Siempre está presente en la trastienda de mi mente, como un peso en mi conciencia. Como el eco que oigo a veces al hablar.

Doblo las piernas y me giro en el asiento para quedar de cara a él.

—Siento mucho que no llegaras a conocerle.

—Si mi hermano no se hubiera muerto —observa Linden—, yo nunca habría nacido. Mi padre me engendró para tener algo a lo que salvar.

Permanezco en silencio. Intento que mi respiración

sea inaudible. Sé que lo que está diciendo es importante y no quiero interrumpirle, se me ocurre que tal vez nunca haya dicho estas palabras en voz alta y que nunca las vuelva a repetir.

—A veces me siento como una cobaya —admite—, aunque nunca se lo he dicho. Mi padre me dice que soy el joven más privilegiado del mundo porque seré uno de los que vivirán. Que a los otros los han traído a este mundo porque los métodos anticonceptivos están prohibidos o porque otras familias acaudaladas son lo bastante ingenuas para creer que acabarán descubriendo el antídoto. Ni siquiera ve que es como ellas. No entiende que, además de estar él perdiendo el tiempo, me lo ha hecho perder a mí. No soy más que un esfuerzo inútil y no lo aceptará hasta que yo me muera, hasta que yo haya pagado el precio de su error.

—¡No digas eso! —musito—. Tú no eres ningún esfuerzo inútil.

—Tus padres también eran científicos, ¿verdad? —Su voz es tan plácida que no estoy segura de si me he imaginado un ligero temblor en ella—. ¿Nunca les has guardado rencor, aunque sólo fuera un poco, por haberte traído a este mundo?

—Un poco —admito—. Pero nadie nos lo consultó, Linden. Estamos aquí nos guste o no. Y no quiero creer que ha sido para nada.

—De habértelo preguntado, ¿habrías querido nacer? —dice sin despegar los ojos de la carretera.

—Sí —afirmo sin saber lo que iba a responderle hasta que he abierto la boca.

Las pompas de jabón entre mis dedos, las palabras que escribí en el cristal empañado, los besos de buenas noches que mi madre me mandaba cuando pensaba que yo ya dormía, el corazón martilleándome cuando Gabriel y yo nos besamos por primera vez, el cálido hormigueo extendiéndose por todo mi cuerpo cuando, tras beber demasiado champán, Linden me desabrochó los zapatos y me dijo que era muy hermosa.

—¡Claro que sí!

—Sabía que ibas a responderme eso —afirma.

—¿Y tú?

—Ya no lo sé —admite—. A veces oigo a Cecilia cantar las palabras de ese poema: «Y ni la primavera misma, cuando despierte al alba, se dará cuenta de que nos hemos ido», y creo que refleja cómo es la vida. Creo que es un error intentar alcanzar algo que nunca sucederá. Pienso que fue muy cruel por mi parte tratar de tener hijos. Ahí fuera no hay nada, Rhine. El mundo ya no existe. No queda más que agua llena de cosas muertas. ¿Por qué seguir intentando llenar el espacio vacío?

Hijos. Él ha tenido tres, y dos se han ido de este mundo. Vi los ojos de Linden cuando Cecilia perdió a su bebé. Hizo como si lo único que le importara fuera la salud de su mujer, pero sé que la muerte de su hijo le partió el corazón. Nuestro falso matrimonio me enseñó a leerle muy bien el rostro.

—Intenta no pensar demasiado en por qué hemos nacido —le aconsejo—. Sabes que ese poema tiene más de trescientos años. Seguro que en aquellos tiempos en los que uno llegaba a centenario, en que la tierra estaba cubierta de vegetación y los edificios se veían limpios y nuevos, la gente ya se preguntaba qué habían venido a hacer a este mundo. No creo que sólo nos lo hayamos empezado a plantear después del virus.

En sus labios aflora una sonrisa, o tal vez no sea más que una mueca irónica.

—Entiendo perfectamente por qué tu hermano dijo esas cosas sobre la esperanza —afirma—. Tú tienes una forma muy particular de ver las cosas. Haces que parezca que todo acabará bien. Pero no puedo imaginarme nada más peligroso que una esperanza como la tuya.

Cecilia tose y se mueve en el asiento trasero. Linden le echa una mirada por el retrovisor.

—¿Estás despierta, cariño? —le pregunta.

Ella se revuelve un poco más antes de incorporarse.

—Me habéis despertado con vuestra conversación —se queja—. ¿Pararemos para dormir?

—No —responde Linden—. Iremos directos a Charleston.

La ternura con la que le habla me desconcierta. A mí me habla amargamente y sin tapujos acerca de las verdades y los problemas del mundo, pero a Cecilia todavía la sigue adorando.

—Pues entonces quiero dormir delante contigo —dice ella.

—Sé que está medio dormida por cómo arrastra las palabras y se tambalea, pero se las apaña para trepar por el asiento delantero y meterse con calzador entre nosotros arrastrando una manta tras ella.

Se acomoda perfectamente al lado de Linden.

—No te importa sentarte atrás, ¿verdad? —me dice—. Aquí no hay sitio para los tres.

14

La música hace que se me encoja el corazón antes de despertar siquiera. Intento despejarme apartando los pañuelos tornasolados y los miembros pálidos, y esa música, esa música festiva que recuerda cada célula de mi cuerpo.

Cecilia arrodillada en el asiento delantero, trepa por encima de Linden para asomarse por su ventanilla.

—¿Qué es? —pregunta llena de curiosidad.

Está todo oscuro. Mis ojos intentan adaptarse a la oscuridad. El coche se detiene.

—Es una feria —dice Linden.

—¡Arranca! —grito—. ¡No te detengas!

—¿Qué es una feria? —pregunta Cecilia.

—¡Arranca!

Linden pisa el acelerador a fondo sobresaltado por el tono de mi voz. Salimos disparados con las ruedas chirriando y yo le grito que vaya más deprisa, a doscientos veinticinco kilómetros por hora como pone el velocímetro.

—¿Qué... qué pasa? —pregunta él desconcertado mientras yo me giro y miro las sombras por la ventana de atrás. Son las figuras de los guardianes de la Madame, de las chicas marchitas y de Lila, aunque en realidad se llama Grace, la chica que decidió volver a la feria para que su hija fuera libre.

Parece que estuviéramos avanzando a cámara lenta. Pienso que nunca lograremos escapar. Pero al final la noria se ve tan lejana que podría ser una constelación girando en el cielo.

Me desplomo en el asiento, jadeando.

—¡Ese lugar...! —consigo decir.

—¿Qué? —replica Linden perplejo.

—¿Queréis decirme uno de vosotros dos qué es una feria? —insiste Cecilia—. Ni siquiera le he podido echar una buena mirada. Nunca había visto nada igual.

—¡Olvídate de ella! —le digo.

Linden se detiene en la cuneta.

—¡No te pares aquí! —grito.

—Pero si esto es Charleston —dice Linden.

El alma se me cae a los pies. Así que la feria de la Madame está en la misma ciudad que mi hermano. No sé por qué no me sorprende. Intento recuperarme del mareo producido por el subidón de adrenalina.

—No pienso arrancar hasta que me expliques por qué te has puesto así —dice Linden.

Cecilia se gira para contemplar la luz en lo alto iluminando el coche con un débil resplandor anaranjado, y se queda de cara a mí. Tiene los ojos abiertos de par en par.

—¿Qué es *eso*? —me pregunta excitada—. ¡Es precioso!

De pronto percibo en el aire un fuerte olor a goma quemada.

Sé que afuera el aire huele a agua salada y a basura. Lo sé porque ya he estado en este lugar.

—Es una noria, ¿vale? —le suelto—. Da vueltas y la gente se puede subir a ella, antes servía para hacer felices a las personas, supongo, pero ahora ya no es así. Está destartalada, como todo lo demás. ¡Qué más da lo que esté sucediendo ahí ahora! Seguro que no es nada bueno.

El motor runrunea bajo nuestros pies.

—Has estado ahí, ¿verdad? —pregunta Linden con una voz tan baja que apenas puedo oírlo.

—¡Qué importa! —respondo—. Venga, arranca por favor.

—Sólo quiero entenderlo —dice él.

De pronto estoy enojada con él por estar tan ajeno a lo que le rodea. Por todas las cosas horribles que pasan en el mundo, por todos los esfuerzos que hay que hacer día tras día para sobrevivir, y por tener que explicárselo.

—Ahí vive una mujer que recoge chicas —le explico—. Es un barrio rojo.

—¿Que recoge chicas? —repite Linden parpadeando—. Dudo que haya oído hablar nunca de barrios rojos.

—¿Para practicar el sexo? —pregunta Cecilia simplemente. No ha olvidado cómo era el mundo del exterior antes de casarse con Linden.

—Las convierte en prostitutas y lo hace para que no se puedan ir del lugar. Y si las chicas tienen hijos, tanto mejor para ella, porque los utiliza como esclavos.

Me arrepiento de haber sido tan explícita en cuanto acabo de hablar. Linden no tiene la culpa de ninguna de estas cosas. Y la noria no es lo único que causa sufrimiento en este mundo, no es más que un símbolo de él. Antes era algo bonito que servía para un buen fin, pero ahora nada de eso importa ya. Estamos viviendo en un universo paralelo de lo que el mundo era.

Sé, sin mirarle siquiera, que Linden ha palidecido.

—¿Y estuviste ahí? —pregunta—. ¿Tú…? —no puede acabar de decir el pensamiento.

—No —respondo—. Logré escapar. Pero la chica que me ayudó no tuvo tanta suerte, y como no tengo ninguna prisa en volver ni en hablar de ello, ¿podríamos irnos de una vez?

Linden pone en marcha el *jeep* y vuelve a incorporarse fácilmente a la carretera principal.

—No podemos malgastar el carburante —dice—. Pero iré un poco más lejos y pararemos para dormir —añade apagando las luces.

Cecilia alarga el brazo por encima del asiento y me aprieta la mano.

Dejamos la radio encendida, con el volumen bajo, para que nos avise como el trueno que anuncia una tormenta. Espero que en cualquier momento interrumpan la canción que están transmitiendo para dar paso a las noticias sobre otra explosión. Pero no llega a suceder. Contemplo por la ventanilla las sombras desdibujándose a mi alrededor.

—Lo siento— se disculpa Linden. Las palabras le salen con firmeza y soltura, como si las hubiera estado ensayando en su cabeza todo ese tiempo—. Es que Rose solía hablar de una noria. Ya sé que no puede ser la misma, pero me ha hecho pensar en ella, eso es todo.

—No es la misma —le aseguro—. A no ser que la noria de la que te habló fuera una pesadilla.

La noria de la Madame fue la primera que yo había visto en toda mi vida. Pero son unos artilugios muy grandes y además demolerlas resulta demasiado caro y difícil. Podría ser que hubiera quedado alguna que otra por el país, pudriéndose al no servir para nada.

—No —dice él—. La noria de la que Rose me hablaba era bonita. La mayoría de las cosas que me contaba lo eran.

Pobre Linden. Nadie ha creído nunca que pudiera soportar oír algo horrible, ni siquiera por lo visto Rose.

—Sus padres viajaban mucho —me cuenta—. Creo que ella visitó todos los estados, que no son pocos que digamos. En total cuarenta y ocho, antes de cumplir los once años.

Y eso que no ha incluido Alaska y Hawái, que fueron destruidos hace más de un siglo.

Cuando le conté que yo tenía un hermano mellizo le pareció curioso, pero creo que su matrimonio con Rose puede compararse a la relación anómala que en ocasiones se da en los mellizos. Sucede en el útero cuando los fetos crecen demasiado cerca el uno del otro: el más fuerte se desarrolla con normalidad y en cambio el más débil se va arrugando hasta ser absorbido por el cuerpo de su hermano mellizo, y entonces se convierte en un parásito. El resultado es un niño acosado por el fósil que lleva dentro en forma de hermano mellizo. Como un tumor.

Rose al morir se convirtió en el parásito mellizo de Linden. En el pasado fueron dos organismos que crecieron el uno al lado del otro. Dos pulsos. Dos cerebros. Pero ella se arrugó y murió, y él la sigue llevando dentro. Rose va dondequiera que él vaya, sin ver nada, sin sentir nada, es una sombra tras sus costillas. Veo cómo se le ensombrecen los ojos al recordarla cuando me mira y de pronto aparta la mirada.

Acordamos dormir por turnos. Como Cecilia y yo hemos ido echando cabezaditas de camino a Charleston, no tenemos sueño. Linden se tumba en el asiento delantero y al final sé por su respiración que se ha dormido. No parece estar preocupado por si su padre nos encuentra a través del localizador que le implantó a Cecilia. Entiende mejor que yo las tácticas de Vaughn.

Cecilia está a mi lado en el asiento trasero, contemplando la oscuridad por la ventanilla de vinilo.

—Es la primera vez que habla de Rose delante de mí —observa al cabo de un rato—. He oído la historia que te ha contado de la noria y de sus padres aficionados a viajar.

—A Linden le resulta doloroso hablar de este tema —respondo.

Sacude la cabeza, sin despegar los ojos de la ventanilla.

—No es por eso. Sabe que yo me pongo celosa a veces —afirma.

—¿Celosa de qué?

—No es fácil competir por el corazón de mi marido con otras tres mujeres —responde.

—No es ninguna competición —afirmo—. Tú eres ahora su única esposa.

—Conozco a Linden. Seguirá amando a Rose toda su vida. Y Jenna era hermosísima…, nunca podré llegar a compararme con ella —dice girando la cabeza para mirarme, y veo sus ojos llenos de dolor—. Y también estás tú —añade en voz baja.

«Hijo, si me estás escuchando quiero que sepas que no pararé hasta encontrarte.»

La voz de Vaughn emerge de súbito de las interferencias y al principio creo estar soñando, pero entonces abro los ojos. Linden y Cecilia están en el asiento delantero escuchando atentamente la radio mientras Vaughn le dice al entrevistador que su único hijo y su nuera han desaparecido y que cree que corren un peligro inminente. Dice que nadie le ha pedido aún un rescate, pero que no piensa que se hayan ido por su propia voluntad. Que no sabe nada de ellos desde esta mañana. Y que dará una recompensa a quien se los lleve de vuelta.

—¿Por qué siempre tiene que mentir como un bellaco en todo? —pregunta Cecilia mordisqueándose preocupada el nudillo del pulgar.

—Sabe perfectamente que me he ido —señala Linden—. Sólo quiere dar nuestra descripción para que nos encuentren.

Siento retortijones en el estómago. Linden me mira por el retrovisor.

—Mi padre no te ha mencionado —dice—, pero seguro que sabe que estás con nosotros.

—¿Y qué hay de Bowen? —pregunta Cecilia inquieta—. Linden, si tu padre se lo ha llevado…

—Tío Reed nunca lo permitiría —le asegura él.

Ella no parece demasiado convencida. Está pálida como la cera y le tiemblan los brazos.

En la radio se oye un estallido de interferencias y luego empieza a sonar música.

Acaba de amanecer, el cielo está borrascoso y las olas espumeantes baten cada vez con más furia en la costa cubierta de basura. Conozco esta playa. No es exactamente el lugar al que Gabriel y yo llegamos —estábamos más cerca de la feria—, pero reconozco el deprimente ambiente. Nunca lo había visto de día.

A varios metros de distancia se alza una fábrica de ladrillos que podría parecer abandonada si no fuera por la humareda que sale de la chimenea. Están fabricando algo, por lo visto además de la feria de la Madame en este lugar vive más gente.

Hay un grupo de edificios que podría ser un complejo de viviendas, o quizás estén abandonadas. Es difícil de decir. No hay señal alguna de haber en ellas electricidad. Pero sé, por las chabolas como la de la adivina, que en este vecindario vive gente.

Linden abre el mapa agitándolo.

—Estamos a cinco kilómetros del laboratorio de investigación que tu hermano destruyó. Queda en la misma dirección que la feria. Deberíamos visitarlo para preguntar si alguien sabe adónde se dirigió tu hermano. ¿Estás preparada para ello?

—Sí, mientras nos mantengamos lejos de la feria... —respondo al ver que no me queda más remedio.

No quiero ni pensar que Rowan haya visto la noria de la Madame, ni que haya hablado con esa mujer. Que ella al ver sus ojos haya concluido que su hermana melliza no estaba muerta, sino que era la única chica que se las apañó para escapar de su exquisita y demencial prisión. A los de las primeras generaciones se les da muy bien construir prisiones. Supongo que es porque recuerdan la época en que las cosas eran tan hermosas como las ilusiones que usan para construir sus jaulas.

No quiero más ilusiones. Estoy harta de sentirme como si estuviera en un sueño del que nunca despierto.

Cecilia está intentando frenéticamente comunicarse con Reed por el móvil, pero aquí no hay torres de telefonía. Él nos dijo que igual encontrábamos alguna, sobre todo en los lugares donde las señales radiofónicas eran fuertes, porque era el mejor indicio de haber tecnología alrededor.

—Te lo prometo, Bowen está bien —insiste Linden posando su mano en la rodilla de Cecilia para tranquilizarla—. No lo habría dejado con mi tío si no confiara plenamente en él.

—¡Es en tu padre en quien no confío! —exclama ella con la voz tensa. Está haciendo grandes esfuerzos para no romper a llorar.

—Yo confío en Reed —tercio—. Seguro que ni siquiera está en su casa. Tiene un montón de amigos que viven en lugares remotos alejados de la red eléctrica. Seguro que en cuanto nos fuimos, se llevó a Elle y a Bowen a algún sitio donde Vaughn no pueda nunca encontrarle.

—¡Como fume cerca de mi hijo se va a enterar! —se queja Cecilia gimoteando—. Me da igual lo que diga del humo, sé que no es bueno para mi hijo —añade un poco más calmada. Contempla el mundo desfilando por la ventanilla en tonos cenicientos y desmoronándose a pedazos, y de vez en cuando le echa un vistazo a la pantalla del móvil.

Veo la desvaída noria de color violeta recortada contra el cielo. Las chicas de la Madame deben ahora de estar durmiendo mientras las niñas tienden la colada, remiendan la ropa y recogen las hortalizas del huerto. Jared debe de estar trabajando en otro invento.

Miro a Cecilia. En momentos como éste, cuando está

muy preocupada, parece diez años mayor. Como una mujer que ha tenido hijos, se ha casado, ha visto el rostro de la muerte y ahora lleva el mundo a cuestas.

Linden conduce despacio, como si fuéramos a encontrar alguna señal en el borde de la carretera. Me pregunta si estoy bien, si necesito que me dé el aire. Sacudo la cabeza y contemplo el mundo envuelto en una atmósfera de goma quemada.

De repente veo cenizas. A lo lejos de una carretera han levantado una barricada con bidones de acero y vallas de madera improvisadas, se ven todavía los escombros de las explosiones provocadas por mi hermano. Veo figuras moviéndose en la lejanía, una grúa amarilla echando trozos de paredes al camión de la basura.

La monstruosidad de estos restos carbonizados será el paisaje habitual durante los próximos meses o años. Y seguramente no construirán otro laboratorio. En Manhattan no lo hicieron.

Mi hermano ya no debe de estar aquí. Es lo bastante listo como para no permanecer en un lugar demasiado tiempo, sólo se queda lo justo para dejar su huella e instigar tal vez un disturbio, pero sin quedarse lo bastante para que lo pueda atrapar alguien que desea vengarse. Sabe exactamente cuánto tarda el estado de choque en transformarse en rabia.

De repente abro la portezuela del coche, a Linden le da tiempo a frenar un instante antes de que yo salte de él. Me meto por entre la valla improvisada, la manga se me engancha en un clavo oxidado, pero dando un tirón sigo corriendo hacia las cenizas del laboratorio que mi hermano ha hecho saltar por los aires, sin oír apenas las voces llamándome a mis espaldas.

La carretera parece kilométrica, como si nunca pudiera acabar de recorrerla corriendo. Pero apenas me falta el aliento cuando llego por fin al montón de paredes y ventanas rotas de lo que hace poco fue un laboratorio. Hay gente en ropa de calle limpiando los escombros, seguramente son ciudadanos intentando echar una mano. Todo el mundo sabe que el presidente no va a ofrecerles ayuda, aunque tal vez dé un discurso o haga alguna otra cosa si las explosiones acaparan la atención de los medios.

—Si buscas algo recuperable entre los escombros, has llegado tarde —me dice una voz a lo lejos—. Ayer la gente ya se lo llevó todo.

Sin responder, me arrodillo y toco con la mano una columna de ladrillos derrumbada. Está caliente, tal vez sea por el sol o por conservar todavía el calor de las llamas. Pero por un instante siento a mi hermano, un torrente de energía me sube de golpe por el cuerpo, noto un fuerte tirón lateral como si Rowan estuviera intentando que le siguiera.

—¿Dónde estás? —musito.

Una mano me toca el brazo y me estremezco. De repente me siento como si acabara de despertar de un largo sueño.

Cecilia se agacha junto a mí.

—¿Te encuentras bien? —me pregunta.

—Mi hermano ha estado aquí —respondo emocionada—. Aquí mismo. Hace sólo un par de días.

—No deberías haber echado a correr sola —dice frunciendo el ceño y tirando de mí para que me levante—. Estamos aquí para ayudarte. Y tú lo sabes.

Linden llega jadeando.

—Pero ¿qué mosca te ha picado para salir corriendo de esa manera? —me pregunta desconcertado.

No le respondo. Contemplo las cenizas flotando a mi alrededor como semillitas penachudas de diente de león, girando donde antes había cuerpos y paredes.

—¿Vais a echarnos una mano o no? —nos suelta un tipo—. No es la hora de las visitas turísticas.

Cecilia toma aire para decirle una impertinencia.

—Perdone —me apresuro a responder para interrumpirla—. Es que… —La voz se me apaga. ¿Es que qué? ¿Es que espero hallar respuestas en este lugar? ¿Pistas? No he encontrado más que lo que mi hermano dejó en nuestra casa: restos calcinados, más pruebas de que ha perdido el juicio desde que decidió que yo había muerto.

—Estamos buscando a una persona —tercia Linden—. Una de las que provocó la explosión.

—Si son listos, ya se habrán largado de aquí —dice el tipo—. Venga, ¿nos vais a echar una mano o no?

—¡Espera! —grita un chico. Pertenece a la nueva generación y a duras penas es más alto que Cecilia—. Papá —le dice al tipo plantado frente a nosotros—, es el joven que salió en las noticias. El hijo de ese científico.

Veo en los ojos del tipo el destello de habernos reconocido. Varias personas que también lo han oído nos rodean formando un círculo que se va estrechando.

Y surge un silencio, un silencio sepulcral. Linden, Cecilia y yo nos apiñamos. Es lo único que podemos hacer, porque sabemos que es demasiado tarde para echar a correr.

Linden intenta dejarnos a Cecilia y a mí atrás. Pero cuando el tipo mete a Linden en el asiento trasero del desvencijado coche, Cecilia sale tras su marido gritando, y él intenta impedir que ella abra la portezuela. Pero de nada le sirve, y a juzgar por la fuerza bruta con la que nos arrojan al interior del caliente y apestoso coche, supongo que la recompensa por llevar a Linden de vuelta a casa debe de ser exorbitante. Justo la cantidad de dinero que una ciudad como ésta necesitará para construir un hospital o reconstruir el laboratorio que mi hermano ha hecho saltar por los aires.

—No os preocupéis —dice Linden—. No dejaré que mi padre os haga daño.

En el pasado no lo consiguió demasiado que digamos, pero no se lo digo.

Cecilia está pálida y callada. Advierto que se mira de reojo el bolsillo y por un instante veo a través de la tela el rectángulo iluminado de la pantalla del móvil antes de que ella lo silencie. De todos modos no nos sirve de nada, no tenemos cobertura.

El tipo va al volante y su hijo, sentado a su lado, nos está apuntando con una escopeta que me intimidaría más si no sospechara que es de perdigones, porque advierto que está cargada con cartuchos de dióxido de carbono. Pero lo que sí me pone nerviosa son los coches siguiéndonos a nuestro alrededor. Hay una ciudad entera asegurándose de que no huyamos. No me imagino nada más angustioso.

Hasta que veo la noria haciéndose cada vez mayor a medida que nos acercamos y la cabalgata de coches se detiene ante la alambrada que rodea la feria de la Madame.

15

La Madame emerge de un muro de guardaespaldas como una actriz saliendo al escenario de detrás del telón. Incluso desde el coche huelo su perfume y las volutas de humo de su cigarrillo.

—Deja que los vea —la oigo gritar loca de alegría.

¿Cómo puede ser que nos estuviera esperando?

Cuando el tipo y su hijo salen del coche, Cecilia me mira ansiosa, quiere decirme algo, pero no nos da tiempo. Abren las portezuelas de los asientos de atrás.

—¡Es la primera vez que veo a su hijo en persona! —exclama la Madame—. Estoy segura de que es incluso más guapo al natural que como sale en la foto.

El chico armado con la escopeta de perdigones nos obliga a bajar del coche, Linden sale primero, después Cecilia y, por último, yo. Y el grito de asombro y admiración que lanza la Madame al ver a Linden en persona cesa en seco al descubrirme a mí, aún está con los brazos extendidos para tocarle la cara. Reconozco sus anillos chabacanos, y su moño canoso con vetas de rubio.

—¿Dónde está el sirviente que estaba contigo, Vara de Oro? —me pregunta la Madame—. No me digas que has vuelto con tu marido y has dejado a tu chico plantado.

Cecilia intenta entrelazar su brazo con el mío, pero yo me alejo de ella. La Madame odia las muestras de afecto. Cuando las ve, quiere destruirlas. Yo lo aprendí por experiencia propia.

No le respondo, en su lugar miro más allá de la cerca de alambres, donde unos ojos curiosos parpadean por la rendija de la tienda tornasolada.

—No te preocupes —dice la Madame con voz cantarina—. No te haré daño, querida. Ganaré el triple del dinero que me has costado. ¿Tienes idea de la recompensa que ha ofrecido Vaughn por llevarte sana y salva de vuelta a casa? Ni siquiera ha salido tu foto ni tu nombre en las noticias. No quería que nadie se enterara. Para que no te raptaran.

Observo a Linden y veo que la está mirando como si ya la conociera. No parece asustado. Me pregunto si está pensando lo mismo que yo cuando la conocí, que hay algo en su cara que me resulta extrañamente familiar.

La Madame exhala una nube de humo. Cecilia se contiene para no toser y la anciana, reparando en ella, le agarra la cara agachándose para quedar al nivel de sus ojos. Se sostienen la mirada un buen rato, sin que en los ojos de Cecilia se trasluzca una pizca de emoción ni de miedo. La noche que perdió a su hijo se hundió en las aguas grises de la muerte, pero luego, rebelándose, emergió de sus profundidades agitando con furia las piernas con movimientos de tijera. La Madame no tiene ningún poder sobre ella.

—Por ahora no me sirves de gran cosa —declara la

anciana mujer—. Tal vez cuando dejes la pubertad —añade irguiéndose y dando una palmada para que sus guardaespaldas entren en acción—. ¡Apartaos de en medio! —les suelta—. Que alguien prepare té para mis invitados mientras me pongo en contacto con el padre de este joven tan guapo.

—Tu padre y yo hace mucho que nos conocemos, Linden —le dice la Madame. Desde que hemos llegado no ha usado en ningún momento su falso acento—. En nuestros días escolares podría decirse que echamos una canita al aire.

Estamos sentados sobre vistosos almohadones en la tienda de color melocotón donde a Gabriel y a mí nos obligaron a actuar ante un montón de espectadores. La jaula dorada sigue en el mismo sitio y a juzgar por las sábanas arrugadas del interior, supongo que la Madame ha encontrado unos nuevos actores para el espectáculo.

—Y luego un amante mío se convirtió en colega suyo —prosigue la Madame mientras sirve el té en cuatro tazas dispuestas sobre una mesita hecha con cajas de madera—. Ya veo que eres tan guapo como tu padre. Aunque seas un hombre de pocas palabras.

Mira a Cecilia y la cara se le ensombrece de decepción. Tal vez esperaba que el hijo de Vaughn tuviera una esposa más glamurosa. Pero al ver el anillo de Cecilia y luego el de Linden, le vuelven a brillar los ojos. Aunque las alianzas de mis hermanas esposas y la mía tuvieran un distinto grabado, todas compartían el mismo diseño —enredaderas y flores formando un lazo infinito— y la

Madame admiraba mucho la mía. Ahora advierte que no la llevo.

—¿Dónde está el sirviente con el que salías? —me vuelve a preguntar.

Se pone a sacarle brillo a su pistola plateada tachonada con esmeraldas falsas. No sé si lo hace para amedrentarnos. Aunque no creo que sea ésa su intención, ya que en el mundo de la Madame es de lo más normal admirar un arma letal mientras te tomas el té.

—¡Se fue! —le digo hablando con ella por primera vez desde hacía meses.

—De todos modos era demasiado débil para ti —concluye la Madame—. Habría sido mejor que te hubieras quedado con tu marido —añade sonriéndole a Linden. Algo ha cambiado en los ojos de Linden, y ella sabe que le ha herido. Pero no le basta. Quiere añadir algo más para ahondar su dolor—. Cuando Vara de Oro te describió por primera vez, admito que te imaginé como una fiera impotente. Hay que decir que no te dejó en demasiado buen lugar... Tomaos el té, tengo que ir a ocuparme de una o dos cosas. Cuando vuelva, tal vez estéis más habladores.

Se levanta y sale de la tienda con la falda de volantes revoloteando y las joyas tintineando. Y como de costumbre, veo las siluetas de sus guardianes apostados a la entrada de la tienda. Y Cecilia y Linden también los ven.

Ella se mete la mano en el bolsillo y se queda mirando la pantalla del móvil, angustiada.

—¡Nada! —masculla guardándolo de nuevo—. ¡Tú y tus estúpidos cacharros que no funcionan, Reed!

Parece que Linden esté a punto de vomitar.

—Tiene que haber una forma de usar el móvil —dice

Cecilia en voz baja para que los tipos de la entrada no la oigan—. Si no esta señora loca no podría haberse puesto en contacto con tu padre.

—Uno de sus guardaespaldas es un inventor —apunto—. Estoy segura de que debe de haber creado algo.

—¡Qué más da! Ahora estamos aquí y seguro que Vaughn está de camino, y no va a ser nada clemente con nosotros —dice Cecilia mirando el vapor saliendo de la taza de té.

—No te lo bebas —le advierto.

Lo sigue mirando sin responderme, y los ojos se le empañan, porque, pese al valor que ha reunido y la valentía que ha mostrado al desafiar a la Madame e incluso la forma en que se enfrentó con Vaughn, sigue asustada.

Linden pone un dedo debajo de la barbilla de Cecilia y le levanta la cara para que le mire.

—No dejaré que mi padre te haga daño —le asegura.

—¿Aún me quieres? —le dice ella con un hilo de voz.

—¡Qué pregunta más absurda! —exclama él—. Claro que te quiero.

Clavo los ojos en el sucio suelo, intentando borrar los recuerdos de Gabriel que de pronto me vienen a la cabeza. Éramos los Tortolitos, la ilusión que la Madame vendía a sus clientes apiñados alrededor de la jaula dorada. Ella nos embriagaba con el humo del opio que impregnaba la tienda, por eso todos mis recuerdos son febriles. Pero por dolorosos que sean, no los puedo ahuyentar de mi cabeza. No puedo olvidar los dedos de Gabriel deslizándose por mis brazos desnudos, el vello de mi nuca erizándose expectante mientras me apartaba el cabello y me besaba. No sé si era amor o una vana ilusión. Ni tampoco si hay forma de saberlo con certeza.

La Madame regresa con sus joyas tintineando como campanillas de plástico anunciando su llegada. Sostiene algo envuelto en un pañuelo de seda.

Cecilia se frota los ojos con la muñeca, las lágrimas se esfuman.

—Te vi una vez cuando eras muy pequeño —le cuenta la Madame a Linden—. Probablemente no te acuerdas. Mi amante y yo solíamos viajar con nuestra hijita. Creíamos que le sentaría bien ver mundo. Una tarde jugaste con ella, cuando los dos erais muy pequeños

Deshace el pañuelo que sostiene y veo la foto enmarcada que cubría. Cuando estuve en este lugar, me contó que había tenido una hija, pero nunca vi una foto suya. Supuse que no conservaba ninguna después de todo lo que dijo sobre la estupidez de haber querido tanto a su hija. Pero ahora se queda mirando con nostalgia la foto y en sus labios pintarrajeados de color rosa chillón asoma una sonrisa antes de entregársela a Linden.

—Es mi hija —dice—. Mi Rose.

A todos se nos corta el aliento. Cecilia se arrima a Linden y se queda mirando la foto que sostiene. A él le tiembla el labio inferior de su boca entreabierta lo justo, sólo lo justo, para indicarme que está alucinado. Si no fuera por ese temblor, creería que seguía impasible. Sus ojos son dos gemas verdes, su cuerpo una estatua.

Cuando me acerco a Linden para ver mejor la fotografía, me siento como si me moviera a cámara lenta.

En el dormitorio de Rose había una foto. Una tarde ella la descolgó de la pared y me la entregó. Se estaba muriendo, con la cara maquillada como una perfecta muñeca de porcelana, yaciendo en un mar de envoltorios de June Bean de vivos colores. En la foto aparecía ella y Linden de pequeños en el naranjal. Recuerdo su sonrisa alegre y sana.

La niñita de la foto de la Madame es algo más joven, y en lugar de la amplia sonrisa que mostraba en el naranjal, en ésta le brinda al fotógrafo una vaga y tímida sonrisa. Está sentada sobre el caballito de un tiovivo.

Reconozco el tiovivo.

Pero lo más importante es que reconozco a esa niña. Es la que creció y se convirtió en la esposa de Linden.

Él desliza el pulgar por la cara de la niña por un segundo, cubriéndola por entero.

Su grave expresión deja perpleja a la Madame.

—¿Es esto una treta? —le espeta él—. ¡No creo que mi padre fuera tan cruel!

—¿Una treta? —dice la anciana mujer, desconcertada.

Linden abre la boca, pero sus ojos siguen posados en el joven rostro de Rose. En esta foto era más pequeña que cuando, teniendo ella once años y él doce, se hicieron novios.

—¿Podrías recordarme qué fue lo que le pasó a tu hija? —le pido a la Madame.

Ella se crispa. Sus ojos revelan por un instante su dolor, pero lo oculta enseguida. Le arrebata a Linden la foto de las manos y él vuelve a perder a su mujer. La ve desaparecer mientras la mujer envuelve la foto apresuradamente con el pañuelo y la apretuja entre sus dedos enjoyados.

—La asesinaron —dice—. Eso fue lo que le pasó. Era demasiado especial para este mundo.

Vosotras, nena, sois como moscas. Eso fue lo que la Madame me dijo el día que me llevó a dar una vuelta por la feria.

Como rosas. Me contó que había tenido una hijita con un pelo rubio de todas las tonalidades como el mío.

Os multiplicáis y luego os morís.

—No la asesinaron —dice Linden—. Ella era mi esposa.

16

Había una vez una niñita a la que adoraban con locura.

Su existencia se debió a un momento de descuido por parte de la Madame y de su amante, los cuales no pretendían tener hijos, y además hasta mantuvieron una larga discusión sobre interrumpir el embarazo. Criar a un hijo que se moriría al cumplir los veinte o los veinticinco les parecía una aventura demasiado emocional.

Pero ni la Madame ni su amante tuvieron el valor para interrumpir el embarazo. Decidieron que una vida fugaz era mejor que ninguna. Y le darían a su hija todas las cosas con las que un niño pudiera soñar. Viajarían a todos los rincones del país y llenarían sus cortos años de vida con las experiencias de un centenario.

Por esta razón su hija creció sin temerle a nada. Jugaba entre las tiendas de campaña y hablaba apasionadamente del mar y del cielo. Soñaba con viajar a otros países. Si el resto del mundo estaba destruido, quería visitar los cementerios de otras naciones. Salir desde una punta del planeta y dar la vuelta al mundo en velero hasta llegar de nuevo al punto de partida.

La Madame se culpa por lo que le pasó a su hija. La educó para que no se sintiera feliz en aquella feria de chicas moribundas y acabadas. Cuando el padre de Rose las dejaba para proseguir sus investigaciones científicas, la niña le suplicaba si podía acompañarle, y él casi siempre acababa transigiendo. Cuando Rose tenía once años, se la llevó a la costa de Florida, donde tenía previsto encontrarse con varios colegas. Vaughn Ashby era uno de ellos.

—Se suponía que mi hija debía de estar jugando en la playa levantando castillos de arena y dejando que las olas le lamieran los pies —dice la Madame.

—¿Qué sucedió? —pregunta Cecilia en voz baja. Se dispone a coger la taza de té, pero yo la detengo poniéndole la mano en la muñeca. Aunque la mujer esté siendo amable por ahora, no me fío de ninguna bebida que nos sirva.

La Madame acaricia los bordes de la foto enmarcada envuelta con el pañuelo.

—Alguien hizo saltar un coche por los aires con una bomba —responde—. Dijeron que habían sido los pronaturalistas que se oponían a las investigaciones que se estaban llevando a cabo. Me dijeron que mi amante y mi hija habían muerto.

Ahora ella mira a Linden. Se ve tan pequeño y cansado que me da miedo que se derrumbe, pero no es así.

—Rose creía que sus padres habían muerto en aquella explosión —dice él—. Que su madre había quedado con su padre y que los dos habían muerto mientras iban en coche a recogerla a la playa. Estuvo teniendo pesadillas… durante años. Siempre las tuvo.

—No he podido evitar advertir —precisa la Madame con una voz seca desprovista de emoción, pero expectante— que te estás refiriendo a ella en pasado.

215

Linden no puede hablar. Se queda mirando la taza de té con los ojos nublados de lágrimas.

—Hace un año que Rose se fue —digo.

—Cuando ella habría cumplido los veinte —observa la Madame—. Por un instante había esperado que ocurriera lo que yo más deseaba.

—Yo… Perdonadme —dice Linden con voz quebrada, y antes de que a ninguno de nosotros nos dé tiempo a detenerle, se pone en pie y sale tambaleándose de la tienda, y la Madame le grita a sus guardianes que no disparen, que mantengan la verja cerrada, pero que le dejen ir adonde desee.

Cecilia sale corriendo tras él.

La anciana me mira y en su cara veo un inusual momento de humanidad. Me fijo en sus ojos marrones y ahora entiendo por qué su rostro me recordaba a alguien la primera vez que la vi hace varios meses.

—Rose se te parecía —le digo.

Mientras estuve en la feria fui objeto de los caprichos de la Madame, me trató como a una de sus chicas. Aunque a decir verdad no del todo, porque, a pesar de hacerme tragar aquella píldora anticonceptiva metiéndomela hasta el gaznate, a mí, al contrario de las otras chicas, nunca me obligó a llegar tan lejos cuando estaba con Gabriel. Nunca perdí el derecho a conservar mi virginidad. Tal vez fue su forma de no mancillar la imagen de su hija. A lo mejor la seguía queriendo después de todo.

La Madame abre y cierra la boca varias veces. Le da la vuelta una y otra vez a la foto enmarcada entre sus manos.

—Vaugh me pidió que arreglara un matrimonio entre nuestros hijos. Pero yo creí que sería una pérdida de tiempo. Me dijo que podríamos ser abuelos…, pero enterrar a mi hija Rose ya iba a ser lo bastante duro para mí. No quería enterrar a más jóvenes.

Ésta es la auténtica Madame. Ahora entiendo por qué se esconde tras el acento extranjero, las gemas y los perfumes exóticos. Por qué odia todo cuanto tenga que ver con el amor. Ella no es tan malvada ni corrupta como Vaughn. Simplemente está destrozada. Totalmente destrozada.

—Tu me recuerdas a mi hija —apunta—. No sólo por el color de tu cabello y por tu cara, sino por ese desasosiego tuyo. Veo en tu mirada que añoras estar en otra parte.

—Yo sólo conocí a Rose un poco, hacia el final de su vida —le digo—. Pero ella no era infeliz. Rose y Linden se querían muchísimo.

—¡Me he perdido todos esos años! —se queja la Madame con la voz repleta de ponzoña—. Podría haberla tenido nueve años más. Haberme despedido de ella.

Ésta es la mujer que me mantuvo cautiva, que me drogó, traicionó y que casi mata a una niña delante de mis propios ojos. Y con todo, creo que su dolor es sincero. Que quería a su hija. Ya no la odio.

—¡Vaughn miente como un bellaco! —exclamo—. A mí también me separó de mi familia. Es de él de quien huía y no de Linden. Linden no haría nunca daño a nadie.

—Vaughn nunca ha estado en sus cabales— observa la Madame—. Siempre ha estado obsesionado con salvar el mundo, a cualquier precio. Siempre ha creído que aca-

217

baría encontrando un antídoto para el virus —añade quedándose con la mirada perdida—. ¿Tuvo Rose algún hijo? —me pregunta con voz vacilante.

—No —respondo, al menos le evitaré ese dolor.

Encuentro a Linden y a Cecilia en el viejo tiovivo. Él está con los ojos clavados en los caballos empalados con barras oxidadas.

—Rose me contó cosas sobre este lugar —dice Linden—, y también sobre la noria, el tiovivo y las mujeres enfundadas en vestidos extravagantes. Mi padre le dijo que lo habían demolido todo. Que sus padres habían muerto.

Rose me contó muchas cosas, pero nunca me habló de su infancia en esta feria. Supongo que le resultaba demasiado doloroso hacerlo. Le debió de llevar años conseguir hablar del pasado con su marido.

Cecilia tiene el rostro contraído con una mueca de dolor, como si fuera ella la que estuviera sufriendo. No puede soportar ver a Linden tan triste.

—Le quitó todo cuanto Rose quería —dice él apretando los dientes—. Quería darle a entender que no le quedaba nada en este mundo para que no tuviera una razón para escaparse.

Le toco el hombro para calmarle, pero me retira la mano con brusquedad.

—¡Dejadme solo! —nos suelta—. Las dos.

—Linden… —dice Cecilia con el ceño fruncido.

—Déjale, Cecilia —le digo—. Ven, te enseñaré las fresas que cultiva la Madame.

Me sigue y vuelve la cabeza para mirar a su marido.

Él está llorando a lágrima viva con la espada agitándosele convulsivamente ahora que está solo.

—Necesita llorar la muerte de Rose —le digo a Cecilia—. Se reunirá con nosotras cuando se sienta mejor.

—Rose siempre seguirá estando viva en su corazón —afirma ella demasiado descorazonada como para decirlo con amargura.

No llegué a ver la feria de la Madame en verano. La última vez que estuve en este lugar todo se encontraba espolvoreado con nieve. Ahora, en cambio, se oye a los insectos y las máquinas de Jared zumbando bajo el calor del mediodía. Las fresas se ven gordas y jugosas, en lugar de estar arrugadas y blandas como en invierno. Las flores alrededor de las tiendas de campaña se han multiplicado en cantidad y colorido. A las personas de las primeras generaciones les fascina conservar viva la vegetación.

A esta hora del día reina el silencio, las chicas que trabajan en la feria están durmiendo.

Cecilia y yo nos sentamos sobre la alta hierba. Ella rasga una brizna a tiras.

—Me siento como si entendiera a esa mujer —dice pensativa—. Como si yo también hubiera perdido a un hijo. Mi bebé no llegó a nacer con vida. Ni siquiera sé si era niño o niña. Echo de menos algo que nunca he llegado a tener. ¿No te parece una estupidez?

—No, no lo es —respondo.

Arroja los pedacitos de la brizna de hierba por encima de su hombro.

—Sé que fue un error intentar traer al mundo a otro hijo —admite. Su boca se tuerce en una sonrisa que se troca en una mueca de dolor—. Pero lo quería, daría cualquier cosa por recuperarlo.

Creo que va a romper a llorar, pero no lo hace. Sólo arranca una brizna de hierba y se la enrolla y enrolla alrededor de la alianza.

Sacude la cabeza.

—Linden no quiere que hable más de ello. Dice que hacerlo sólo me entristece. Que necesitamos seguir adelante.

—Podríamos celebrar un funeral —le sugiero.

—¿Has asistido alguna vez a alguno?

—No —respondo—. Tal vez debería celebrar uno por mis padres. En aquel tiempo no me pareció necesario, mi hermano y yo sabíamos que se habían ido. Pero nunca me dio la sensación de que se hubieran ido para siempre. Me parecía como si fueran a volver.

Ahora yo también arranco una brizna de hierba y la rasgo a tiras.

—No creo que un funeral me pueda hacer sentir mejor —observa Cecilia—. Sé que probablemente las cenizas que conservo de Jenna de cuando la incineraron no son las suyas. Y aunque lo fueran, no me harían sentir más cerca de ella. Sé que ya no volverá, pero todavía sigo pensando que lo hará. Me es imposible dejar de creerlo. Cuando nacemos, entendemos lo que significa la muerte, pero curiosamente vivimos el resto de nuestra vida negándola.

Cecilia está en lo cierto. Detesto que alguien tan joven tenga tanta razón sobre la muerte.

La Madame finalmente nos encuentra. Tiene los ojos enrojecidos y las mejillas cubiertas de chorretones al deshacerse el maquillaje por las lágrimas.

—Le he pedido a Jared que os lleve a un lugar seguro —dice.

Jared es el guardaespaldas que nos ayudó a Gabriel y a mí a escapar la primera vez. La Madame, arrodillándose ante mí, toma mis mejillas entre sus manos. Me coge por sorpresa cuando se inclina hacia delante y me da un beso en la frente, dejando una marca tan gruesa de pintalabios que hasta la noto.

—Te dejo en libertad, tortolita —añade—. Disfruta de los años que te quedan.

Jared no es el mismo que la última vez que lo vi. De algún modo no parece tan alto ni tan amenazador. Aunque la última vez que estuve en la feria de la Madame me encontraba bajo el efecto de tantas drogas que me pregunto cómo es posible que recuerde algo de este lugar.

Lleva una camiseta a la que le han arrancado las mangas y veo la cicatriz que le dejó la bala del Recolector. Junto a nosotros hay un coche blanco oxidado esperándonos al ralentí. Las ventanillas están tintadas de negro.

—Llévalos al complejo del norte —le ordena la Madame—. Encárgate de que coman y descansen. No te detengas aunque alguien te lo pida. El país entero los está buscando —añade dándole unas palmaditas a Cecilia en los omoplatos con tanta energía que ella se tambalea—. Tuvisteis suerte de que os capturaran en este lugar, donde la gente sabe que debían traeros a mi presencia, porque de lo contrario lo habrían lamentado. Esta zona me pertenece, Vara de Oro, ya te lo dije.

Cuando me lo dijo hace meses, yo no sabía si era verdad o una loca fantasía más de la mujer que fumaba demasiados alucinógenos y que siempre estaba divagando sobre espías.

—Necesitamos recuperar nuestro coche —dice Cecilia.

—¡Dadlo por perdido! —responde la Madame—. Estoy segura de que a estas alturas los buitres ya se lo han agenciado, y si no ha sido así, son incluso más estúpidos de lo que sospechaba, lo cual es mucho decir.

Linden clava los ojos en el suelo. No pregunta sobre su padre.

—Gracias —es lo único que dice.

Mientras subimos a la parte trasera del coche, la Madame me agarra del brazo.

Me mira y en ese instante veo todas las arrugas de su cara. Ahora que me fijo en ella, me doy cuenta de que el pintalabios de color rosa chillón no oculta sus delgados labios. Veo todo el dolor que ha sentido en sus setenta y tantos años.

—Cuando mi Rose murió, ¿seguía siendo guapa? Dímelo, te lo ruego —me pide.

La Madame está obsesionada con la belleza, al igual que Rose. Recuerdo que cuando estaba languideciendo en el diván o en la cama, siempre se maquillaba para ocultar su enfermedad y lucía un peinado u otro de lo más bonito.

—Estaba preciosa —le respondo. Ni siquiera tengo que mentirle. Es la pura verdad.

No sé si esto le mitiga el dolor o se lo aumenta, pero la Madame, tomando mi mano entre las suyas, me la estrecha agradecida.

—Gracias —me dice.

17

En cuanto salimos del recinto de la feria, Jared mirándome por el retrovisor, me pregunta:

—¿Y Loquilla?

—Está sana y salva —le respondo.

Vuelve a posar los ojos en la carretera.

Cecilia, sentada entre Linden y yo, se retuerce nerviosamente la camisa. Sé que quiere acariciar a su marido para consolarle, pero sabe, como yo, que ahora él está inalcanzable. Ha descubierto más revelaciones dolorosas sobre su padre en la demencial feria de la Madame.

No sé lo que va a suceder cuando Vaughn venga a recogernos. No me puedo imaginar la venganza que Madame habrá planeado para el hombre que le arrebató a su hija.

—Te ordenó que nos llevaras al complejo del norte. ¿Qué es un complejo? —le pregunta Cecilia a Jared tras haber recorrido varios kilómetros con el coche, sintiéndose demasiado nerviosa como para seguir permaneciendo callada.

—La Madame controla esta zona en un radio de cincuenta kilómetros a la redonda —puntualiza Jared—.

Sus negocios generan tanto dinero que ha construido otros barrios rojos más pequeños en los alrededores. Los llama los complejos.

Su tono de voz está desprovisto de su habitual aspereza y me pregunto si será porque ve a Cecilia como a una niña. Siempre ha sido muy paciente con las niñas que trabajan como esclavas en la feria.

—¿Cuánto tiempo nos tendremos que quedar? —pregunta Cecilia.

—Hasta que la Madame me diga lo contrario —responde Jared.

—No te lo tomes a mal, pero ¿por qué tienes que ser tú el jefe que nos mangonee? —dice Cecilia.

Él se echa a reír.

—Yo no soy jefe de nadie —afirma—. Es la Madame quien lo es. Y he aprendido que si ella quiere que se haga algo de una cierta manera siempre es por alguna razón.

Linden contempla por la ventanilla el mar deslizándose a toda velocidad. Está pensando cosas horribles, lo veo en el reflejo de sus ojos y ni siquiera le reconozco.

El complejo del norte no es tan imponente como la feria de la Madame. También se compone sobre todo de tiendas de campaña. Pero en lugar de ser tornasoladas, la mayoría son de tonos pardos. Nos detenemos ante una alambrada alta, y cuando Jared baja la ventanilla para hablar con los guardias armados apostados junto a ella, oigo el zumbido de la electricidad. Por lo visto a la Madame le encantan las vallas electrificadas, Gabriel y yo estuvimos a punto de morir carbonizados al trepar por la de la feria cuando huíamos.

Los guardias son chicos con cara de niño de la nueva generación cubiertos de mugre. Pulsan un botón para abrir la verja y Jared entra con el coche en el recinto.

Todavía es de día, por eso no hay chicas por los alrededores, aunque veo algunas restregando piezas de ropa en una vieja bañera que recibe el agua de una manguera. De algún modo en el aire sigue flotando el aroma de los perfumes almizclados de la Madame. Pero en este lugar no hay atracciones, sólo guirnaldas de lucecitas decorando las tiendas y farolillos de vivos colores que oscilan de una red de cables en lo alto. Este lugar es de más categoría que los barrios rojos habituales, la Madame es toda una experta en esta clase de ambientes.

Jared detiene el coche.

—Salid —nos dice—. De todos modos ya es hora de cenar.

Nos acompaña a una tienda verde con el suelo cubierto con una sábana del mismo color, amueblada con mesillas hechas con cajas. La pintura desconchada de las cajas anuncia una compañía de naranjas, y recuerdo que Rose dijo que su padre tenía un naranjal. Me pregunto si era una persona rica e influyente. ¿Tenía los naranjales como pasatiempo para cuando necesitaba evadirse de su trabajo de salvar vidas? Y luego una parte más siniestra de mí se pregunta si Vaughn, además de matarlo para robarle a su hija, lo hizo también para desembarazarse de la competencia. Quiere descubrir el antídoto a toda costa, pero ¿aceptaría que alguien lo consiguiera antes que él?

Jared nos trae boles con gachas de avena y yo me los miro con recelo.

—La comida no lleva narcóticos ni nada parecido —nos asegura Jared—. ¿Lo veis? —añade cogiendo la cuchara de mi bol, llenándola de avena, zampándosela y lamiendo luego los bordes de la cuchara antes de dejarla de nuevo en el cuenco. Contemplo el cubierto hundiéndose en la avena.

Cecilia la saca cogiéndola por la punta con el pulgar y el índice con cara de asco y la deja con delicadeza sobre la mesita hecha de cajas de fruta.

—Si quieres, puedes compartir la mía —me dice.

—A unos pocos metros, a la izquierda, hay los lavabos por si necesitáis ir —nos informa Jared—. Voy a buscar una radio.

En cuanto se va, Cecilia saca el móvil de nuevo.

—¿Hay cobertura? —le pregunto.

—No —responde enfurruñada—. Y además la batería se está agotando. —Se fija en Linden, que con cara hosca está con los ojos clavados en el bol—. Venga, intenta comer algo —le dice preocupada.

Es como si no la hubiera oído.

—Cecilia, déjale en paz —murmuro.

Pero Linden come un poquito, porque Cecilia le está observando y porque ella es la única esposa que le queda, y es mejor que él la valore, ya que pronto se les acabará el tiempo de estar juntos y no habrá una despedida espectacular, sino sólo manos vacías y el deseo de haber podido pasar más tiempo juntos.

Cuando Jared llega con la radio, están dando música.

—Las noticias regionales son a las seis —dice—. Dentro de pocos minutos.

Cecilia se ha zampado el bol de avena, es la clase de desayuno que detestaba en la mansión, pero después de estar todo el día sin probar bocado, no se anda con remilgos. Linden, pese a todo, también ha comido una buena ración.

A los pocos minutos se quedan fritos.

—Les has puesto algo en la comida, ¿verdad? —le pregunto a Jared, que está toqueteando la antena de la radio para que cesen las interferencias.

—La Madame me ha contado todo por lo que ha pasado este chico hoy. Pensé que le iría bien descansar un poco. Y la nena hacía demasiadas preguntas.

—No tenías ningún derecho a...

—¡Cálmate! No les he puesto más que una pequeña ayuda para dormir. Mañana se despertarán frescos como una rosa.

Y tiene razón, se ven la mar de tranquilos. Linden se ha cerrado a cualquier contacto humano desde que se enteró de todas esas cosas acerca de Rose, pero ahora duerme como un bendito rodeando a Cecilia con el brazo. Ella está con la cabeza apoyada en la curva de su cuello. Mientras él esté cerca de ella, es feliz. Se siente a gusto.

Es cierto que necesitaban descansar, pero sospecho que hay otra razón más profunda por la que Jared los ha dejado groguis.

Inclina la antena de la radio en el ángulo correcto y las interferencias cesan de pronto, dando paso a la música.

—Me dijiste que Loquilla está a salvo —me recuerda—. ¿Era mentira?

—Se encuentra en un orfanato de Nueva York. —No

le cuento que en realidad Loquilla está con Claire, su abuela, porque no sé si a Lila le resultaría demasiado doloroso saberlo, o si es lo que ella deseaba—. El lugar le gusta. Incluso ha entablado amistad con un niño.

Jared pone una cara como si dudara de si creerme o no. Y no le culpo por ello, porque es muy inusual que una niña con una malformación tenga tanta suerte.

—¿Cómo está Lila?

—Está bien —responde Jared—. Ocupada formando a las nuevas chicas que han traído a la feria. La Madame está siendo especialmente dura con ella desde la treta que usasteis para escapar.

—Querrás decir la treta en la que tú participaste.

—¡Shhh! Escucha. Esto es lo que no quería que oyeran.

La música ha dejado de sonar y una voz masculina anuncia las noticias locales de las seis. Como esperaba, hace un resumen de las bombas que han estallado en Charleston, estimando la clase de explosivos de fabricación casera que los terroristas han usado a juzgar por la fuerza de la explosión y el estado de los escombros.

El laboratorio de investigación más cercano, que también sirve de hospital, es el Lexington Research y el Instituto Wellness, que queda al noroeste, a unos doscientos kilómetros de distancia del edificio de Charleston donde han puesto la bomba. Los investigadores han sido evacuados a un lugar secreto como medida preventiva.

Si el Lexington va a ser el siguiente blanco, en ese caso es allí donde debo ir para encontrar a Rowan.

—Pareces inquieta, Vara de Oro —observa Jared.

—¿Y tú tienes alguna idea de por qué lo estoy?

—Sé que allí donde hay problemas, estás tú —afirma mirándome fijamente a los ojos—. Esto tiene que ver contigo y con el científico del que la Madame te está protegiendo, ¿verdad? —añade en tono práctico.

Contemplo al que ha sido mi marido. Mientras duerme, se le ha relajado la cara, pero noto por su fatigosa respiración la losa que siente en el pecho. Está agarrado de la manga de Cecilia porque incluso en sueños le aterra soltarla. Y se encuentra en ese estado por culpa de su padre, lo sé. Es su padre el que raptó a Rose para que su hijo pudiera casarse con ella, el que asesinó a su nieto porque había nacido con una malformación. Su padre es el culpable de todas las tragedias de nuestras vidas.

Pero yo soy la que ha abierto esta puerta. La que ha obligado a Linden a afrontar la verdad. Él le mintió a su padre y huyó de la mansión por mi culpa. Y Cecilia le siguió porque, allí donde vaya Linden, va ella.

Temo haberla empujado a plantarle cara a Vaughn. Temo que él haya asesinado al hijo que Cecilia llevaba en su seno para matarla a ella o doblegarla de nuevo.

Temo que todo eso haya ocurrido por mi culpa.

No quiero ser la causa del sufrimiento de nadie más. Quiero que Cecilia y Linden se reúnan con Bowen y pasen juntos los años que les quedan. Ya les he arruinado bastantes días de su vida.

—¿Jared? —murmuro—. Ya sé que no tengo ningún derecho a pedirte un favor, pero si respondo a tus preguntas, a todas, ¿me llevarás con el coche a un sitio?

—No puedo, Vara de Oro —contesta él—. Debo seguir a rajatabla las órdenes de mi jefa de manteneros a salvo.

—Has acertado al decir que allí donde hay problemas, estoy yo —admito—. Pero si van a poner una bomba en Lexington, sé cómo evitarlo si llego a tiempo.

—¿Ah, sí? —gruñe Jared—. ¿Y cómo lo piensas evitar?

—Porque mi hermano es uno de los que las pone.

Le cuento a Jared todo cuanto sé. Empiezo por el día en que me capturaron los Recolectores, el matrimonio concertado con Linden y mi huida con Gabriel, que nos llevó a caer en manos de la Madame. Le cuento que descubrí mi hogar calcinado al volver a Manhattan y también la búsqueda infructuosa de mi hermano. Le hablo del orfanato donde llevamos a Loquilla, mi extraña enfermedad y cómo mi suegro me encontró, me reclamó y me sometió a semanas de extraños experimentos en nombre de la compleja cura que está seguro de descubrir.

Y también le cuento que Cecilia perdió a su bebé, y la sospecha de que mi suegro ha tenido algo que ver tanto en ello como en la muerte de mi hermana esposa mayor. Y al contarle esta parte de la historia no puedo evitar que los brazos me tiemblen de rabia. Cecilia se ha dormido enseguida, ahora está a salvo, pero ha sido víctima de más horrores de los que una joven de su edad debería haber conocido. Y yo tengo la culpa, soy la culpable de todo lo que ha ocurrido, y los ojos se me nublan de lágrimas.

—No ha sido por tu culpa —me asegura Jared.

—Y no sé cómo, pero Vaughn ha dado con mi hermano y le ha hecho creer que estoy muerta —le cuento—. No sé por qué razón ni cómo supo que era mi hermano, pero si pudiera encontrar a Rowan, si pudiera explicárselo todo, sé que lo convencería para que dejara de destruir otro laboratorio. Pero no sé cuándo planea hacerlo. No sé cuánto tiempo tenemos.

No me doy cuenta de la rapidez con la que las lágrimas se han apoderado de mí hasta que Jared se saca un pañuelo arrugado del bolsillo y me lo ofrece.

—Gracias —digo gimoteando.

—Pronto anochecerá —dice él—, conque no tiene ningún sentido salir ahora. Saldremos mañana al amanecer. A esa hora tus amigos ya se habrán despertado.

Amigos. Es la forma menos complicada de describir lo que son para mí.

—Ya los he metido en bastantes peligros. ¿Crees que estarán a salvo en este lugar? ¿Al menos hasta que yo vuelva?

—¡Sanos y salvos! —afirma Jared—. Este lugar está muy bien protegido.

No me gusta la idea de dejar a Cecilia y Linden atrás, pero no me queda más remedio. Rowan es mi hermano, mi responsabilidad. Todo el daño que ha provocado le viene de su odio a la esperanza, y yo soy su símbolo de la esperanza. La hermana que supuestamente ha muerto por sus estúpidas ideas a favor de la ciencia.

A medida que la noche avanza, Jared nos trae unas mantas livianas que huelen al perfume de la Madame para que no pasemos frío. Cubro a Cecilia y a Linden con una. Apenas se han movido en todo este tiempo.

Me echo a su lado e intento dormir, pero por la noche me visitan en mis sueños imágenes de llamas y cenizas. Es inútil llamar a mi hermano. No se encuentra en ese páramo cubierto de escombros y cadáveres.

Salimos antes de despuntar el día. Jared les dice a los guardianes que me lleva a otra de las misiones de la Madame y que no dejen que Linden y Cecilia salgan del complejo.

—¿Estás segura de que quieres dejarlos aquí? —me pregunta mientras subo al herrumbrado coche.

En este momento me encantaría que vinieran conmigo. Y sé que se enojarán cuando se despierten y descubran que me he ido. Pero ¿estoy segura de que es mejor que no me acompañen? ¿De que estarán a salvo en este lugar? ¿De que es algo que debo hacer sola?

—Sí —le respondo. Y Jared gira la llave de contacto y nos ponemos en marcha rumbo a Lexington.

En el salpicadero hay una pantallita engastada en la que aparece un mapa electrónico del lugar donde estamos: la línea roja de una serpenteante carretera que le confirma a Jared que va en la dirección correcta.

No puedo evitar contemplar el aparato. No tiene nada que ver con los otros inventos de Reed, y se me ocurre que tal vez sea una antigüedad del siglo XXI. Después de que las guerras dejaran devastado el resto del planeta y antes de que el virus se apoderara de nosotros, la tecnología estaba en su mejor momento. Al menos esto sí que lo sé a ciencia cierta. Los hospitales y los negocios proliferaban a un ritmo vertiginoso. Y de pronto se descubrió el virus y todo empezó a deteriorarse. Lo que llevó generaciones construir se destruyó en menos de cincuenta años.

Jared advierte mi interés por el aparato.

—La Madame lo odia. Sostiene que así es cómo los espías le siguen el rastro —dice esta última parte poniendo los ojos en blanco. Los espías ficticios de la Madame son una fantasía recurrente en sus delirios causados por el opio.

—¿Para qué sirve?

—Es un sistema de posicionamiento. Como un mapa digital. Lee la información procedente de las señales de los satélites.

—Creía que los satélites habían dejado de funcionar hace años.

—No es más que uno de los muchos rumores que circulan por ahí —afirma Jared—. Creo que el presidente los sigue usando. Hay un montón de teorías acerca de cuál es el papel del presidente. Pero tal vez no sea más que esa figura decorativa inútil que todos dicen que es y los rumores constituyan una manera de no perder la esperanza.

Nos quedamos callados.

—He oído una teoría —le digo al cabo de un rato.

Jared me echa una mirada antes de volver a concentrarse en la carretera.

—He oído que todavía existen otros países y continentes —afirmo. La teoría de Reed me pareció absurda la primera vez que la oí, pero a estas alturas considero cualquier cosa por ridícula que sea.

Jared se echa a reír.

—Estos rumores llevan años circulando —dice—. Muchos intentaron demostrarlos.

—¿Y qué les pasó?

—¡Oh!, volvieron contando historias maravillosas de la lejana tierra azul —responde y luego se echa a reír—. Murieron todos. Como es lógico.

Me lo tengo bien merecido. ¡Qué esperaba oír sino! Ignoro el vacío que siento en el estómago y contemplo en la pantalla la carretera zigzagueando y desplegándose ante mí.

El Lexington Research y el Instituto Wellness son el corazón de una ciudad destartalada. Se encuentran en un edificio de ladrillos de varias plantas que luce un estado impecable comparado con los complejos habitacionales de los alrededores: casas multifamiliares con las ventanas tapiadas, un colmado achaparrado que no parece tener electricidad y otros edificios que podrían ser más complejos habitacionales u orfanatos.

Como en el caso de muchas otras ciudades donde se llevan a cabo investigaciones científicas, el hospital y el laboratorio son probablemente la única fuente de ingresos de la región. Al estar el presidente intentando impedir a toda costa que se extinga la raza humana, financia esta clase de institutos, y además generan puestos de trabajo para la gente del lugar y constituyen un refugio para los heridos y los moribundos.

Sirven para situaciones como la de Cecilia cuando perdió a su hijo, por ejemplo.

Si la gente sigue creyendo que hay algo que curar, pensarán que hay una posibilidad de ser curados antes de que el virus acabe con ellos o con sus hijos.

El presidente financia esta clase de instalaciones, pero no las defiende de personas como mi hermano que las destruyen.

No se ve ni un alma por los alrededores.

—¿Es que han evacuado a toda la ciudad? —le pregunto a Jared.

—Estarán escondidos en sus casas —dice él—. No

creo que los hayan evacuado. Pero si seguimos dando vueltas con el coche por aquí acabarán sospechando de nosotros.

—No sé por dónde empezar a buscar a mi hermano —admito.

—Como supongo que no va a salir de su guarida, tendremos que esperar a que se tope con nosotros —sugiere Jared.

—¿Dónde? —pregunto.

Como respuesta se dirige con el coche hacia la parte trasera del hospital, entra en un garaje ruinoso y apaga el motor.

En el garaje reina un silencio sepulcral. Incluso los pájaros han dejado de cantar. El sistema de posicionamiento deja de funcionar, el satélite no puede encontrarnos en este lugar. Me pongo a pensar en Jared. Le quiero preguntar cómo acabó perteneciéndole a la Madame. Por qué vuelve a ella cuando la anciana le deja salir del complejo. Podría seguir fácilmente conduciendo sin mirar nunca atrás. ¿Por qué regresa a la feria? ¿Es por no dejar a Lila teniendo que hacer frente sola a esa mujer? ¿Por no tener otro lugar adonde ir? ¿Por ser el cautiverio la clase de vida más segura en este mundo?

Creo que es por algo más profundo. Creo que ama a la Madame con la lealtad de un niño que quiere a sus padres.

Tal vez la esperanza no sea lo más peligroso que uno pueda sentir. Quizás el amor sea peor todavía.

Estoy empezando a creer que el plan de Jared es absurdo. O alguna clase de trampa.

Pero de pronto oigo en la calle cada vez más voces. Y el chirrido de un micrófono.

Me vuelvo y miro por la ventanilla de la parte trasera. Desde este lugar medio subterráneo donde hemos aparcado veo una multitud de piernas. Un grupo de personas están construyendo un escenario con cajas de madera. La escena se parece a la que vi en las noticias en el televisor de Edgar.

Mi hermano se dispone a hablar.

Abro la portezuela para reunirme con él, pero Jared agarrándome del brazo me impide bajar del coche.

—Piensa antes de actuar —me aconseja.

—Pero...

—Ahí fuera hay una muchedumbre. Una muchedumbre que, además de creer que estás muerta, está de acuerdo con la idea de hacer volar este edificio por los aires. No te enfrentas a personas demasiado cuerdas que digamos, Vara de Oro.

—¡Por eso quiero detener a mi hermano!

Jared me sonríe compungido.

—No puedes detenerle. He oído a este chico por la radio y lo he visto por el televisor que Madame tiene en su tienda. Ahora está fuera de sí.

—Me niego a aceptarlo —replico.

—Ven, podemos escucharle desde aquí —me sugiere abriendo la portezuela del coche.

Las piernas apenas me responden cuando camino por el suelo de cemento del garaje. El pulso me palpita en las sienes y la visión se me nubla con un fogonazo blanquecino.

Jared y yo nos apiñamos en la entrada del garaje y tengo que ponerme de puntillas para ver la multitud.

Hace un día precioso, cálido y soleado, el cielo es de un puro color azul.

La multitud está formada sobre todo por jóvenes de las nuevas generaciones e incluso se compone de chicos y chicas.

—Se ha hecho con una buena pandilla de seguidores leales —observa Jared.

—¿Cómo sabías que estaría aquí?

—Los rumores se propagan con rapidez —dice mirándome con una sonrisita de suficiencia.

—Lo sabías —respondo—. ¿No es verdad? ¿Sabías que mi hermano iba a estar aquí a esta hora?

—No creerás que a tus amigos les puse somníferos triturados en la cena sólo porque tenían pinta de necesitar echar una siestecita, ¿verdad? —dice él—. Corrían rumores de que este lugar sería el siguiente blanco. Siempre puedes obtener la información que buscas si conoces a las personas adecuadas.

Los chirridos del micrófono me obligan a taparme los oídos. Y luego son reemplazados por otra clase de sonido. Una voz que conocería en cualquier parte diciendo: «Hola. Bienvenidos».

Rowan está plantado en el escenario improvisado.

Su voz retumba por los altavoces, tronando en la tierra, penetrando en mi piel. Los huesos me tiemblan al oírla. La cabeza me da vueltas, me entran náuseas y me siento incapaz de hablar, de respirar; cada neurona, cada partícula de mi cuerpo está esperando con ansia.

Mi hermano se halla a pocos metros de mí, pero si ahora le llamase, no me oiría. Hay el doble o el triple de gente de la que vi en las noticias. Y Rowan se da cuenta de ello. Dice que ahora tiene benefactores que prefieren mantenerse en el anonimato, pero que están financiando su causa por lo importante que es, y que no son unos terroristas como afirman las noticias. Son una revolución. Están evitando que las generaciones futuras sufran. Afirma que la destrucción de esos laboratorios pondrá fin a los inútiles experimentos con seres humanos que se están realizando.

Pero a partir de este punto dejo de oírle, porque la multitud aplaude enardecida. No importa lo que él diga. Están desesperados por oír lo que sea, necesitan saber que hay un líder entre ellos. Intento captar sus palabras, las siento palpitar en mi sangre, pero no puedo entenderlas. Jared en cambio sí las oye.

De pronto me empuja hacia el coche.

—¡Corre, corre, corre! —grita y antes de que me dé tiempo a cerrar la portezuela, pisa el acelerador.

En cuanto salimos a toda pastilla del garaje, vemos por el retrovisor el estallido de una explosión.

Abro la portezuela antes de que le dé tiempo a frenar. Jared me llama a mi espalda, pero no me detengo. Me bajo del coche. Tropiezo y caigo de rodillas al suelo, apoyándome con las manos para amortiguar el golpe, la cabeza me da vueltas, pero consigo levantarme.

La tierra tiembla bajo mis pies.

Oigo otra explosión. Y otra, y otra, y otra.

Siento el calor de las llamas, la mañana perfecta está ahora agitada y enturbiada por él. Me vuelvo para contemplar el edificio envuelto en llamas que hace sólo unos instantes era el Lexington Research y el Wellness Institute.

La multitud ha enloquecido.

Loca de alegría.

Está entonando con una pasión desaforada la palabra: «Rowan».

Él es el causante. En el tercer piso estalla una ventana, pero apenas se oye en medio del caos. Ante mí cae algo que hace unos instantes era un trozo de pared.

Jared me tira de los codos para alejarme del lugar y yo estoy demasiado entumecida para resistirme. Demasiado aturdida.

Cuando ya nos hemos alejado lo suficiente, me suelta y me quedo plantada en medio del polvo, contemplando cómo se entretejen la destrucción y la celebración, hasta que ya no distingo la una de la otra.

Si Linden estuviera aquí, me diría que respirara. Intento recordar los movimientos de inhalar y exhalar. Intento tranquilizar mi corazón, porque estoy segura de que se me va a reventar entre las costillas.

—¿Lo ves? —me susurra Jared al oído—. Fuera quien fuera tu hermano, ahora ya es imposible hacerle entrar en razón.

Este comentario me hace reaccionar. Lo niego con la cabeza.

—¡No, no es cierto! —exclamo.

Echo a correr, y esta vez Jared no intenta detenerme.

Mi hermano ha bajado del escenario improvisado. La muchedumbre está por todas partes. No reparan en mí porque por fuera no soy distinta de cualquiera de ellos: no soy más que una víctima de la nueva generación, una chica con una ropa prestada y con las manos llenas de polvo. La gente cuando está en medio de una multitud pierde lo que la hace humana.

Pero ahora veo por fin a mi hermano. Está admirando su obra protegiéndose los ojos del sol con la mano a modo de visera. A su lado hay una chica con el brazo enlazado al suyo, es la misma chica de las noticias que estaba junto a él cuando Rowan hablaba de su hermana muerta. Ahora parece fascinada por mi hermano, aunque él está más bien concentrado en las llamas.

Cuando pronuncio su nombre, sale de mi garganta sin poder contenerme. Planea sobre la multitud y le impacta con fuerza. Incluso desde donde estoy veo que reconoce mi voz. Se separa de la chica al instante y aguza el oído como un animal percibiendo el peligro. Intento llamarle otra vez, pero esta palabra, este nombre ha consumido la poca energía que me quedaba. Apenas tengo fuerzas para mantenerme en pie.

Espero impotente que descubra de dónde ha venido el sonido, y cuando lo hace, sus ojos heterocromáticos se encuentran con los míos, formo con mi boca la palabra de nuevo, pero apenas lo consigo. La chica que estaba a su lado desaparece. La multitud se difumina en un amasijo de formas y colores. No siento mi corazón, ni mi cuerpo, ni el calor de las llamas.

Solo puedo ver su cara: su cara desconcertada que me resulta deliciosamente familiar.

18

Los meses caen hechos pedazos a mis pies. Mis piernas se mueven como si los pateara para desembarazarme de ellos. No soy más que brazos y piernas, más que movimiento, y quiero avanzar con mayor rapidez.

Rowan me atrapa justo antes de chocar con él. Me agarra de los brazos, me mira la cara, mi temblorosa boca. Sus ojos son como los míos y distintos a la vez. Ahora son más penetrantes de lo que recordaba. Se ha vuelto más alto, y yo creo que también.

Abre la boca para hablar.

—No intentes decirme que estoy muerta —le interrumpo—. Me lo han dicho tantas veces que no soportaría oírlo una vez más.

Trata de hablar, pero de su boca sólo sale un grito ahogado, como la inflexión de dolor de su voz al hablar de mí en las noticias, y luego me atrae contra su pecho y yo le estrecho entre mis brazos.

Está temblando y su respiración son violentos sollozos deslizándose por mi cuello. Intento decirle «No pasa nada. Ahora estoy aquí, no pasa nada», pero yo también estoy sollozando.

Volvemos a la realidad. Oigo el crepitar de las llamas

y la voz de una desconocida llamando a mi hermano, preguntándole qué sucede. Pero no quiero volver a este mundo. No quiero responder a sus preguntas ni afrontar lo que mi hermano ha hecho.

—¿Qué acabas de hacer? —le digo a Rowan sorprendiéndome por habérselo preguntado de todos modos.

Agarro emocionada su camisa entre mis dedos: una camisa desgastada que apesta a cenizas. Pego la mejilla a su clavícula con tanta fuerza que hasta me duele, pero no me separo de él.

—Te lo puedo explicar —contesta—. Te lo puedo explicar todo.

—*Rowan* —insiste la otra voz. El nombre de mi hermano suena extraño en su boca.

Él se despega de mí, pero me rodea la espalda con el brazo y me apretuja contra su costado.

—Bee, ésta es mi hermana —le dice a la chica con ojos de loca.

Cuando ella me mira de arriba abajo, no sé si quiere escupirme en la cara o tratarme como si fuera invisible.

—¿La que había muerto? —dice ella—. ¿O es que tienes otra hermana de la que no me has hablado?

Y entonces es cuando él se separa de mí para contemplarme, y el mundo vuelve a desaparecer a nuestro alrededor.

—¡Creía que habías muerto!

—Oí lo que dijiste en las noticias —le contesto—. Pero no era cierto. Nada de lo que dijiste era verdad.

—Pero yo… —dice mirando a Bee, la chica, y luego a mí—. No lo entiendo. Estaba *seguro* de ello. Hablé con un médico que te vio. Te vio con sus propios ojos. Y sabía la fecha exacta de tu desaparición, tu nombre y que éramos hermanos mellizos.

No soy capaz de decir su nombre en voz alta, ese nombre repugnante que parece seguirme a todas partes.

—Los periodistas llegarán pronto —le recuerda Bee—. ¿Quieres hablar con ellos?

—No tenemos tiempo —responde Rowan—. Debemos volver —añade mirando por encima de mi hombro, y al girarme veo a Jared plantado a lo lejos, contemplándonos. Y ahora mi hermano está mirándolo de la misma forma que la chica con ojos de loca me miraba a mí hace unos momentos.

—Me tengo que ir. Gracias por traerme —le grito a Jared.

—¿Estás segura? —me responde él.

Asiento con la cabeza.

—Dile a Linden y a Cecilia… que cuando vuelvan a la casa de Reed iré a visitarles —añado intentando que no se me quiebre la voz, porque no sé si lo que le estoy diciendo es verdad.

No sé si volveré a verlos nunca más. Pero estoy pensando en lo que Cecilia me dijo aquella noche en casa de Reed: *Cada una tenemos nuestra propia vida de la que ocuparnos y no nos queda tiempo para nada más.* Sé que tenía razón. Sé que ella está hecha para Linden y que yo he de volver con mi hermano, con mi familia.

—Jared, prométeme que estarán a salvo.

—Te lo prometo —me asegura él.

Se da media vuelta en medio de la multitud.

—¡Diles a los dos que les quiero! —grito.

Jared se despide de mí agitando la mano en el aire sin volver la cabeza.

En el asiento trasero del descapotable centenario conducido por un joven tan musculoso que casi es tan ancho como alto, Rowan no me pregunta dónde he estado todo este tiempo, ni yo tampoco le pregunto por qué le prendió fuego a nuestra casa o qué es lo que le trajo hasta aquí. Ya lo haremos más tarde.

Los ojos del chófer son tan fríos como los de Bee, que me sigue mirando desde el asiento trasero.

Me siento como si estuviera en un extraño sueño. Mi hermano es mi Edén, pero algo está pasando. En este hermoso valle de cascadas y lirios hay algo tenebroso acechando. Sin embargo, no quiero aceptarlo. Quiero detener el tiempo para que no transcurra este momento en el que puedo fingir que todo es perfecto, que estoy segura y Rowan también.

Hago como si en el año que hemos estado separados no hubiera cambiado nada. Como si sus ojos no tuvieran en parte la misma frialdad que la que he percibido en los ojos de sus nuevos amigos.

Han metido los altavoces y las piezas del escenario atados con varios metros de cuerda en el maletero. Mi hermano no ha necesitado mover ni un solo dedo, los fans de la multitud han estado más que encantados de ayudarle. Mientras me acompañaba al coche no me ha presentado a ninguno de sus amigos. Sujetándome por la muñeca, me ha hecho sentar detrás de él para protegerme o esconderme, o para ambas cosas.

Se ha convertido en una especie de celebridad rebelde. Una chica le ha preguntado si lo podía tocar, y sin esperar la respuesta le ha agarrado la mano y se la ha estrechado con desesperación. Le ha dicho que le ha cambiado la vida, y él le ha dado las gracias, pero le ha respondido que prefería que admirase su obra en lugar de su persona.

Su obra. Destruir aquello a lo que nuestros padres consagraron su vida.

Y de nuevo siento esa oscuridad acechando. Pero al observar a mi hermano con más atención, veo que tiene los ojos enrojecidos por las lágrimas que ha dejado de derramar en cuanto nos separamos después de abrazarnos y sé que no es cómo Jared dice. Su cabello con todos los matices de rubio, como el mío, brilla a la luz del sol. Rowan no se ha separado de mí. Nunca podrá separarse de mí.

—Hemos llegado a casa —anuncia Bee al detenerse el coche junto a un montón de escombros de lo que antes fue un hogar. Agarra del brazo a Rowan hasta que él la mira. Ella le sonríe acariciándole la mejilla con el dorso del dedo.

—¿Quieres que descansemos un poco antes de que el doctor llegue?

Él la mira sólo con un ligero interés.

—Vosotros dos entrad. Yo iré dentro de un rato.

—¿Señor? —pregunta el chófer. Su voz es grave y amenazadora, aunque no pronuncie más que una palabra.

—Todo va bien, no te preocupes —responde Rowan.

Los dos se bajan del coche indecisos, mirándome por encima del hombro sin disimular la desconfianza que les inspiro. Yo debería de apartar la vista, pero me los quedo mirando atónita, porque no tengo ni la más remota idea de adónde van a ir. La casa no es más que paredes desmoronadas que apenas les llegan a la cintura y no hay nada que se parezca a un techo. Todo cuanto nos rodea es un maizal muerto y los restos de lo que fue tal vez en el pasado un cobertizo y un silo. El tipo musculoso se agacha, abre un candado y levanta del suelo una tabla de madera con bisagras. Bajan las escaleras que revela.

Rowan me aprieta las manos.

—Es como si hubieras vuelto de... —no acaba la frase.

—He estado intentando... —se me quiebra la voz. Carraspeo—. He estado intentando encontrarte. Vi lo que le pasó a nuestra casa.

Sacude la cabeza, contempla mi mano unida a la suya durante un poco más de tiempo y luego me la suelta.

—Vayamos a dar un paseo —me propone alargando el brazo y abriendo la portezuela de mi lado.

Sopla una fresca brisa que hace crujir los frágiles tallos de maíz. Nuestros pasos suenan como papel arrugado.

—Conque ésta es ahora tu casa.

—No dejo de decirle a Bee que no la llame así —dice él—. No es más que una base temporal. Sólo nos quedaremos aquí un mes más o menos. Vamos allá dónde nos necesitan e intentamos mantenernos ocultos.

Me detengo para arrancar una brizna de hierba y jugueteo con ella para tener las manos ocupadas.

—¿Dónde has estado todo este tiempo? —me pregunta mirando hacia delante, acompasando sus pasos con los míos—. Me he estado imaginando lo peor, pero por lo que veo las cosas te han ido bien.

¿Que me han ido bien? Los Recolectores me capturaron encerrándome en la parte trasera de una furgoneta a oscuras y me obligaron a casarme con un desconocido. Me envenenaron y unos vientos huracanados me arrastraron por los aires. Vi cómo la chica a la que tanto cariño le había tomado se moría con la cabeza reclinada en mis rodillas, una chica a la que mi hermano, que antes lo sabía todo de mí, ya no podrá conocer. He llevado una alianza y me han perforado los ojos con agujas.

Pero no sé cómo contarle cualquiera de estas cosas. No sé cómo recuperar este tiempo perdido en el que los dos hemos estado llevando distintas vidas.

—Siento que tuvieras que ver la casa de nuestros padres en ese estado —se disculpa Rowan—. Pero no me quedó más remedio. No podía soportar la idea de que alguien nos la quitara. Tuve que hacerlo. Sabía que ya no podíamos volver a vivir en ella.

—¿Por qué no?

—Porque las cosas han cambiado —afirma él—. He conocido a un médico brillante y, Rhine… —hace una pausa al decir mi nombre. Me pregunto si ha sido capaz de decirlo mientras yo había desaparecido—. Sabe cosas que yo nunca me hubiera imaginado que pudieran ser ciertas. Cosas sobre el mundo. Sobre el virus.

Ojalá no sea Vaughn. No ceso de darle vueltas a este pensamiento frenéticamente. *Ojalá que este hombre brillante no sea el mismo que me separó de mi hermano.*

—¿Es el médico que te dijo que estaba muerta? —le pregunto.

Rowan se detiene y me agarra por la muñeca para que me pare en seco.

—Me habló de una chica con el ojo izquierdo de color azul y el derecho marrón que se apuntó a una prueba científica. Tenía un hermano mellizo y ella creía que sus ojos podían contener una especie de clave y quería ayudar a descubrir el antídoto.

Los Recolectores me capturaron por haber ido a la dirección de un anuncio en el que buscaban a donantes de médula a cambio de compensarles económicamente. Pero no era más que un engaño, y cuando me presenté en el lugar, descubrí que no había ningún laboratorio científico, sino sólo Recolectores.

—¿Dónde conociste a ese hombre?

—Creí que los Recolectores te habían capturado —contesta él—. Empecé a elegir trabajos de reparto fuera del estado para buscarte en los barrios rojos porque siempre sentí que estabas viva. Que encontrarías el modo de volver a casa, por eso siempre regresaba a ella. Pero al cabo de varios meses de tu desaparición, él se presentó en nuestra casa. Había oído decir que yo estaba buscando a una chica que encajaba con tu descripción, una chica que él creía que había muerto en un ensayo clínico, pero no quise creer lo que me contó. ¡Claro que no! Pero yo te había descrito varias veces a desconocidos sin revelarles nunca que éramos mellizos. Nunca les dije tu nombre. En cambio, él conocía todos esos detalles.

La cabeza me da vueltas. Aspiro una bocanada de aire. ¡Vaughn! Tiene que ser Vaughn. No puede ser otro. Pero ¿cómo sabía que Rowan existía? ¿Que éramos mellizos?

—Hasta se había enterado de que nuestros padres eran científicos —prosigue mi hermano—. Y se interesó mucho por nuestro caso. Varios meses antes de empezar yo a creerle, revisé las notas de mamá y papá y descubrí todas esas cosas que cuando ellos murieron éramos demasiado jóvenes para entender. Todos los experimentos que realizaron. Las notas sobre nosotros y los hijos que tuvieron antes de que naciéramos. Se las entregué a ese médico y él me contrató a cambio de haberle contado todo lo de nuestros padres.

—¿Te contrató? —digo con una voz extraña y lejana, como si perteneciera a otra chica de otro lugar. No puede ser la mía.

—Es un médico famoso —afirma Rowan—. No puede denunciar las investigaciones científicas. Ni destruir los laboratorios. Necesita a alguien que lo haga por él.

—Así que te está utilizando.

—¡No! —exclama él, frustrado, pasándose los dedos por entre el pelo—. Cuando llegue el momento, anunciará el motivo de todo lo que estamos haciendo.

—¿Y cuál *es* el motivo? —replico—. ¿Cómo puedes decir que todas esas investigaciones son inútiles? ¿Cómo puedes hacer esta clase de cosas para un médico brillante que es demasiado cobarde para hacerlas por sí mismo?

Rowan me sonríe. Hace mucho que no le veía sonreír, pero hay algo nuevo en su sonrisa. Algo que no me gusta.

—Te diré una cosa. La gente no sabe lo que más le conviene —afirma él—. Necesitan explicaciones sencillas. Ser convencidos sin que se den cuenta, porque sólo se rebelan cuando se les obliga a hacer algo. De todos modos, claro que no creo que estas investigaciones sean inútiles. En absoluto.

—No te entiendo.

—Tú estás viva —dice él—. Pero esto no cambia el

hecho de que cada día muera gente en los experimentos. Ni tampoco que el mundo se esté derrumbando mientras espera unas respuestas que no llegarán. Todos esos laboratorios científicos han estado repitiendo los mismos experimentos durante años. No son ellos los que descubrirán el antídoto.

—¿Cómo lo sabes?

—Porque —responde tomando mi rostro entre sus manos, atrayéndome hacia él y dándome bruscamente un beso en la frente con los ojos entusiasmados— no tienes idea de las cosas maravillosas que he visto.

19

—¡Rowan! —le llama Bee.

Cuando me giro hacia la dirección de la que viene la voz, me doy cuenta de lo lejos que Rowan y yo hemos ido caminando. Apenas puedo ver a la chica plantada en la linde del maizal muerto.

—¡El médico está aquí! —grita ella.

Rowan le agita la mano como respuesta.

—¡Venga! —me dice—. Estoy deseando que lo conozcas. Que le demuestres que estás viva.

—¡Espera! —exclamo—. ¿No te parece raro que este médico que lo sabe todo de mí te dijera que estaba muerta?

—Si me ha mentido, sus razones tendrá —afirma Rowan—. Sé que me dará una explicación.

—¡No! ¡Sólo te mintió! —añado apretando el paso para darle alcance, Rowan está deseando reunirse con su médico perfecto—. Encima te dijo que yo había sufrido una muerte horrible. ¿No estás enojado por ello?

Se detiene y se gira para mirarme. Y por primera vez, no sé durante cuánto tiempo, veo su verdadera sonrisa. Veo al hermano que dormía a mi lado de niños, que contemplaba el cielo estrellado y se inventaba historias sobre que los planetas tenían rostros.

—Estás viva, ¿no? —me recuerda él—. ¿Por qué tendría que enojarme?

Agarrándome de la mano, me dice que me apresure y echamos a correr por el crujiente maizal hacia ese médico amenazador. Pero con la brisa estival haciendo ondear mi pelo a mi espalda, finjo que todo va a salir bien.

Aunque esta sensación me dura muy poco. Cuando llegamos al final del maizal, veo una limusina negra aparcada junto al desvencijado coche que nos ha traído hasta aquí. Y mi hermano, apretándome la mano, no tiene idea de que es la misma limusina que me separó de él. No tiene idea de que el médico plantado junto a ella ha estado siendo el mayor demonio de mi infierno personal.

Vaughn me ve y yo no puedo leerle la cara. En lugar de salir a nuestro encuentro, espera a que Rowan y yo nos reunamos con él.

—Doctor Ashby —dice mi hermano lleno de alegría—. Me gustaría que conocieras…

—A tu hermana —responde Vaughn—. Ya nos han presentado, ¿no es así, Rhine?

Rowan se ve turbado entre nosotros.

—Entonces sabías que estaba…

—¿Viva? —le interrumpe Vaughn—. Sí, claro. Esperaba decírtelo en el momento propicio. Pero, como de costumbre, tu hermana tiene sus propias ideas.

Rowan se gira dándole la espalda para poder mirarme solo a mí.

—¿Conoces al doctor Ashby?

—Yo… —respondo clavando los ojos en el suelo. ¿Cómo se lo puedo decir? ¿Cómo puedo explicarle que odio al hombre que él adora? ¿Cómo puedo decirle que ese hombre ha provocado incendios y asesinado a personas inocentes, que le ha entregado las investigaciones a las que nuestros padres se consagraron al tipo que se ha pasado los últimos meses manipulándole a él y manteniéndome a mí encerrada en su casa?

—Y estoy encantado de haberla conocido —afirma Vaughn—. Mi hijo se quedó prendado de ella. Y he de añadir que nunca fue un chico rebelde, pero Rhine le sacó ese lado suyo.

—¿Tienes un hijo? —le pregunta Rowan sorprendido volviéndose hacia él.

—Me temo que tendré que contarte todo esto de camino al aeropuerto —apunta Vaughn—. Se está haciendo tarde.

—¿Al aeropuerto? —pregunto desconcertada.

—¿Acaso creías que mi hermano era el único que disponía de un avión? —me suelta Vaughn con sorna—. Estoy seguro de que el mío te encantará. Es mucho más seguro que el de mi hermano. Y éste sí que vuela.

Me horroriza que Rowan lo acepte sin rechistar, que cuando Vaughn abre la portezuela de la limusina, él se suba a la parte trasera y me anime a seguirle agitando la mano. ¿Cuántas veces se ha sentado en este lugar donde nos drogaron y encerraron a mis hermanas esposas y a mí?

En el interior ya no queda el menor rastro de mis hermanas esposas ni de mí. La tapicería de cuero huele a productos de limpieza. Las ventanillas están impolutas. Se me revuelve el estómago, pero entro de todos modos en la limusina porque, por más que deteste admitirlo, quiero oír lo que mi antiguo suegro le va a contar a mi hermano.

Bee y el tipo musculoso se disponen también a subir al coche, pero Vaughn los ataja alzando la mano.

—Esta vez no podéis venir con nosotros —les dice—. Es un asunto privado.

La chica, arrugando el ceño, se queda mirando la limusina.

—¿Rowan? —dice.

—Ya os contaré más tarde todos los detalles necesarios —le responde él.

Vaughn se sube al coche y mientras cierra la portezuela miro a Bee. Sus ojos están cargados de la adoración con la que Cecilia mira a Linden, veo en su cara esa mirada perdida, porque no puede vivir sin él.

Rowan no parece inmutarse.

—Como puedes ver, te he contado algunas mentiras sobre tu hermana —admite Vaughn en cuanto arranca la limusina—. Pero te prometo que lo he hecho porque era necesario.

Mi hermano se me queda mirando, viéndome respirar, recordándose a sí mismo que por suerte estoy viva.

—Empezaré contándote algo sobre lo que nunca te mentí —prosigue Vaughn—. Es cierto que se apuntó a un ensayo científico. A una donación de médula, si no me equivoco, por la que le iban a pagar. Por desgracia, no era más que una trampa de los Recolectores para ganar dinero fácil vendiendo a jóvenes a los hombres que buscaban esposas. Imagínate la buena suerte que tuvo cuando se la presentaron a mi hijo como posible candidata. En cuanto le vi los ojos, supe que era una chica especial. La heterocromía puede darse por una serie de razones en los humanos, pero es muy inusual verla en las nuevas generaciones. Si mi hijo no hubiera elegido a tu hermana, yo le habría convencido para que lo hiciera.

Esto no es del todo verdad. Mientras hacía experimentos conmigo en el sótano, me dijo que si Linden no me hubiera elegido, se habría saltado esa formalidad y me habría adquirido para usarme como cobaya.

—En la furgoneta de los Recolectores viajaban otras chicas —dice Vaughn—. Les di a esos tipos una buena suma de dinero para que, en cuanto mi hijo hubiera elegido a sus futuras esposas, silenciaran al resto. No podía arriesgarme a que alguna de ellas contara que una chica con los ojos de distinto color había sido vendida como esposa. Las personas comunes y corrientes creen que este tipo de ojos no son más que una malformación. Pero ¿y si un experto en medicina o, peor aún, algún marginado trastornado en busca del antídoto al enterarse de su existencia hubiera intentado hacerse con Rhine? ¿Te imaginas el peligro que habría corrido tu hermana?

Se aseguró de cerrarles la boca a las otras chicas. Todavía sigo oyendo los disparos en mis pesadillas. Aún no me puedo quitar de la cabeza la mirada perdida de Jenna al pensar en sus hermanas.

Rowan no le pregunta nada, como si lo hubieran entrenado para obedecer. ¿Cuántas veces se habrá tragado las palabras de Vaughn? He aprendido a ocultar mi rabia en su presencia, pero esta vez tengo que morderme la lengua para no estallar.

—Rhine ha llevado una vida acomodada como esposa de mi hijo —añade—. Ha ido a fiestas lujosas y disponía de una sirvienta para todo lo que se le antojara. Y ha congeniado mucho con sus hermanas esposas, por lo visto con una en especial.

—Rhine, ¿te has casado? —me pregunta Rowan sorprendido, apartándome la cortina de pelo que me oculta el rostro.

No es una pregunta fácil de contestar. Sí. No. Ya no estoy casada. Me resulta imposible mirarle a la cara.

—Iba a contarte lo de tu hermana, desde luego —prosigue Vaughn—. Pero esperaba que llegase el momento oportuno. No quería que te dispersaras. Y admito que temía que al enterarte de que estaba viva dejaras de dedicarte a tu importante misión, que al distraerte con tus propios asuntos te olvidaras de que lo que habías estado haciendo hasta ahora era salvar algo mucho más importante que tu propia vida —añade alargando la mano por delante de mí para darle unas palmaditas en la rodilla. Me está mostrando que ahora mi hermano ya no me pertenece, que está bajo su control—. Lo que estás haciendo Rowan es salvar al mundo.

—¿Cómo supiste que tenía un hermano? —logro al fin decir tras calmarme un poco—. ¿Cómo sabías que éramos mellizos?

Vaughn se echa a reír y al responder su voz tiene la misma afabilidad que la de su hijo.

—Por las historias que le contabas a nuestra querida Cecilia.

Cuando al fin se detiene la limusina, estoy temblando de rabia. Vaughn se baja de ella y nos dice que nos deja unos minutos a solas para que hablemos, pero le recuerda a Rowan que vamos justos de tiempo. Nos espera una reunión.

—Siento no haber estado a tu lado para protegerte —dice mi hermano en cuanto se cierra la portezuela.

Alzo los ojos para encontrarme con los suyos llena de esperanza. Esperando que vea a Vaughn como yo lo veo.

—¿Tienes idea de lo afortunados que somos? —me dice, sin embargo—. Si el doctor Ashby no te hubiera encontrado, no quiero ni pensar lo que te habría podido pasar.

—¿Lo afortunado que somos? —consigo soltarle—. Me metieron en la parte trasera de una furgoneta, me llevaron hasta la costa del este para venderme a mi futuro marido y luego me obligaron a casarme con él. Te hicieron creer que yo había muerto. ¿Y a eso le llamas ser afortunados?

—Lo somos porque ahora podemos participar en una misión tan importante. Porque nos curarán.

—Rowan, ¿cómo puedes creer todo lo que te ha contado ese hombre?

—Sabes que nunca me he creído nada que no pudiera ver con mis propios ojos —responde—. Y eres lista por dudar de él. No te estoy pidiendo que confíes en el doctor Ashby, sino que confíes en mí.

Me siento como si ya no conociera a mi hermano. Es lo que quiero soltarle. Abro la boca, pero no tengo el valor para decírselo. Él me mira a los ojos y ¡ay! ¡Cómo me gustaría creer en lo que dice! Cambiar la realidad para que fuera como que él cree. Sería capaz de volver a Manhattan. De vivir con lo que mi hermano ha hecho. De encontrar la forma de reconstruir la casa de nuestros padres y pasarme el resto de mis días plantando lirios en el jardín. De no volver a irme nunca más de casa si supiera que eso es lo que necesitamos para estar sanos y salvos.

No puedo enfrentarme a él. Dejarle en las garras de Vaughn y despedirme de él, porque ya he perdido a mis padres, a mi marido, a una hermana esposa, y posiblemente a Gabriel. Y dejar de creer en mi hermano significaría convertirme en una chica que yo no sabría ser.

Vaughn abre la portezuela de la limusina esbozando esa sonrisa suya de tierno anciano.

—¿Estáis listos? —nos pregunta.

—Eso creo —dice Rowan mirándome—. ¿Rhine?

—De acuerdo —respondo.

Vaughn nos acompaña hasta el avión privado que nos espera en la pista. En una de las alas lleva el emblema del presidente Guiltree: la silueta de color azul real de un águila volando a través de un sol blanco. Añado este enigma a mi larga lista de preguntas por hacer.

Por dentro el avión es mucho más grande que el del cobertizo de Reed. Y más lujoso. Los asientos están tapizados de cuero beige, una alfombra oriental cubre el suelo y en las cortinas también hay el emblema del presidente.

En cuanto nos sentamos, Vaughn le pide a un ayudante que nos sirva una copa de champán.

—He descubierto que tranquiliza a los pasajeros que vuelan por primera vez —me aclara cuando me quedo mirando la copa.

—Yo me siento perfectamente, gracias —le respondo.

—Había olvidado lo valiente que eres —observa, y luego toma un sorbo de champán—. Recuérdame que te cuente, Rowan, la historia de tu hermana y del huracán. Pero por ahora creo que le contaré a ella la historia que ya te he contado a ti. Es la única forma de hacerla entrar en razón.

—Procura escucharla con una mentalidad abierta —me aconseja Rowan.

Me lo quedo mirando como respuesta. Está tranquilo, ya ha aceptado lo que Vaughn ha planeado para él. Pero el Vaughn que yo conozco es distinto. Tal vez la verdad se encuentre en sus palabras, pero está enterrada en su propia versión de la realidad, donde las cosas no son nunca exactamente como uno cree. Y lo sé de primera mano, porque he estado casada con un chico que vivía en esta clase de realidad.

—Imagínate un mundo mugriento —me propone Vaughn, y me resulta fácil hacerlo.

—El mundo se dividía en continentes, países, ciudades, pueblos. Hace más de dos siglos Estados Unidos se encontraba en su pleno apogeo. Era un país puntero en medicina y tecnología. Y también dependía en gran medida de las importaciones del extranjero.

»En el pasado existía una estructura, un concepto que los de tu generación no conocéis. Ahora vivís en medio de esfuerzos fallidos y de cuerpos pudriéndose, pero antes había un orden. En aquella época el presidente no era una simple figura decorativa.

Toma un sorbo de champán, mirando de reojo por la ventanilla, como si el país organizado del que está hablando se encontrara justo debajo de nosotros.

—Pero el orden no duró demasiado. La historia nos

demuestra que esto nunca ocurre. Aparecieron las guerras, las enfermedades, la muerte. El presidente tenía la visión de lo valioso que era un país en paz. Se le ocurrió que tal vez dando ejemplo lograría llevar la paz al resto del mundo. Y en la época en que los ciudadanos más vulnerables se sentían, los tranquilizó diciéndoles que él los protegería, que podría salvarlos de semejante devastación.

Estos hechos no son meras fantasías de Vaughn. Aparecen en los libros de historia, aunque Reed diga que no son demasiado fiables.

—El gobierno empezó a confiscar lo que creía que causaba enfermedades, como por ejemplo las cabinas de bronceado, de las que no has oído hablar, querida, porque no valían para nada; una serie de productos químicos que acabaron apareciendo en la comida, y los filtros para depurar el agua. Incluso se limitó la exposición al sol. Las antenas de telefonía móvil se desactivaron. En el pasado también había una infraestructura conocida como internet con la que todo el mundo podía acceder a cualquier información. Pero acabó siendo un lujo sólo al alcance de algunas profesiones. Como era de esperar, aparecieron las protestas. Pero en las décadas siguientes la vida de los ciudadanos americanos mejoró. Su economía autosuficiente prosperó.

Me imagino la escena, aunque no debería hacerlo. No me hace ningún bien pensar en las cosas que nunca tendré. No puedo desperdiciar un solo minuto de mi corta vida.

—Pero, como puedes ver, la situación no duró demasiado —observa Vaughn—. Cada generación tiene sus inconformistas. Cuestionar el estado de las cosas se encuentra en la condición humana. Al presidente no le quedó más remedio que disipar la tensión que estaba surgiendo entre los ciudadanos. Podría haberlo hecho centrándose en la economía o en las propiedades. Pero al final decidió optar por lo que estaba seguro de que ninguna generación querría perder: sus hijos. Contrató a los mejores genetistas para que crearan una generación perfecta de niños que fueran menos susceptibles a las bacterias más comunes. Una epidemia de gripe que habría sido fatal ahora no haría más que le goteara a uno un poco la nariz. A medida que la tecnología progresaba, los genetistas descubrieron la forma de erradicar el cáncer y otras enfermedades genéticas. El presidente anunció a los ciudadanos que les devolvería los objetos causantes de enfermedades que les había confiscado.

Conozco esta parte de la historia. Se suponía que yo debía ser perfecta. Que viviría décadas y décadas. Ya no tiene por qué seguir contándomela, pero lo hace.

—A medida que la sociedad cambiaba, el presidente fue poco a poco publicando nuevos libros y retirando de circulación algunos de los que había. La historia se fue poco a poco cambiando y reescribiendo. Se especula que, después de varias décadas, planeaba eliminar cualquier rastro de los otros países del planeta. Así los ciudadanos, en lugar de creer que el resto del mundo había sido destruido, pensarían que nunca había existido. Al no haber internet ni comunicaciones internacionales, la realidad estaría tan manipulada y alterada que nadie conocería la verdad.

Pienso en el atlas de mi padre y en las ilustraciones de los barcos de los que Gabriel me hablaba que salían en el libro de historia de la biblioteca de la mansión, y en las anotaciones de los libros de la biblioteca de Reed. Repletos de mentiras. No les bastó con robarnos el futuro, sino que además nos robaron el pasado.

—No te desanimes —me dice Vaughn—. Seguro que has oído historias de que en el pasado la gente llegaba a centenaria. Lo cierto es que nuestro país estaba sufriendo. Las sustancias tóxicas que contaminaban el aire y el agua ya habían reducido la esperanza de vida casi a la mitad. Por eso no ves a nadie mayor que yo andando por ahí. Los humanos «naturales» que quedábamos cuando se descubrió el virus apenas éramos ya fértiles. El mundo ya estaba hecho un asco en aquella época. El virus no hizo más que empeorarlo un poco más.

»Y supongo que ya sabes el resto de la historia. Las primeras generaciones progresaron y siguieron teniendo hijos. Pero al cabo de dos décadas se descubrió la fatal imperfección: las mujeres se morían a los veinte años y los hombres a los veinticinco.

Veinte y veinticinco. Unas cifras que conozco de sobra.

—Y entonces subió al poder Roderick Guiltree III, nuestro presidente actual, que heredó el título de su difunto padre. Al empezar a morirse nuestros hijos, el gobierno perdió el único puntal que le quedaba. Los policías, los médicos y los abogados que se habían dejado sobornar durante tantos años se pusieron en contra del gobierno. Se formaron dos grupos, los que estaban a favor de la ciencia y los pronaturalistas. Y entonces fue cuando hicieron volar por los aires el primer laboratorio, que por desgracia fue el laboratorio donde empezó este problema. El único que contenía las investigaciones y la tecnología creadas por las primeras generaciones. Porque mientras las personas de las primeras generaciones íbamos desapareciendo, habríamos podido engendrar más hijos «naturales» que hubieran llegado a vivir, como ya sabes, hasta los setenta años. Algunos creen que fueron los inconformistas los que destruyeron las investigaciones y otros dicen que fue el gobierno. Una conspiración para exterminar quizá la raza humana.

—No tiene ningún sentido —mascullo—. ¿Quién querría exterminar la raza humana?

—Los que están hartos de este círculo interminable —apunta Vaughn imperturbable ante mi arrebato de sinceridad.

No quiero creerle, y detesto hacerlo, pero lo hago.

—Sin embargo, las cosas no siempre son lo que parecen. El resto de la historia no se puede contar. Sólo puede verse.

—Verse —repito, y mi voz se queda revoloteando sobre la tierra que se extiende a nuestros pies.

—Sé que cuesta asimilarlo —tercia Rowan—. Al principio cuesta creer toda esta historia, pero no pasa nada. A mí me ocurrió lo mismo.

Sin darme cuenta he vaciado la copa de champán.

—Va a ser un largo vuelo —dice Vaughn volviéndomela a llenar.

—No me has dicho a dónde vamos —digo—. ¿O acaso eso también es algo que sólo puede verse?

—Eso sí que te lo puedo decir —responde Vaughn—, aunque seguramente no me creerás hasta que lo veas con tus propios ojos. Vamos a Hawái.

20

El vuelo dura once torturantes horas. Once horas que paso cara a cara con mi captor, y al principio hace que me plantee a cada momento una nueva pregunta. *¿Planeaste el reunirme con mi hermano? ¿Causaste el aborto de Cecilia? ¿Hasta qué punto tu historia es verdadera? ¿Qué pintamos Rowan y yo en ella? ¿Qué le ha pasado a Deirdre? ¿Dónde está Gabriel?*

—Todo va a ir bien —me asegura Rowan.

Ahora mi hermano es todo dulzura y me anima a tomar otro sorbo de champán, diciéndome que me vuelva para mirar por la ventanilla y contemplar las nubes.

Me lo quedo mirando con impotencia. Nunca volverá a ser el Rowan de antes. Ni yo tampoco volveré a ser la misma. Ahora todo ha cambiado. Entiendo perfectamente cómo se debieron de sentir los ciudadanos de la historia de Vaughn al entrometerse el presidente en sus vidas. Esta historia ocurrió mucho antes de que yo naciera y, sin embargo, también se han inmiscuido en mi vida, haciéndola añicos. Percibo vislumbres y atisbos de cómo era, pero ya no volverá a ser como antes.

—No creo que todo vaya a ir bien —murmuro, pero

Rowan no me oye porque está escuchando a Vaughn hablar de la altitud.

Ahora me doy cuenta de que no tuvo nada que ver conmigo que Vaughn no nos dijera a Rowan ni a mí que nos conocía a ambos. A mí me usó para mantener ocupado a su hijo y tener otro cuerpo con el que experimentar. Y Rowan poseía la inteligencia que Vaughn necesitaba, y además mi hermano nunca habría colaborado de haber sabido que yo vivía, habría estado demasiado ocupado preocupándose de mí.

Cuando aterrizamos, la cabeza me martillea. Noto una sensación extraña en los oídos, como si se me hubieran taponado. Aunque el vuelo haya durado once horas, sigue siendo de día en este lugar. Por la ventanilla sólo veo agua de color verde, azul claro y azul más oscuro. Nunca había contemplado un mar tan cristalino.

—La reunión será dentro de una hora —nos anuncia Vaughn—. Veo que Rhine necesita descansar un poco para recuperarse. Haré que os traigan la comida y os vendré a buscar cuando sea la hora. ¿Qué os parece?

—¡Nos parece muy bien! —responde Rowan hablando por los dos, como si yo fuera una inválida a su cargo. Siento un gran alivio cuando Vaughn sale del avión y nos deja solos.

La ayudante que nos trae la comida desciende de los isleños del Pacífico, lo cual no hace más que confirmarme que hemos llegado a Hawái, un estado de América que supuestamente había sido destruido, pero estoy tan acostumbrada a los trucos de Vaughn que aún no sé qué creer.

Apenas me fijo en la comida que nos trae, salvo en el

aroma que despide la langosta y la mantequilla derretida. Es uno de mis platos favoritos. ¿Es una casualidad o de algún modo Vaughn también me ha robado esta información personal?

—Antes de bajar del avión, creo que el doctor Ashby quiere que te prepare para lo que vas a ver —me advierte Rowan.

Después de todo lo que he visto, no creo que nada de este lugar pueda ya asustarme. Mi hermano me sigue viendo como la hermana de dieciséis años que era demasiado ingenua como para ver que estuvieron a punto de raptarla al irrumpir un Recolector en el sótano de nuestra casa, y que fue lo bastante estúpida como para presentarse a un anuncio que se veía a todas luces que era una trampa. No se da cuenta de que en este año que hemos estado separados he madurado mucho.

O tal vez sí.

—Ahora podrás verlo con tus propios ojos —dice ladeándome la barbilla para que me vuelva hacia él—. Pero lo que realmente me preocupa son otras cosas.

—¿Otras cosas?

Carraspea, clavando los ojos en el plato.

—Tarde o temprano tendremos que afrontar que las cosas han cambiado. Pero por ahora lo que importa es que estás viva, algo que esta mañana al despertar todavía ignoraba. Lo que pasa... es que has crecido. Durante el año que hemos estado separados te había detenido en el tiempo, sabía que yo había crecido, pero creía que tú seguías teniendo dieciséis años. Que seguías siendo una niña. Los dos éramos muy jóvenes cuando nos separamos, ¿verdad? Pero ahora eres la esposa de alguien.

Y ahora, curiosamente, mi hermano me da pena. No ha olvidado lo que sintió al llorar mi muerte.

—Quiero que me cuentes muchas cosas y a la vez no quiero que lo hagas —admite él—. No sé hasta qué punto estoy preparado para oír todo lo que te ha sucedido.

—Tarde o temprano tendremos que afrontarlo —asiento con voz queda—. Tienes razón.

—Pero por ahora lo que yo quería preguntarte es… —dice palideciendo. No se atreve a mirarme a los ojos—. Si tu marido… se portó bien contigo.

Pienso en Linden. En mi deprimido y elegante exmarido que estaba locamente enamorado de una mujer que se le escurrió de los dedos. Que se metía en mi cama y me abrazaba cuando los dos lo necesitábamos. Que había vivido entre algodones toda su vida y que, sin embargo, huyó por mi culpa del único progenitor y de la única estabilidad que había conocido.

No sé si Rowan llegará a entender la verdad sobre mi matrimonio con Linden. Ni siquiera sé si yo lo haré.

—Sí —respondo—. No se parece en nada a su padre —añado sin poder evitarlo.

—Estás enojada con el doctor Ashby —dice Rowan—, y te entiendo perfectamente. A mí también me gustaría estar enojado con él. Fue el culpable de que estuviéramos separados durante un año y, sin embargo… —añade entrecerrando los ojos, intentando encontrar la forma de resolver este problema con su gran mentor— nos devolverá con creces lo que nos ha quitado.

—¿Por qué crees todo lo que te cuenta? —le suelto. No sé si decirle más cosas. Ahora que por fin lo he recuperado no quiero volver a perderlo.

—¿No te has fijado en que la ayudante que nos ha traído la comida tenía algo especial? —observa él.

No me he fijado en ella.

—¿Te refieres a que es hawaiana?

—Me refiero a que es mayor que los de las nuevas generaciones y más joven que los de las primeras. Aquí ni siquiera existen estos términos. Los isleños de este lugar nacen sin el virus.

—¡Es imposible! —exclamo—. No es más que un truco.

Rowan sonríe sin levantar los ojos del plato.

—Antes era yo el cínico y no tú. Me preocupaba que fueras tan confiada con todo el mundo. Pero ahora lo echo de menos.

Yo también echo en falta muchas cosas suyas. Pero no se lo digo.

—Intenta comer un poco —me aconseja—. Para tener energía y recuperarte del *jet lag*. Ahora son las diez de la noche en el lugar de dónde venimos, pero aquí no es más que la hora de cenar.

Vaughn viene a recogernos justo cuando acabamos de comer. Nos ha traído ropa limpia: camisetas negras y pantalones cortos de color aceituna que nos van perfectos. Por un momento soy lo bastante estúpida como para esperar que Deirdre siga con vida y que sea ella la que me los haya hecho, pero entonces siento la rasposa etiqueta del pantalón contra la piel de mi cadera.

—¡Siempre has tenido un pelo un tanto rebelde! —observa Vaughn arrugando el ceño mientras salgo del avión. No le daré la satisfacción de atusarme el pelo para intentar alisármelo un poco.

Él camina a varios pasos por delante de Rowan y de mí, y me pregunto si lo hace aposta para que hablemos.

Hace más de un año que no estaba tan cerca de mi hermano y, pese a tener la oportunidad ahora de contarle todo lo que me ha pasado, sé que es mejor no hacerlo. Sea cual sea el vínculo que existe entre él y Vaughn, se basa en las evidencias y en la confianza. Vaughn ha justificado sus razonamientos y lo ha hecho de tal modo que Rowan le ha respondido. Debo andarme con mucho cuidado con lo que le cuento a mi hermano. Veo que ha decidido que todo cuanto Vaughn ha hecho es para una gran causa y que yo todavía no lo entiendo, pero que acabaré haciéndolo.

Y Vaughn lo sabe, ¿no es así? Sabe que tendré que esperar el momento oportuno para contárselo todo a mi hermano, como me sucedió con Linden. Me conoce bien y esta vez no va a dejarme salir con la mía tan fácilmente.

—No tienes buen aspecto —dice Rowan frunciendo el ceño.

—Debe de ser por el *jet lag*, ya me lo advertiste.

Mi hermano hace entrechocar su hombro contra el mío juguetonamente. Es un gesto que me resulta familiar. Algo que siempre hacía. Y de pronto echo tanto de menos mi hogar que me dan ganas de romper a llorar, pero me contengo. No pienso hacerlo. Quiero mostrarle a mi hermano que ahora soy más fuerte, que ya no soy la misma.

Pero ¿quién soy yo ahora?

—Oye —me murmura Rowan inclinándose hacia mí mientras entramos al edificio—, vas a ver unas cosas que tal vez te aterren. Pero quiero que sepas que estoy de acuerdo con ellas. Que aunque no lo parezca, no me pasará nada.

—Creí que me habías dicho que no necesitaba estar preparada para nada.

—Sólo recuerda lo que te he dicho —responde entrechocando de nuevo con dulzura su hombro contra el mío.

Pasamos por varios controles de seguridad y me fijo en los guardias armados, algunos son hombres y otros mujeres. Todos parecen tener más de veinte o de veinticinco años, pero no me lo acabo de creer. Estoy cansada y agobiada y me he pasado el día como envuelta en un velo irreal. Casi no puedo confiar siquiera en que el chico que está a mi lado sea mi hermano, en que estoy en un lugar que según me dijeron había dejado de existir hace mucho tiempo.

Nos detenemos y Rowan se pone a hablar con una mujer de la primera generación que le acompaña hasta una puerta tan blanca y esterilizada como todo cuanto nos rodea. En este lugar no hay más que paredes blancas y esquinas tan prístinas que me da la sensación de estar ensuciándolo con nuestros zapatos.

Rowan gira la cabeza para mirarme y en ese momento veo al chico de trece años que estaba a mi lado cuando el suelo tembló bajo nuestros pies mientras nuestros padres morían a causa de la explosión. Veo lucidez y miedo. Veo que sólo nos tenemos el uno al otro. Y de pronto ya no puedo leer sus ojos.

—Hasta dentro de un rato.

—¡Espera! —exclamo—. ¿Adónde vas?

Vaughn rodeándome los hombros con el brazo, me acompaña hasta el otro extremo del pasillo.

—Ven conmigo —me dice.

Giro la cabeza, pero Rowan ya ha desaparecido.

Cruzamos otro control de seguridad y luego entramos a una habitación tenuamente iluminada del tamaño del armario de mi dormitorio en la mansión. Una de las paredes está acristalada casi por entero y revela una habitación iluminada con fosforescentes y una cama con el colchón inclinado.

—He pensado que tú y yo podíamos charlar un poco —dice—. Nunca nos hemos llevado demasiado bien, pero ahora que las circunstancias han cambiado me gustaría que nos diéramos otra oportunidad. Puede que te haya subestimado. Te mentí sobre las pruebas que te hice cuando estabas casada con mi hijo porque eras tan terca que estaba seguro de que te opondrías a ellas. Pero he disfrutado mucho conociendo a tu hermano. Ahora me doy cuenta de que ambos sois unos jóvenes brillantes. Vuestros padres estarían orgullosos de vosotros.

—¡No hables de mis padres! —le suelto con los brazos cruzados mientras miro por el cristal.

—De acuerdo —responde—. En ese caso sólo te diré que he visto sus notas y que admiro sus esfuerzos. Tal vez sea mejor que leas por ti misma lo que escribieron.

Odio la idea de que haya leído las notas de mis padres, de que sus ojos hayan invadido sus pensamientos y sus escritos igual como me invadió con sus jeringuillas y sus píldoras. Igual como invadió la mente de mi hermano con sus promesas.

—Me he dedicado toda la vida a descubrir el antídoto —prosigue—. No te daré la lata contándote las revelaciones y los sentimientos que tuve al perder a mi primer hijo, o la alegría que sentí al nacer Linden. Pero cada momento de dicha ha estado enturbiado por el miedo a fallarle. Y ha sido ese miedo el que me ha espoleado a investigar y el que me ha llevado a ser una de las personas más respetadas en mi profesión, como médico y genetista.

Lo que me acaba de contar es cierto. Vaughn es famoso en todo el país.

—Y fueron mis arduas investigaciones las que atrajeron la atención del presidente. Hace cerca de treinta años, cuando descubrimos que nuestros hijos se morían por aquella misteriosa enfermedad, el presidente empezó a reunir a un equipo de élite formado sólo por los mejores en su campo para conseguir entender y resolver el problema. Y hace sólo algunos años me eligieron a mí para que formara parte del equipo.

»Pero no basta con que te elijan. Cada especialista debe, para ganarse el interés del presidente, realizar un estudio científico. El doctor Glassman, por ejemplo, hizo una presentación fascinante sobre las mutaciones de los niños con malformaciones. Y como parte de su estudio, el doctor Hessler escribió unas notas sobre la causa de que esta enfermedad se acabase considerando un virus. Pero no es exactamente un virus, porque un virus se contrae, no es algo que le suceda a uno debido a su genética. Sin embargo, cuando nuestros hijos empezaron a morir, no sospechamos que se tratara de un problema genético. Creímos que se debía a los pesticidas contaminantes. Pero ahora ya sabemos la verdadera causa.

Las luces de la habitación al otro lado del cristal aumentan de intensidad. Una puerta se abre y entra una enfermera empujando una camilla. Se me corta la respiración. Me noto la boca seca. El chico que está en la camilla, pálido e inerte como un cadáver, es Rowan.

—He estado intentando realizar un estudio que no le haga perder el tiempo al presidente —me explica Vaughn.

Cuatro enfermeras levantan a mi hermano de la camilla y lo depositan en la cama inclinada.

—Primero intenté imaginarme una manera en que las nuevas generaciones se pudieran adaptar a la brevedad de sus vidas. Probé con la idea de niñas quedando embarazadas antes de la pubertad natural. Creí estar progresando en mis investigaciones, pero ninguna de las participantes de mi estudio soportó los tratamientos.

Es lo que le hizo a Lidia, la sirvienta de Rose, y a Deirdre. Lidia no sobrevivió al último intento, y no sé si algún día reuniré el valor para afrontar lo que le ocurrió a Deirdre.

Y mientras me cuenta todas estas cosas tan horrendas, una de las enfermeras le sujeta los párpados a Rowan con esparadrapo para que no cierre los ojos. Esta escena me resulta familiar. Asquerosamente familiar.

—Entonces tu hermano, al que estás viendo ahora, me mostró las notas de tus padres sobre reproducir el virus.

Oigo por los altavoces el sonido amortiguado de las órdenes que están dando. Un casco desciende del techo y una enfermera se lo pone a Rowan sujetándoselo bajo la barbilla. Veo su pecho subiendo y bajando al respirar, pero él está paralizado, con los brazos fláccidos en los costados y la aguja del gota a gota inyectándole un líquido en la vena.

No quiero ver la escalofriante escena, pero no puedo mirar hacia otra parte.

—Nuestra Jenna fue una candidata interesante para probar la «teoría» de tus padres —dice Vaughn—. Pero te ahorraré los escabrosos detalles, sé que le tenías mucho aprecio. Huelga decir que no sobrevivió.

En este punto es cuando dejo de escucharle. Me quedo mirando a mi hermano e intento escuchar la voz procedente del altavoz que hay sobre su cama. Alguien está dando órdenes a través de él y las palabras que pronuncia no tienen ningún sentido para mí, pero me obligo a concentrarme en ellas para no escuchar nada más.

Sé lo que está a punto de ocurrir incluso antes de ver la aguja aproximándose a uno de sus ojos.

Con la mano pegada al cristal, muevo los labios diciéndole en silencio «Cuenta». Cuenta los segundos hasta que todo haya acabado. Creo que eso es lo que está haciendo. Creo que veo su labio inferior moviéndose ligeramente mientras cuenta. De pronto otra aguja se acerca al otro ojo y al ver la escena, me acuerdo de cuando yo me encontraba en la misma postura. Cecilia estaba a mi lado contándome una historia sobre sus intentos de hacer volar cometas. Pero Rowan no tiene a nadie junto a él para tranquilizarle. Salvo las enfermeras que controlan el gota a gota y que depositan su cuerpo desmadejado en la camilla de nuevo cuando todo ha terminado.

Al quitarle el esparadrapo de los párpados, Rowan parpadea. Veo sus dedos doblarse casi formando un puño y entonces me doy cuenta de que yo también tengo la mano cerrada con fuerza sobre el corazón.

Vaughn todavía continúa hablando.

—¡No sigas! —le suelto sin aliento—. No hace falta

que me lo expliques. Ya lo entiendo. Mi hermano y yo somos los sujetos de tu estudio.

—¡Eres una chica muy lista! —exclama él—. Ven, sígueme. Ahora puedes ir a ver a tu hermano.

La puerta de la habitación de Rowan no está custodiada por un guardia, sino por dos, y para entrar se necesita una tarjeta de autorización que Vaughn desliza por un panel para abrir la puerta.

Rowan se encuentra en una habitación tan impersonal y aséptica como el resto de este lugar. Está tendido en una cama donde una enfermera de la primera generación le controla el líquido que se desliza por un tubo hacia su brazo. Por todas partes hay pantallas con cables conectados a sus puntos de pulso.

No estoy segura de si mi hermano está consciente. Tiene los ojos cerrados y los párpados tan amoratados que parecen cardenales.

¿Tenía yo el mismo aspecto cuando Vaughn me sometió a los experimentos más invasivos? Hace menos de una hora Rowan estaba lleno de fuerza, con la piel sonrosada, en cambio ¡qué frágil se ve ahora! Me da miedo acercarme más a él, hacerle daño, pero entonces Vaughn me empuja suavemente hacia él y me quedo junto a su cama.

—¿Cómo se encuentra el chico? —le pregunta a la enfermera. Como respuesta ella le entrega una tablilla.

—¿Rowan? —digo sacándole con el pulgar los residuos del esparadrapo de la ceja.

Sus ojos se mueven bajo los párpados y luego consigue parpadear. Me mira, pero no estoy segura de si me reconoce, sus ojos no son más que pupilas.

Vaughn le pide que apriete las manos tanto como

pueda. Muy bien. Que mueva los dedos de los pies. Perfecto. Que parpadee y que lo haga de nuevo. Estupendo.

Le llamo y él gime.

—No siente ningún dolor —me asegura Vaughn—. Pero estará grogui hasta mañana.

¿Cómo es posible que mi hermano haya aceptado semejante experimento? Vaughn tuvo que inmovilizarme y sedarme para obligarme a someterme a él, en cambio Rowan se ha ofrecido a padecer los mismos torturadores procedimientos. ¿Cuánto tiempo le habrá llevado a Vaughn conseguir manipularlo hasta este punto? ¿Cuánto tardaré yo en abrirle los ojos?

¿Se los podré abrir?

Cuando Vaughn me acompaña de vuelta al pasillo, me siento como si fuera a mí a quien hubieran drogado. Me escuecen los ojos y apenas siento las piernas al recorrerlo.

Me habla del calor que hace y está tan excitado que su voz se quiebra en susurros de vez en cuando. Le apasiona tanto su locura como a un pájaro el cielo. Y ahora está encantado de que yo esté aquí. Hay un montón de cosas que quiere mostrarme, todo un mundo que ni siquiera podría llegar a imaginarme en mis mejores sueños.

Pero no tiene idea de lo que soy capaz de soñar.

Subimos en un ascensor acristalado a las plantas superiores. A un lado se encuentran las plantas esterilizadas del edificio esterilizado, y en el otro el cielo cobrando poco a poco una tonalidad violeta y luego rosada.

Por ahora tendremos que quedarnos aquí, me dice. Es un edificio seguro. En este lugar es donde trabajaremos y mañana a primera hora regresaremos al avión. Iremos directos a él. Pero me anima a contemplar la vista que se divisa desde el ascensor.

Llegamos a nuestro destino, la planta trece. Una de las paredes está acristalada hasta tal punto que me da la sensación de estar dentro del armazón de un edificio. Me quedo plantada ante ella.

—Mira, ¿qué es lo que ves? —me dice Vaughn posando sus manos sobre mis hombros.

Veo un océano tan cristalino y centelleante que parece rebosar de una copa de vino, replegándose sobre sí mismo. Veo una franja de arena. Edificios limpios, calles cuidadas con semáforos poniéndose en verde, en ámbar, en rojo. Coches.

Ni siquiera puedo responder a su pregunta, me he quedado atónita.

En un edificio a lo lejos, aparece en una pantalla gigantesca una mujer lavándose las manos, y luego sonríe mientras sostiene una botella junto a su rostro mostrando la etiqueta. La mujer tiene muchos más años que yo y es mucho más joven que Vaughn.

—¿Se ha curado la gente de este lugar? —digo sin poder creer que le he llegado a hacer esta pregunta.

—No, querida —responde con el rostro sonriente reflejándose en el cristal, contra un mar perfecto—. Esas personas de ahí abajo ni siquiera han oído hablar del virus.

21

Poco a poco estoy empezando a creérmelo.

Rose fue el primer sujeto del experimento de Vaughn. Era su favorita... al menos hasta que aparecimos Rowan y yo. Nos empieza a contar la historia después de sentarnos a la mesa de la cafetería de la planta quince. Estamos rodeados de médicos y enfermeras de todas las edades, pero sobre todo de la primera generación. Pero ¿se les puede llamar de la «primera generación»? ¿Cómo llamas a alguien que no pertenece a la primera generación ni a la nueva? ¿Qué nombre le das cuando la muerte le llega unida a una cifra que desconoce?

Vaughn no me presiona para que me tome la comida de la bandeja. Corta su bistec con el cuchillo y prosigue con la historia.

Vio a Rose por primera vez cuando, siendo una niña pequeña, sus padres se la habían llevado a una conferencia sobre la resistencia a los antibióticos. Ella y Linden jugaron juntos, gateando por debajo de las mesas, jugando al corre que te pillo y riendo. Se le ocurrió que su hijo necesitaría una compañera de juegos, pero lo más importante era que un día debería encontrar una esposa. Esto ocurrió antes de que Vaughn conociera ese lugar, antes de que el presidente se pusiera en contacto con él, cuando todavía creía que encontraría en sus futuros nietos las respuestas que su propio hijo no le había proporcionado. Propuso a los padres de Rose concertar un matrimonio entre ésta y su hijo, pero ellos declinaron su oferta.

—Incluso en aquel tiempo veía que Rose era demasiado valiosa para sus padres —afirma—. No tenían idea de lo especial que era.

Por un instante Rose cobra vida en mi mente. Veo sus intensos ojos marrones y su traviesa sonrisa. Y su pelo centelleando bajo el sol.

Y de pronto oigo en mi cabeza el horrendo gemido de Linden al dejar ella de respirar.

Habría sido libre. Se habría atiborrado de fresas jugosas, habría bromeado con los guardianes de la Madame y viajado con su padre por todo el país.

—Sus padres siempre estaban viajando. No llevaban una vida de profesionales civilizados, sino que vivían como gitanos. Y al cabo de varios años volví a ver a Rose cuando su padre se la llevó a una conferencia en la costa de Florida. Se había convertido en una chica tan guapa como yo me había imaginado. Se parecía muchísimo a su madre.

»Su padre me dijo en privado que el presidente lo había elegido para formar parte de su equipo de investigadores. Y me habló de este lugar. Quería que me asociara con él.

—Y entonces murió en un trágico accidente.

No le pregunto sobre el coche bomba que mató al padre de Rose. Veo en los ojos de Vaugh que ese trágico accidente no fue casual.

—¡Ponte en mi lugar! —exclama—. No podía dejar que una chica tan inteligente volviera al burdel de su madre. No te imaginas lo deslenguada que era ya de niña. Me dolía pensar que pudiera acabar siendo una puta callejera. No. Hice lo más indicado. Rose estaría mejor con mi hijo.

Vaughn se come con fruición lo que le queda en el plato.

—Antes de que Rose llegara tuve un desafortunado incidente con Linden, por más que me avergüence admitirlo. Enfermó por culpa de uno de mis tratamientos. Por suerte se recuperó, sólo perdió varias muelas y poca cosa más, pero sabía que no podía volver a correr semejante riesgo. Lo único que quería era curar a mi hijo. No podía tratarlo como una cobaya.

—Por eso usaste a Rose —le suelto.

—«Usar» es una palabra muy fea. No me parece acertada. No. Prefiero considerar a Rose como una inapreciable experiencia formativa. Gracias a mis tratamientos vivió varios meses más después de cumplir los veinte. El presidente se interesó por el estudio que realicé con ella. Establecí un récord de mortalidad con Rose. Pero mi mejor estudio no fue con ella. No exactamente.

—¿Y crees que mi hermano y yo «somos» los sujetos que buscabas?

—Por desgracia no —responde Vaughn—. Cuando llegué a este lugar, descubrí que alguien me había llevado la delantera. Ya se habían encontrado varios métodos de curación.

Las palabras no me parecen ni siquiera reales. Las pronuncia con tanta ligereza que me pregunto si las habré entendido mal.

Vaughn ve que estoy confundida y me ofrece una de esas tiernas sonrisas suyas que te desarman.

—Tú y tu hermano sois los sujetos de mi estudio —admite—. Ahora estamos determinando si vuestros cuerpos soportarán los tratamientos existentes. Me temo que no hemos encontrado ninguno que le vaya bien a todo el mundo. Ahora algunos sujetos viven hasta los treinta gracias a ellos. Pero otros que se sometieron al mismo tratamiento padecieron unas muertes espantosas, dependiendo de su origen étnico, del sexo y de su edad en el momento en que lo recibieron. Por ahora todavía no los hemos probado en sujetos con heterocromía. Lamentablemente, la heterocromía ha demostrado ser un callejón sin salida. Pero yo estoy convencido de que en vuestro ADN hay algo único, la heterocromía no fue en vuestro caso más que un efecto secundario. No cabe la menor duda de que a ti y a tu hermano os concibieron con un propósito. La única pregunta es con qué intenciones lo hicieron vuestros padres.

Todas las veces que Vaughn se ausentaba de la mansión durante días —para ir a una convención en Seattle o a una conferencia en Clearwater—, ¿venía en realidad a este lugar, con mi hermano a la zaga?

Contemplo la vista de la ventana que hay a su espalda. *Éste es el aspecto del mar cuando no contiene un mundo hundido,* pienso.

El mundo no ha desaparecido por completo. Sólo es verdad una parte de lo que nos contaron. Las guerras y los desastres naturales han destruido algunos continentes, han reducido los países a la mitad, a un tercio o incluso más aún, han provocado un tiempo inestable en lugares que eran templados hace cientos de años. Algu-

281

nas cosas han cambiado. Pero no todo. Lo más importante todavía perdura: sigue habiendo vida. Aún hay lugares adonde ir.

—Tú y tu hermano nunca estuvisteis destinados a ser unos chicos corrientes —afirma Vaughn—. Vuestros padres tenían planes para ambos. Grandes planes. Y yo estoy decidido a llevarlos a cabo.

Mientras bajamos con el ascensor pienso en Linden, Cecilia y Gabriel atrapados en ese pedazo de mundo moribundo creyendo que es el único que existe.

La cuestión, dice Vaughn, no es si se descubrirá un remedio a tiempo para salvar a su hijo y a su nieto, sino si se perfeccionará a tiempo. «¿Te imaginas el caos que se produciría si la gente se enterara de todo esto?», me pregunta. No. Es mejor seguir proyectando la imagen de ser un médico más que intenta encontrar una cura y dejar que los supuestos rebeldes, como mi hermano, destruyan los laboratorios y difundan el pronaturalismo. Es mejor dejar que la gente permanezca en la ignorancia y el desaliento. Y en cuanto le ofrezcan el remedio, se sentirán tan agradecidos y tan desesperados por llevar una existencia estructurada que les salve de la cloaca en la que se ha convertido el país que el presidente los volverá a tener bajo su control.

—A ti nunca te ha gustado que te controlen ¿verdad? —dice Vaughn mientras salimos del ascensor—. Pero es algo gratificante. La gente necesita un líder. Necesita que alguien se haga cargo de la situación, estar en manos de alguien más relevante que ellos. Es mucho más aterrador creer que somos los responsables de nuestro propio destino. Porque conocemos nuestros fracasos.

—Conque decidiste no revelármelo.

—Pensé que sería más fácil contarte algunas mentirijillas. Los June Bean azules que te comías, por ejemplo, no te estaban administrando pequeñas dosis del virus, sino dosis minúsculas de un remedio experimental. Enfermaste por el mono que te produjeron después de huir, como yo esperaba. Pero esto me dio una idea. Dejé de administrarle el mismo tratamiento a tu hermano, para reducir los efectos secundarios al máximo. Y él ni siquiera tuvo apenas fiebre. Lo cual respalda la teoría de que el virus actúa en los hombres de una forma totalmente distinta que en las mujeres.

De repente no quiero escuchar nada más. La cabeza me da vueltas.

Este pasillo blanco es igual que los otros, pero ahora parece distinto. Todo parece distinto, incluso Vaughn. Por fin deja de hablar el tiempo suficiente para poder hacerle yo una pregunta.

—¿Cuándo podré volver a ver a Rowan?

—Por la mañana. No te preocupes. A esa hora ya estará como nuevo.

Además de la cafetería, en el edificio hay una planta destinada a los dormitorios. No le pregunto cómo ha conseguido que yo disponga de mi propia habitación ni cómo me permitieron entrar en este edificio rodeado de tantas medidas de seguridad. Creo que planeó capturarme cuando Cecilia estaba en el hospital, pero no creo que previera que su hijo no me abandonaría. ¿Y qué pintan Cecilia y Linden en este plan? Los ha dejado al cuidado de la Madame, pero ¿llegarán a conocer la existencia de este lugar? ¿Qué pasará cuando volvamos?

—Pareces cansada —observa Vaughn—. Toma una ducha, si quieres. Descansa. Disfruta de la vista. Vendré a buscarte por la mañana.

Mi habitación, al contrario del resto del edificio, es cálida y está tenuemente iluminada. La cama es opulenta y acogedora, las sábanas son de satén dorado.

Entro en ella y al cerrarse la puerta tras de mí, oigo el chasquido del cerrojo.

22

Antes de dormirme, pienso en la enfermera que controlaba las constantes vitales de Rowan. Creí que era de la primera generación, pero a lo mejor no lo es. Quizá no es más que una mujer que nació y ha llegado a una cierta edad. Tal vez existe simplemente.

Qué pensamiento más curioso.

Estoy demasiado cansada para soñar.

Me despierto sobresalta al oír a alguien llamar a mi puerta. La luz matutina entra a raudales por la pared acristalada y he de protegerme los ojos del sol.

—¿Rhine? —es la voz de Rowan—. ¿Estás despierta? ¿Puedo entrar?

—Sí —respondo haciendo un esfuerzo para incorporarme.

Rowan cierra la puerta tras él y se sienta al borde de la cama. Después del horrible estado en que lo dejé ayer por la noche, nunca me hubiera imaginado verle con los ojos tan vivos y la piel sonrosada.

—Siento mucho que vieras lo de anoche —dice sacándose la mochila de los hombros y descorriendo la cremallera de uno de los bolsillos. La mochila luce el emblema de un loto—. El doctor Ashby me ha dicho esta mañana que a ti también te practicaron el mismo procedimiento. Que pese a no querer someterte a él, lo hiciste excepcionalmente bien.

Excepcionalmente bien. ¿Cómo ha conseguido Vaughn convencer a mi hermano de que todo esto es lícito?

Y lo peor es que estoy empezando a entender sus métodos. A ver las cosas desde la perspectiva de un médico que no quiere más que salvar al mundo, con su entrometida nuera de por medio que frustra sus intentos y a la que hay que contener, seguir y sedar, si es necesario, porque el mundo está en juego.

No sé qué es peor, si ayudar a mi antiguo suegro o volver al mundo moribundo donde he vivido hasta ahora. Conforme me voy despertando me invade la deliciosa y a la vez horrenda sensación de que algo ha cambiado en mi interior.

—Ha admitido que quizá se equivocó al no revelarte las investigaciones que estaba realizando —dice Rowan sin alzar la vista del suelo.

Me lo dice con naturalidad, pero le conozco y sé que está arrepentido. Por no haberme protegido. Por creer que estaba muerta.

—Cuando nuestros padres murieron, dejé de creer en todo aquello a lo que consagraron sus vidas. Pero cuando desapareciste, decidí al cabo de un tiempo hurgar en los objetos de nuestros padres que habíamos enterrado en el jardín. No lo hice para entender sus investigaciones, sino para leer sus palabras. Quería recordar cómo me hacía sentir ser su hijo.

—Rowan…

Se sienta junto a mí en la cama. Entre sus manos sostiene el cuaderno de nuestra madre.

—Siempre te he mimado —admite él—. Pero no debería haberlo hecho. Ya no somos unos chiquillos —en realidad yo soy mayor que él—. Y tienes derecho a ver esto.

Abre el cuaderno y lo deja en nuestros regazos. Antes de ver las palabras, veo sus manos alisando los bordes y apartándose luego como si fueran una cortina descorriéndose.

Nunca antes había visto el cuaderno y no tengo idea de lo que significa, pero reconocería la letra de mi madre en cualquier parte.

Estoy tan nerviosa que las palabras escritas se traslapan unas con otras y me lleva unos segundos conseguir leerlas.

Y como de costumbre, no alcanzo a comprender su significado. Mi hermano era el que entendía la jerigonza científica. Pero intento seguir. Leo y releo varias páginas sobre el Sujeto A y el Sujeto B, que por lo visto nacieron en el laboratorio donde trabajaban sus padres. El Sujeto A, una niña, era capaz de lanzar fuertes gemidos, aunque nunca aprendió a hablar. El Sujeto B, un niño, apenas mostraba ser consciente de cualquier presencia exterior. Hacia la quinta página ambos sujetos han muerto, el proyecto de la primera generación del Jardín Químico de mis padres se da por finalizado.

En la sexta página aparece una fotografía de los dos sujetos. Están juntos en una cuna, fláccidos y pálidos, me doy cuenta por su mirada perdida de que ambos están ciegos.

Antes de que mi hermano y yo naciéramos, nuestra madre dio a luz a un par de mellizos con malformaciones que sólo vivieron hasta los cinco años. Es la primera vez que los veo, pero ojalá no lo hubiera hecho, porque es una imagen que no podré sacarme de la cabeza nunca más.

Son clavados a Rowan y a mí. Tienen el mismo pelo rubio claro de cuando nosotros éramos niños. Los mismos ojos heterocromáticos, salvo que los suyos están opacos. Es como contemplar nuestros propios cadáveres.

Me doy cuenta de que me tiemblan las manos, pero sigo leyendo, esta vez con frenesí. Paso las páginas, leyendo el texto por encima en busca de palabras que tengan algún valor para mí. Palabras que entienda.

Hay un nuevo par de Sujeto A y Sujeto B en la segunda fase del proyecto del Jardín Químico. Aparece una foto de dos bebés regordetes y sanos tendidos sobre una sábana azul. Están llenos de vida. Y debería saberlo de sobra, porque el bebé de la izquierda soy yo. Durante varias páginas más mi hermano y yo somos el Sujeto A y el Sujeto B. Luego aprendemos a gatear, a caminar, a hablar antes de tiempo. Es evidente que viviremos y en este punto es cuando mi madre confiesa que ella y mi padre corrieron el riesgo de ponernos un nombre. *A Rowan,* escribe ella, *suelen darle violentas rabietas.* En esta página tiene tres años, pero al final descubren que sus rabietas se debían al dolor causado por una persistente infección en un oído. *A Rhine le cuesta distinguir la realidad de la fantasía. Últimamente les cuenta historias infantiles a las paredes de la habitación.* Pero al final resultó que se las contaba a un ratoncito que se había colado por los conductos de ventilación.

Sigo leyendo sobre los prontos de mi hermano y lo peligroso que fue para mí entablar amistad con la niña de la casa de al lado. Yo era demasiado confiada, escribe mi madre. Tuve la mala suerte de heredar su buen corazón, añade entre paréntesis, lo cual habría sido una virtud hace un siglo.

Y entonces pillé una pulmonía y los pulmones se me encharcaron. Lo recuerdo. Recuerdo los baños de vapor en el cuarto de baño con los pomos del grifo de la ducha oxidados. Es muy raro que una persona de la nueva generación enferme antes de tiempo, sobre todo con tanta gravedad como yo. Aunque en realidad no fue una pulmonía lo que tuve, escribe mi madre, sino una ligera reacción a un fármaco experimental que me administraron. Pero a mi hermano no le salió más que un sarpullido en la nuca. El sistema inmunitario de los varones es más fuerte. De algún modo sus genes son superiores debido al virus. Su sistema inmunitario tarda cinco años más en dejar de funcionar. Mi madre escribe esta parte con frenesí. Ha descubierto algo importante. No puedo entender su letra porque las palabras se juntan, las letras se solapan y muchas están tachadas. Su hija podría haber muerto por esa reacción al fármaco, pero en estas notas no tiene una hija, sino sólo sujetos.

¡Cuántas palabras! Me siento como si me ahogase en lo que no entiendo de ellas y ahora me cuesta más concentrarme.

Éramos experimentos. Mi hermano y yo no fuimos más que experimentos. Los de la segunda fase. Los mellizos que vivieron. Y como nuestros padres han muerto, somos un proyecto inconcluso. Vaughn puede retomar los experimentos que mis padres dejaron a medias, pero nunca sabremos qué es lo que pensaban hacer con nosotros.

Tu hermano y tú nunca fuisteis unos chicos corrientes.

No puedo seguir leyendo. Al menos por ahora.

Rowan lo nota y cierra el cuaderno.

—No tiene ningún sentido intentar entender cada palabra —me dice—. El doctor Ashby lo ha leído y hasta ha intentado reproducir alguna de las investigaciones que salen en él. Me ha dicho que a juzgar por la época en que lo escribieron, iban avanzados a su tiempo. Cree que habrían llegado a ser unos grandes científicos.

—Ya lo fueron —observo quedamente.

—No lo he dicho en ese sentido —se disculpa él—. Rhine, sabes que yo quería a nuestros padres.

Lo sé, pero necesito oírselo decir.

Me dejo caer sobre las almohadas y me tapo los ojos con el brazo para protegerme de la luz.

—¡Dios mío! —exclamo—. ¿Está todo esto ocurriendo de verdad?

El peso de su cuerpo hace vibrar el colchón al tenderse a mi lado. Nos quedamos callados.

—Nunca dejé de sentir que estabas viva —dice al cabo de un rato—. Creí que me estaba volviendo loco.

Me apoyo sobre el codo para mirarle.

—Pero ahora estoy aquí —respondo—. Ya puedes dejar de destruir esos laboratorios. De hacer creer a la gente que no hay esperanzas. Ya no tienes que hacer todo lo que Vaughn te diga.

Intenta sonreír, pero la sonrisa se borra de sus labios mientras me recorre la cara de arriba abajo con la mirada.

—Es mejor no hablar de eso ahora —dice—. Volvamos a la parte en la que los dos estamos vivos.

Me echo a su lado de nuevo.

—Lo estamos, ¿verdad? —le digo. Y no sé por qué, pero mis palabras me hacen reír, y él también se ríe, y por la pared acristalada se ven semáforos cambiando de color y gente abriendo de par en par las ventanas; ropa abrochándose y zapatos atándose; relojes y calendarios, y pescadores lanzando sedales al mar.

Vale la pena luchar por este mundo. Prenderle fuego a los restos, empezar de nuevo.

—Hay la cuestión de mi hijo y mi nieto —me murmura Vaughn mientras me subo a su avión privado—. No lo olvides.

Esta vez al despegar contemplo el mundo alejándose a nuestros pies. Contemplo la ciudad desapareciendo en la arena que a su vez es engullida por el mar.

—Es como en las postales de papá —observa Rowan.

La vista panorámica es clavada a ellas. Como las postales de mi padre cobrando vida. Y resulta curioso ver este mundo desconocido empequeñeciendo cada vez más mientras nos dirigimos hacia las nubes. Creer que este mundo desconocido no está sino lleno de extraños.

Llevamos una hora volando, Vaughn está ensimismado en sus notas. Se ha puesto los auriculares para aislarse. Ha pedido que nadie le moleste.

—Siempre lo hace —me explica Rowan—. Me gustaría saber en qué está pensando.

Yo en cambio estuve el año pasado durante mucho tiempo intentando no descubrir qué estaría cavilando Vaughn.

—¿Cómo te encuentras?

—De maravilla —me responde él estirando los brazos por encima del respaldo—. Oye, los otros no nos han acompañado por una razón. No todo el mundo puede saber las cosas que están pasando en este lugar. Los otros no saben lo del avión privado, lo de Hawái, ni nada de lo que te hemos estado contando desde ayer.

—¿Y no sospechan algo?

—La gente necesita sentir que alguien se ocupa de todo —responde—. Pero esos dos necesitan sentir que forman parte de un plan más importante. Saben que en estos momentos estoy trabajando con el doctor Ashby. Creen que me he ido con él para ayudarle a librarse de la competencia.

—A esa chica pareces gustarle mucho.

—¿Te refieres a Bee? Se me pega como una lapa.

Rowan observa mi mano izquierda mientras la alargo para coger el vaso de agua.

—Te estás preguntando por qué no llevo la alianza, ¿verdad?

—Se me ha pasado por la cabeza —responde él—. Pero cuando te dije que hablaras de ello sólo cuando te apeteciera, lo decía en serio.

—Anulamos nuestro matrimonio —le cuento.

Tomo un sorbo de agua, pero noto la boca tan seca que no me la refresca. ¿Cómo puedo explicarle la historia de mi matrimonio con Linden? ¿Debería omitir a Jenna y Rose? ¿El horror de ver a Cecilia dando a luz? ¿O él ya sabe estas cosas? ¿Son mis hermanas esposas los Sujetos A, B y C en las investigaciones de Vaughn? No sé si puedo soportar el pensamiento de resumirlas de este modo. Y tampoco sé si podré describirlas como se merecen.

—Me escapé de la mansión —le digo en su lugar—.

No lo hice por ser infeliz al lado de mi marido, sino porque quería volver a casa.

—¿Y conseguiste hacerlo tú sola?

Noto que se me encienden las mejillas mientras me pego las rodillas al pecho y me quedo mirando las nubes.

—Un sirviente se escapó conmigo. Yo…

No sé si está vivo o muerto. Eso es lo que iba a decir, pero el labio me tiembla y ahora, en lugar de tener la boca seca, noto ese sabor salado tan peculiar al nublárseme los ojos.

—¡Eh! —exclama Rowan tocándome el hombro.

Y en ese momento desdoblo las piernas y me arrojo a sus brazos llorando a lágrima viva. No es sólo por Gabriel. Es por todo. Lloro por el pelo rubio de Rose saliendo de la sábana que cubría su cuerpo, por el último suspiro de Jenna, por Cecilia inerte en brazos de Linden y por todas esas mañanas en las que me despertaba con el cuello del camisón empapado de las lágrimas que mi marido derramaba por la noche. Lloro porque todo esto ha sucedido por culpa de un hombre, un hombre al que yo veía como una criatura perversa, pero que me ha mostrado el mundo que me imaginé de niña. Lloro por estar alejándonos de ese mundo y por desconocer lo que me espera cuando aterricemos.

—¡Vamos, deja de llorar! Todo irá bien —me dice Rowan con tanta compasión que vuelvo a desmoronarme otra vez. Y aunque ambos hayamos crecido, aunque llevemos diferente ropa y él no sea exactamente como cuando le dejé, es la única certeza que me queda, y estoy aterrada porque siento que nos espera algo horrible.

Nunca me dejaba llorar de esta manera, pero ahora no hace nada para impedírmelo. Me rodea con los brazos y apoya la barbilla en mi cabeza. Me pregunto si se comporta así porque se siente como yo.

Hacia el final del vuelo Rowan se duerme, y se me ocurre que quizá me ha estado mintiendo sobre la prueba médica de ayer. Siempre ha visto como una debilidad no ser capaz de soportar el dolor.

Está sentado con la cabeza reclinada en mi hombro. Le rechinan los dientes, antes nunca lo hacía. Procuro no moverme para no despertarle.

Voy pasando las páginas del cuaderno de mi madre procurando no hacer ruido. Rowan y yo —el Sujeto A y el Sujeto B— fuimos fruto de una fertilización in vitro. No fuimos mellizos por casualidad. Nuestros padres necesitaban un varón y una hembra. Muchas de las notas son ilegibles o incomprensibles para mí. En los márgenes hay diagramas tachados con notas sobre el iridio. En resumidas cuentas, nacimos para un fin. Nacimos por la misma razón que Linden: para que nos curasen. Linden enfermó por los tratamientos experimentales de su padre, al igual que yo.

Si mis padres no hubieran muerto, ¿habría su desesperación aumentado con el paso de los años? ¿Se habría el presidente fijado en ellos? ¿Habrían tomado las mismas medidas que Vaughn? ¿Habían ya empezado a hacerlo?

Tengo otras razones para creer que Rowan y yo tuvimos una gran idea al enterrar los objetos de nuestros padres en el jardín trasero. Pero ahora ya es demasiado tarde para desear que ojalá mi hermano no los hubiera desenterrado.

El avión aterriza en una pista desconocida. Pero veo el mismo horizonte desolado de siempre, todo está envuelto en la bruma azulada del alba.

Rowan se mueve y se aparta de mí. Cierro el cuaderno y lo meto en su mochila.

—¿Dónde estamos? —pregunto.

—No muy lejos de casa —responde Vaughn—. Allí es adonde iremos.

—¿De casa? —repito. Es una palabra que puede referirse a cualquier parte y a ninguna a la vez.

—Sí, claro —responde él poniéndose en pie y dirigiéndose a la puerta del avión—. Siempre tendrás una casa. Ya te lo dije.

23

Rowan parpadea e intenta mantenerse tieso para no dormirse en la limusina. Y pese al terror y la zozobra que siento, yo también noto que se me cierran los ojos.

—Será la primera vez que nuestro Rowan vea la propiedad —dice Vaughn. «Nuestro Rowan.» No sé qué hacer con la rabia que sus palabras me provocan—. En cuanto los dos hayáis descansado, tienes que enseñarle la casa, Rhine. Todo está como cuando te fuiste, incluso esa horrenda cama elástica.

Por las ventanillas tintadas veo la verja de la mansión apareciendo de pronto. Estamos rodeados de árboles, algunos son reales y otros no son más que un holograma para dar la impresión de que no hay forma de salir del interior. La verja se abre y atravesamos con el coche los árboles ficticios.

—¿Vivías aquí? —dice Rowan mientras pasamos por delante del campo de minigolf.

Me pregunto si en el molino todavía quedarán restos de mi sangre de cuando intenté huir.

—Sí —respondo.

Vaughn se pone a hablar de que ha estado pensando adquirir caballos para llenar los establos de nuevo y me pregunta qué opino al respecto. No parece advertir que no le respondo, pasa a otro tema como si nada, hablando de lo bien que le sienta al jardín de rosas el calor del verano y de que hace un clima ideal para bañarse en la piscina. Aunque no tendré tiempo para nadar, añade. Al menos por ahora. Más tarde, sí podré. Más tarde habrá tiempo para todo.

La palabra «tiempo» ya no tiene el mismo significado para mí que antes.

Entramos en la mansión por la cocina, que está vacía y tenuamente iluminada. Cuando mi marido y mis hermanas esposas vivíamos en la casa, la cocinera estaba a esta hora atareada preparando el menú del día. Pero en el tercer trimestre del embarazo Cecilia desarrolló tantas aversiones a la comida que en un día especialmente malo podía devolver cuatro bandejas de desayunos sin probarlos siquiera.

Vaughn nos conduce al ascensor. Fue el que Gabriel detuvo para que yo pudiera contarle en su interior la historia de cómo me obligaron a casarme con Linden. ¿Estaba Vaughn escuchándonos y reuniendo la información que le permitiría encontrar a mi hermano? Ahora, al mirar atrás, veo lo estúpida que fui al revelar secretos en el interior de estas paredes.

Las puertas del ascensor se abren y espero encontrarme en la planta de las esposas. Incluso después de convertirme en la primera esposa y de ganarme la confianza de Linden para que me diera la tarjeta del ascensor, este piso y la planta baja eran los únicos lugares a los que podía acceder. Pero en esta ocasión me espera algo distinto. En vez del aroma a incienso, flota en el ambiente un olor a cuero y especias que no sé de dónde viene, aunque se parece un poco al olor que desprendía el baúl donde guardamos los objetos de nuestros padres.

Nunca antes había estado en esta planta. El suelo no está cubierto de lujosas alfombras, sino de madera noble oscura y reluciente. Las paredes son verdes y están decoradas con fotos con marcos dorados. Reconozco al instante en una de ellas a Rose y Linden de niños en el naranjal. Mientras avanzamos por el pasillo, los veo jugar juntos, alejarse corriendo de la cámara con las manos enlazadas. Los veo casarse, Rose lleva un ondeante traje de novia blanco que le queda ridículo y precioso a la vez en su cuerpecillo de niña, mientras Linden, incómodo ante la cámara, se concentra en la alianza que le está poniendo en el dedo.

Al final del pasillo la historia termina con una foto en la que aparecen con las frentes pegadas. Él tiene las manos posadas en la abultada barriga de Rose, pero el que hizo la foto la sacó antes de tiempo, porque ella está a punto de sonreír y ahora siempre se quedará así.

Rowan no se fija en las fotos. Tiene la mirada apagada y perdida.

—¿Rowan?

—¿Mmm...? —responde alzando la cabeza, pero sin girarla hacia mí.

Vaughn abre la puerta que hay frente a nosotros, revelando un dormitorio un tanto distinto a los de la planta de las esposas. En la pared se ven las marcas rectangulares que han dejado las fotos enmarcadas que antes colgaban en ella.

—Supongo que estás cansado —dice Vaughn a mi hermano rodeándole los hombros con el brazo y acompañándolo a la cama—. Esta habitación perteneció a mi hijo, pero incluso cuando está en casa apenas la visita. Supongo que le trae demasiados recuerdos.

En la habitación no queda ni rastro de nada que perteneciera a Linden. Sólo espacios vacíos que antes debieron de ocupar sus cosas.

Rowan se mete bajo las sábanas y se queda dormido en cuestión de segundos. Vaughn lo arropa hasta la barbilla como si mi hermano fuera un niño a su cargo, en lugar de un sujeto exhausto por los horribles tratamientos a los que le ha sometido.

—Tiene tu mismo temple —apunta—. Me ha sorprendido, no me imaginaba que se mantendría en pie durante tanto tiempo. Cualquier otra persona estaría reventada al menos durante dos días después de recibir la sedación requerida para el procedimiento retinal. Pero los dos habéis superado mis expectativas.

Contemplo a Rowan echado sobre el costado izquierdo. Siempre ha dormido en esta postura, dándome la espalda cuando compartíamos la cama.

—Pareces cansada —dice Vaughn—. Si quieres, te acompaño a tu habitación, pero esperaba poder hablar antes contigo un rato. Hay algo que me gustaría mostrarte.

Después del floreciente paisaje urbano de la ciudad hawaiana, de las notas de mis padres, y de mi hermano, no me imagino qué más me queda por ver. Como averiguarlo me resulta más soportable que afrontar sola la planta de mis hermanas esposas, acepto seguirle.

No puedo evitar sentir curiosidad por lo que hay tras las puertas cerradas del pasillo y me pregunto qué es lo que estaría ocurriendo bajo mis pies y sobre mi cabeza a diario mientras estuve encerrada en la planta de las esposas. La planta en la que estoy en cambio es casi como si perteneciera a otra casa.

Entramos en el ascensor y al abrirse de nuevo las puertas al cabo de unos instantes, no me sorprende descubrirme en el sótano. Su olor a productos químicos y sus luces parpadeantes ya no me aterran. Nunca confiaré en Vaughn, pero siento que ahora las cosas han cambiado. El mundo no es como creía y mi hermano está durmiendo arriba, y de algún modo sé que esta vez este lugar no me causará daño alguno.

En el sótano reina un silencio tan denso que puedo oír el crujido de los cristales de hielo quebrándose y desprendiéndose de las pestañas de las chicas que ya no volverán a parpadear. De las chicas que me trenzaban el pelo, que enlazaban sus brazos y piernas alrededor de mi cuerpo mientras dormíamos, y que me preguntaban cómo eran las luces de las fiestas en mis escasas veladas de libertad. Están aquí y no lo están a la vez.

Y ni la primavera misma, cuando despierte al alba,
se dará cuenta de que nos hemos ido.

A diferencia de dos de mis hermanas esposas, yo todavía tengo pulso. Me siento como una traidora.

—Las alucinaciones que hicieron que te autolesionaras me resultaron muy interesantes —observa Vaughn mientras avanzamos por el sótano—. Tu hermano tuvo algunas pesadillas (le pedí que llevara un diario), pero conservó la cordura, por decirlo de algún modo. En cambio de ti no puedo decir lo mismo.

Me mantuvo atada a la cama, me administró un montón de fármacos como si fuera una cobaya y tomó interminables notas. La única compañía que tuve en todo ese tiempo fue mi sirvienta enferma, que por lo visto se encontraba mucho peor que yo. ¡Y me habla de cordura!

—Esta vez me gustaría probar algo distinto —dice él—. Me gustaría darte más libertad. Se me ocurre que tal vez te traté como a un animal enjaulado. Me gustaría que viajases con tu hermano y conmigo mientras recibes tus tratamientos. Creo que te lo pasarás de maravilla.

No sé qué responder. Me da miedo admitir en mi interior que quizás esté dispuesta a hacer lo que me pide. Quiero ver más parajes del mundo que desconocía. Estoy empezando a creer en sus métodos para encontrar el antídoto.

—No hace falta que me respondas ahora —me propone Vaughn—. Antes de resolver este asunto, hay la cuestión de mi hijo y mi nieto.

Nos detenemos ante una puerta cerrada y de pronto el corazón me martillea. Las manos me empiezan a sudar. Sea lo que sea lo que haya detrás de esa puerta, sé que lo usará para extorsionarme.

—No puedo obligarles a volver a la mansión. Es Linden quien ha de tomar esta decisión —me atrevo a decirle.

—¡Qué modesta! —exclama Vaughn con sarcasmo dándome unos golpecitos en la punta de la nariz con el nudillo—. Sigues negándote a ver el poder que ejerces sobre mi hijo. Y quizá lo más importante, el que ejerces sobre tu antigua hermana esposa.

—¿Te refieres a Cecilia?

—Algo me dice que si Linden y Bowen no están aquí es sobre todo por Cecilia —observa él—. Ha sido toda una sorpresa para mí, porque ella era la más obediente.

Yo nunca habría descrito a Cecilia como obediente. Pero supongo que lo era con Vaughn. Él se ganó su confianza al ser el padre que nunca tuvo, y cuando descubrió al fin que la estaba usando, huyó lo más lejos y lo más deprisa que pudo. Y ahora nada la hará volver.

—Ella te hará caso —dice él—. Te seguirá a cualquier parte.

—Pero no me seguirá hasta aquí —replico.

—Esperemos que lo haga —responde abriendo la puerta.

Al principio no capto lo que estoy viendo. Estoy demasiado asustada para enfocar la vista. Pero luego veo una habitación como aquella en la que me mantuvo encerrada en el sótano, decorada con una ventana falsa que mostraría un horizonte falso si estuviera encendida. Pero la pantalla está apagada. ¿Qué sentido tendría encenderla si no hay nadie para contemplarla?

Veo una cama rodeada de varias máquinas con cables conectados a un cuerpo inerte respirando rítmicamente. Los líquidos coloreados fluyen en ambas direcciones por los tubos del gota a gota. Tiene la piel cetrina. Tiene la piel cetrina y mi cerebro no capta lo que es. No acepta que esto me esté ocurriendo, que el chico de la cama sea el mismo que me dio mi primer beso y que me mostró el atlas con un río que lleva mi nombre.

Gabriel. Me precipito a su lado.

Pero no hay nada que mi presencia pueda hacer. No la nota cuando deslizo mi mano por su rostro. Ni siquiera es consciente de que estoy aquí.

—¿Qué le has hecho?

—Es mi investigación más valiosa —responde Vaughn—. No podía dejarle escapar.

—¿Cuánto tiempo lleva aquí? —pregunto agarrando con fuerza la sábana intentando controlar mi rabia.

—¡Vete a saber! —exclama él como si fuera un engorro intentar recordarlo—. Pues el tiempo que llevas tú aquí. No advertiste que viajaba con nosotros de vuelta a casa porque te pasaste todo el trayecto durmiendo como un lirón. Pero está bien, si es lo que quieres saber. Se encuentra en un coma inducido del que lo puedo sacar fácilmente.

—¡Entonces hazlo! —le espeto apretando los dientes.

—Estoy seguro de que en cuanto se despierte volveremos a ser una gran familia feliz —dice Vaughn—. Una vez mi hijo haya vuelto a casa, claro está.

—Rowan —susurro. Antes cuando susurraba su nombre se incorporaba como un resorte, el menor ruido le hacía entrar en un estado de gran alerta. Pero los tratamientos de Vaughn lo han embotado. Me acerco a él gateando sobre el colchón—. Rowan —le llamo de nuevo zarandeándole por el hombro.

Hace una mueca de sorpresa y sus ojos tardan varios segundos en despejarse. Y entonces reacciona. Ve que estoy muy nerviosa.

—¿Qué te pasa?

—Me tengo que ir.

—¿Irte? ¿Adónde? —responde incorporándose.

—Tengo que encontrar a mi exmarido.

303

Mi exmarido. La palabra suena demasiado extraña y simple como para contarle toda la historia.

—¿Estás preocupada por algo? pregunta—. Iré contigo.

En este momento sería lo único que me reconfortaría. Pero sacudo la cabeza.

—No puedes. El Amo… —titubeo. ¿Cómo puedo llamar al hombre que ha causado todo esto? ¿El Amo Vaughn? ¿El doctor Ashby? Pero al final suena extraño llamarle de otra forma de la que me enseñaron—. El Amo Vaughn dice que debes quedarte aquí y descansar para controlar tu progreso.

—Es una estupidez. Estoy bien —afirma—. Hablaré con él…

—No —le interrumpo—. Haz lo que te pido. Te lo ruego.

No puedo levantar los ojos para encontrarme con los suyos. No puedo dejarle ver que hay cosas que por más que quiera no puedo contarle, porque no confío en la privacidad de estas paredes. No puedo dejar que vea que me están manipulando. No puedo poner en peligro la vida de Gabriel.

Pero Rowan sabe que me pasa algo.

Me pone una mano en el hombro y se me queda mirando hasta que levanto los ojos.

—¿Quieres que vaya contigo? —me pregunta.

Sí. Lo deseo con toda mi alma.

—No te preocupes, todo irá bien —le respondo—. El Amo Vaughn me ha prestado a su chófer. Quiere controlar tu progreso y asegurarse de que estás bien.

Pero lo que no le digo es que Vaughn está dispuesto a darme todo el tiempo que haga falta para convencer a su hijo y a su nuera de que vuelvan a caer en sus garras y que debo hacerlo porque, de lo contrario, Gabriel no abrirá los ojos nunca más.

—Me sentiré mejor si te quedas aquí y descansas —añado—. Además, tal como me dijiste, el Amo Vaughn nos ha estado ayudando muchísimo. Debemos confiar en él, ¿verdad?

Rowan apoya la cabeza en la almohada de nuevo.

—Ya no confío en nadie. Salvo en ti —me dice.

Siento un gran peso en el pecho por no poder contarle la verdad.

—Entonces confía en mí —le pido.

—Siempre lo haré.

Sabe que me pasa algo.

Lo noto, o quizá sea lo que yo desearía.

24

—¡Rhine! —exclama Cecilia saliendo a toda prisa de entre dos guardianes de la Madame. Me abraza con tanta fuerza que nos tambaleamos—. Jared nos lo contó todo. ¿Cómo te pudiste ir sin nosotros? No te imaginas lo preocupados que nos has tenido.

Lleva el perfume de las chicas de la Madame, pero sin apestar ni oler a decadencia. Luce un vestido cubierto de lentejuelas que le va demasiado grande y una sombra azul en los párpados que le da el aspecto de tener los ojos hundidos en las cuencas. De su cuello penden collares de cuentas de bisutería barata.

Lo único que se me ocurre mientras me abraza y me dice que me ha echado de menos es que no quiero obligarla a volver a la mansión. No quiero que se enfrente al hombre que mató a nuestra hermana esposa y que seguramente le provocó el brutal aborto. Estoy reuniendo valor para asegurarle que regresaré con ella a la mansión y velaré por su seguridad. Estoy intentando encontrar las palabras para decírselo, pero me siento demasiado culpable. Si le pasa algo a Gabriel, habrá sido por mi culpa. Y si le pasa algo a Cecilia, también.

Cuando nos separamos, parpadea y sus ojos desaparecen y vuelven a aparecer en todo ese azul.

—Llevas tu falda verde —observa ella—. Volviste a ese lugar, ¿verdad?

—Sí —le suelto para decírselo de una vez—. Quiere reunirse con nosotros en casa de Reed, para recoger a Bowen y a Elle.

La Madame nos observa entre una cortina de guardaespaldas desde una cierta distancia. Está lo bastante lejos como para no oír nuestra conversación, y la limusina de Vaughn me espera al ralentí fuera de nuestro campo de visión. Estamos a solas y ahora nadie nos puede oír ni grabar, y tal vez sea mi única oportunidad para contarle lo de Gabriel y lo que vi en Hawái, la aterradora y sorprendente realidad de que más allá de nuestro mundo hay más vida de la que nos han hecho creer.

Quiero contárselo. Me muero por contárselo a alguien, incluso a mi hermana esposa pequeña, que está atada de pies y manos como yo. Pero sé que no debo. En el pasado le revelé mis secretos y las consecuencias fueron tremendas. Este secreto es demasiado valioso. No puedo contárselo.

—El Amo Vaughn me atrapó después de haber encontrado a mi hermano —digo—. Ahora Rowan está en la mansión. Es una larga historia y me gustaría contártela, pero…

—Has venido para convencerme de que vuelva con Linden a casa, ¿verdad? No te preocupes. He reflexionado sobre ello y lo he hablado con él, y hemos decidido que no podemos seguir así, huyendo y dejando a Bowen atrás. Lo mejor para nosotros es volver a casa —admite abrazándome de nuevo.

Está exultante. No me acuerdo de la última vez que la vi tan feliz.

—¡No sabes lo contenta que estoy de que hayas vuelto! —exclama tirando de mí para llevarme a la feria de la Madame, llamando a gritos a Linden.

La anciana la sujeta por la parte de atrás del vestido al pasar Cecilia por su lado.

—¡No armes tanto alboroto, nena! —le suelta usando esta vez lo que me parece reconocer como su acento ruso—. ¿Es que quieres despertar a mis chicas?

Creo que es la primera vez que la oigo llamar a alguien «nena». Normalmente se dirige a sus chicas llamándolas «estúpidas» o «inútiles».

—¡Y sácate ese vestido! —añade—. Estás demasiado esquelética. Lo arrastras por el suelo.

Cecilia se toquetea la falda, indignada, pero sin perder su euforia. Esperaba que me costara más convencerla de regresar a la mansión, pero por lo visto Linden ha hablado con ella antes de mi vuelta. Por más testaruda que sea, siempre le seguirá a todas partes.

Lo encontramos en el tiovivo y empiezo a sospechar que el deseo de Cecilia de volver a la mansión tiene mucho que ver con intentar que su marido borre en lo posible los recuerdos de Rose. O tal vez quiere fingir que su suegro no es como ella cree para que así Linden pueda al menos seguir teniendo un padre.

Él ve mi reflejo en el eje metálico del tiovivo.

—Jared nos contó que has encontrado a tu hermano. Me alegro mucho.

—Gracias —le respondo con una voz tan apagada como la suya. Curiosamente, siempre nos hemos sentido de la misma forma—. Tu padre ha enviado el coche para recogernos. Espera que volváis a casa.

Se da la vuelta al oírlo. Sus ojos están sin vida. Tiene pinta de no haber dormido desde que me fui.

—¿Ah, sí? En este caso, Cecilia, ve a devolver el vestido y las otras cosas.

Ella sabe que no es más que una excusa para quedarse a solas conmigo y por una vez se va sin protestar.

En cuanto se marcha, él intenta hablar, pero no le salen las palabras.

—Yo también me he enterado de algunas cosas sobre mis padres que no me acaban de gustar —admito.

—Cuando era más joven, solía leer sobre el siglo veintiuno —dice él—. Quería conocer enfermedades como el cáncer, la distrofia muscular y el asma. Saber qué podía ser tan horrible como para desear librarse de ello a toda costa. ¿Sabías que el tratamiento para el cáncer era tóxico? Los padres preferían contaminar a sus hijos con ese tratamiento para intentar salvarles la vida antes que verlos morir. He estado pensando en ello y en lo que me dijiste sobre aquel poema y en que hace cientos de años la gente ya se preguntaba qué habíamos venido a hacer a este mundo. Creo que los humanos siempre hemos estado desesperados. Que siempre hemos estado dispuestos a hacer algo terrible para evitar la muerte. A lo mejor así es cómo un padre se debe sentir.

—¿Así es como te sientes respecto a Bowen? ¿Le lastimarías si creyeras que eso iba a ayudarle?

—Nunca me he visto obligado a tomar una decisión tan drástica —observa—. Pero no me lo puedo ni imaginar.

—Quizás uno *toma* escasas decisiones llevado por la

desesperación —señalo—. A lo mejor no podemos soportar perder a alguien sin intentar evitarlo. Nos negamos a dejar que las personas a las que queremos se vayan.

—A veces sí podemos hacerlo —responde mirándome, y a la luz del sol sus ojos cobran vida y se iluminan con tonos verdes y dorados.

Linden se va al encuentro de Cecilia y yo le digo que me reuniré con ellos pronto. Sé que no volveré a la feria de la Madame y quiero hacer algo antes de irme.

Descubro a Lila en la tienda verde, con los brazos metidos hasta los codos en un barril lleno de tinte naranja. La ropa gotea de un tendedero sobre su pelo.

—¿Sabes? —dice sin levantar los ojos—. He visto toda clase de chicas estúpidas, pero ninguna lo ha sido tanto como para volver al lugar del que se había escapado.

Su piel oscura tiene un tono verdoso. Se ha pintado los ojos con una gruesa capa plateada de maquillaje a juego con sus labios color escarcha.

—Por lo visto echaba de menos este sitio.

Lila se echa a reír, sosteniendo un retal cuadrado de tela hecho jirones y colgándolo en el tendedero.

—Conque ese chico es el tirano del que intentabas huir, ¿no?

—No es tan sencillo como parece —respondo. Su sonrisa irónica me incomoda—. Él nunca me hubiera hecho daño, pero eso no era una razón suficiente para quedarme donde yo no quería estar.

—No querías ser simplemente una bonita figura decorativa, ¿verdad? —observa ella sumergiendo un vestidito de niña en el barril.

A la Madame le debe haber dado ahora la manía por el color naranja. Le gusta que las niñas de la feria vayan a juego con sus antojos.

—Te entiendo perfectamente —afirma—. Mi marido tampoco fue un tirano. Y además no estaba mal, pese a ser de la primera generación.

Lila estuvo casada. No me sorprende tanto como era de esperar. Yo sabía que la habían raptado en la calle, y supuse que, como a Claire y Sila, la habían vendido a un burdel. Pero también podían haberla vendido como esposa. Lila es una obra de arte: sus dientes están bien alineados, sus ojos son sensuales y además es inteligente. Es una mercancía en un mar de chicas ajadas.

—Estuve con él durante años —prosigue—. No creí que pudiera escaparme. Si no hubiera sido por Loquilla me habría quedado a su lado hasta el final. Pero cuando me quedé embarazada de mi hija, supe que algo no iba bien. Mi marido quería que la matara en cuanto descubrimos lo que le pasaba. Creía que podíamos empezar de nuevo, tener otro bebé que no estuviera jodido. Por eso lo abandoné. Creí que valía la pena intentar criarla.

—¿Sabías que yo iba a llevarla a Nueva York, verdad?

—Era lo que esperaba —admite ella.

¡La esperanza, ese sentimiento tan arriesgado y glorioso! A estas alturas debería ya de haberse extinguido, pero lo seguimos manteniendo vivo. Como las chicas que desaparecen, pero que siguen respirando. Como las chicas que volverán a casa y las que ya no volverán. Esperamos cosas que tal vez nunca se cumplan y nos aferramos a la esperanza con ambas manos, porque es de las pocas cosas que no nos pueden quitar.

—Incluso ha hecho un amiguito —le cuento—. Creo que es feliz.

Lila escurre el vestidito, el tinte naranja gotea entre sus dedos como sangre.

—Me alegro —dice ella.

Le quiero proponer que se vaya de aquí ahora que la Madame está haciendo gala de una cierta humanidad, pero al final decido no hacerlo. Lila no da muestras de planear irse. Se ha acostumbrado a este lugar, tiñendo la ropa para crear el ambiente que a la Madame ahora se le ha antojado.

No me mira a los ojos y sospecho que su piel está amarilleando bajo todo ese maquillaje. Sospecho que sus días están tocando a su fin.

—Pasé un tiempo con tu familia —decido decirle solamente—. Desean que sepas que te quieren muchísimo, Grace.

Al mencionar su nombre real, deja lo que está haciendo, aunque sólo por un momento. Y luego amasa el tejido en el tinte con vigor.

—Gracias por dejar a Loquilla en mi casa —responde—. Espero que encuentres lo que andas buscando. Cuídate, Rhine.

Se le han empañado los ojos. Sé que no quiere que lo vea.

—Y tú también.

Cecilia y la Madame están plantadas en la entrada cogidas de las manos, hablando en voz baja. Encuentro a Linden un poco más lejos, con los ojos clavados en la noria.

—Es espectacular, ¿no crees? —me dice—. Cuando la miras parece como si fueras a oír las risas de los que se subieron a ella.

—A mí me pasa lo mismo —le respondo.

Cuando Cecilia nos ve, se separa de la Madame y nos saluda con la mano. Se ha sacado el maquillaje azul de los párpados y ahora los lleva pintados de gris.

—¿De qué estarán hablando? —le pregunto a Linden.

—Se han hecho amigas.

Normalmente es muy protector con Cecilia, pero ahora apenas parece interesarle esta relación. Incluso apenas parece estar despierto. Le han partido el corazón y sólo Rose se lo podría curar.

Mientras nos encaminamos a la limusina, Cecilia me enseña el bolso fucsia de seda que la Madame le ha dado, está lleno de cosméticos. No sé por qué está tan eufórica, tal vez sea porque sabe que pronto se reunirá con Bowen. En el viaje de vuelta no hace más que hablar de él. Apoya el cuerpo contra Linden y, haciendo oscilar el bolso sobre su cabeza, recuerda las cosas que más echa de menos de su hijo. Sus rizos. Su risa. Sus ojos color avellana que cambian cada día de tonalidad. Se pregunta si habrá empezado a gatear en el tiempo que ella ha estado ausente.

Linden contempla mis intentos de mantenerme despierta. He desembarcado de un avión, he descubierto a Gabriel en un lugar propio de una pesadilla, le he mentido a mi hermano, he viajado desde Florida a Carolina del Sur. Mi mente sigue despierta y febril, pero los músculos ya no me responden. El mundo avanza a cámara lenta. Las voces se oyen apagadas y lejanas. Oigo a Linden decirme algo como «Ven aquí» y siento mi mejilla pegándose a su rodilla y el mundo que me rodea se desvanece.

Un bache en la carretera me arranca de mi sueño. La limusina nos lleva por carreteras secundarias que ya sé reconocer. Cuando nos detenemos ante la casa de Reed, oigo la voz del chófer como si saliera de un altavoz en lo alto de la limusina diciéndonos que el Amo Vaughn ha ordenado que le esperemos aquí. Está ocupado en un proyecto importante y no estará libre hasta la noche.

Me pregunto si el proyecto será Rowan o Gabriel.

Cecilia abre la portezuela en cuanto el chófer la desbloquea y echa a correr hacia la puerta llamando a Elle y a Reed.

Tengo los músculos agarrotados y Linden espera pacientemente a que salga yo primero tambaleándome, y luego se apea también. Cierra la portezuela del coche tras él.

—¿Te encuentras bien? —me pregunta en cuanto la limusina se va.

—Sí.

—Me estás mintiendo —dice.

Me aparta el pelo de la cara, rozándome el cuello con los nudillos, y yo no sé cómo puedo seguir en pie. Quiero dejarme caer en sus brazos. Quiero contárselo todo. Me duele el cuerpo y el corazón, y a la vez estoy excitada por lo que he visto. Por la posibilidad de que haya un mundo mejor del que nos han prometido, y también estoy asustada.

Quiero que Linden se venga conmigo. Quiero que vea con sus propios ojos que no sólo nos espera la muerte o la curación.

—¿Linden?

—¿Qué?

—Hay algo que me gustaría enseñarte cuando pueda, pero si te lo dijera ahora seguramente no me creerías —le confieso contemplando la hierba meciéndose contra nuestros tobillos, llena de maleza de vivos colores—. Hasta que no lo veas con tus propios ojos tal vez creas que estoy loca por decirte esto, pero he estado pensando en lo que me dijiste. Y me alegro de veras de que hayamos nacido. No me imagino nada más importante que estar vivos.

Me atrevo a mirarle y no descubro más que una indecisa sonrisa.

—Necesitas dormir —responde simplemente.

No me cree, pero no pasa nada.

Ya lo verás, Linden. Verás las ciudades palpitando y cambiando de color según los momentos del día. Verás cómo el mundo era en el pasado y cómo será. Y entonces me creerás.

Oigo un fuerte chasquido como un disparo. Nos volvemos hacia el sonido. Oigo otro chasquido, y otro.

—¡Ven! —grita Linden, y echamos a correr hacia la parte trasera de la casa al advertir que el sonido viene de allí. Y al llegar jadeando descubrimos a Reed destrozando el gigantesco cobertizo con un hacha.

—Pero ¿qué estás haciendo, tío? —le pregunta Linden desconcertado.

Reed se detiene al vernos y nos saluda con la mano.

—¡Hola!, habéis vuelto. Venid a echarme una mano, chicos.

—¿Por qué estás tirando abajo el cobertizo? —insiste Linden.

—¡El avión está listo para volar! —tercio yo entusiasmada.

—Exactamente, muñeca. Hay más hachas en el otro cobertizo.

Cecilia sale de la casa con Bowen sentado a horcajadas en su cadera.

—¿Qué es todo ese jaleo? ¿Qué está pasando? —dice entregándole al niño a Elle.

—Vamos a volar, nena —anuncia Reed dándole un hachazo al cobertizo y haciéndolo temblar.

No sé si Linden desaprueba lo que estamos haciendo, pero se une a nosotros de todos modos. Seguimos intentando echar abajo el cobertizo durante una interminable hora, o al menos eso me parece, hasta sudar a mares y quedarnos sin aliento, y me pregunto cómo es posible que cueste tanto derribar algo que apenas se mantenía en pie.

—Un empujón más y creo que lo conseguiremos, chicos —nos anima Reed—. ¡A la una, a las dos y a las tres!

Con las últimas fuerzas que nos quedan, empujamos con nuestros cuerpos la misma pared de madera. A Cecilia le resbalan los pies en la hierba y patalea para no caerse.

A lo largo de mi vida he visto un montón de construcciones destruidas, pero ninguna se ha derrumbado de esta manera. Es increíble la forma en que el cobertizo se ha ido inclinando como si fuera una página cerrándose. Linden tira de Cecilia y de mí para que no corramos ningún peligro, y contemplamos las paredes resquebrajarse y astillarse alrededor de la figura del avión. Los trozos de madera caen levantando una nube de polvo y suciedad.

Reed se ocupa de limpiar los escombros que han caído sobre el avión. Cecilia no para de soltar risitas porque es lo más asombroso que ha visto en su vida, no le había creído al decirle él que en el cobertizo escondía un avión.

Cuando por fin conseguimos limpiar todos los restos de madera de las alas y el cuerpo del avión, el sol está ya empezando a declinar.

—¡Todavía hay suficiente luz para volar! —exclama Reed trepando a la puerta abierta que da a la cabina de mando.

—¿Estás seguro de que se pondrá en marcha? —pregunta Cecilia.

—Ahora lo comprobaremos. Sube —dice él.

Ella se dirige entonces al avión, pero Linden la agarra del brazo.

—No subas, cariño. Es peligroso.

Ella se zafa de él.

—Quédate tú en tierra, si quieres —le suelta—. Estoy harta de que nunca me dejes hacer lo que deseo.

—Cielo…

—Será divertido —dice ablandándose al ver que Linden está dolido por su reacción—. Una pequeña aventura.

Él, encorvándose, la atrae hacia su cuerpo y ella se pone de puntillas para pegar su frente a la de su marido.

—¡Casi te perdí en una ocasión! —exclama él.

—No pasará nada —le tranquiliza ella besándole—. ¡Quién sabe si volveremos a tener otra oportunidad como ésta!

A Reed le fastidia esta escenita conyugal. Pone en marcha el motor y la pequeña hélice del morro del avión empieza a girar. El suelo vibra, enviando las ondas a través de mi cuerpo. Los gases que emana el avión nos hacen toser.

—¡Cobardes! —nos suelta Reed. Pero cuando está cerrando la puerta del asiento del copiloto, me cuelo en la cabina.

—Te acompaño —grito. Subirme a este avión tan ruinoso pilotado por Reed sin despegar de una pista no será la mayor locura que haya vivido esta semana.

—¡Aquí no hay una pista! —protesta Linden intentando apelar a mi sensatez—. Y mi tío nunca ha pilotado un avión.

Reed cierra la puerta de un portazo y da unas palmaditas en el asiento vacío del copiloto. La cabina de mando está tan abarrotada que incluso he de agacharme un poco. Hay más indicadores de los que puedo contar, palancas apuntando hacia distintas direcciones, pero los pedales me recuerdan ligeramente a los de los coches.

—Serás mi copiloto —apostilla señalando de nuevo el asiento que hay junto a él.

El motor hace vibrar el avión. El corazón me martillea en el pecho, pero es la mejor manera de cumplir mi sueño. Me muero por volar hacia aquel horizonte. Me he pasado toda la vida en tierra con la cabeza alzada al cielo. Me he pasado muchas tardes saltando en la cama elástica de Jenna intentando llegar lo más alto posible. Y ahora que ya he saboreado mayores alturas, creo que nunca me cansaré de volar.

Pero a Linden sigue sin gustarle la idea.

—¿Has volado alguna vez? —le pregunto a Reed.

Él pone cara de ofendido.

—He leído manuales —afirma—. Sé para qué sirven todos esos indicadores e interruptores. Y además he viajado en avión, sabes de sobra que en mi infancia eran muy corrientes. No me mires así.

Cecilia aporrea la puerta, y cuando Reed la abre, se mete en la cabina con Linden pegado a sus talones.

—Le he convencido para que se suba —dice ella.

Él no se ve tan entusiasmado como Cecilia.

—¡Así me gusta! —exclama Reed dando unas palmaditas al asiento del copiloto que me había prometido a mí—. La mejor forma de afrontar vuestros miedos es plantarles cara gozando de la mejor vista de toda la casa.

Linden ocupa el asiento del copiloto y Cecilia le desliza las manos por entre el pelo, le besa en la coronilla y le dice algo en voz baja. Veo la nerviosa sonrisa de Linden reflejada en el cristal.

A Cecilia y a mí, de pie a su lado, apenas nos queda sitio.

—Chicas, tendréis que sentaros en la parte de atrás, al menos durante el despegue —nos advierte Reed.

Las dos cruzamos la cortina que da a la abarrotada cabina de los pasajeros y nos sentamos la una frente a la otra, con las rodillas pegadas. Cecilia se agarra al borde del asiento.

—¡Estoy aterrada! —exclama como si fuera la sensación más fabulosa que pudiera tener.

El avión empieza a dar sacudidas y a resoplar, pero con todo se mueve, y Cecilia pegando un chillido se agarra a mi falda como si fueran las riendas de un caballo. Por las ventanillas ovaladas de los flancos vemos la hierba deslizarse a toda velocidad, la casa se aleja por momentos. Elle, plantada en medio de la hierba, pega la cabecita de Bowen a la curva de su cuello para protegerle del viento que desatamos al avanzar y despegar.

No volamos a tanta altura como a la que subí con el avión privado de Vaughn, pero vemos la parte de arriba de la casa de Reed y luego nos elevamos lo bastante como para no percibir las grietas de la carretera o los hierbajos, ni distinguir cuáles son los árboles que se están muriendo. Desde aquí arriba todo se ve sano y en buen estado.

Cuando Cecilia y yo asomamos la cabeza por la cortina, vemos a Reed riendo y a Linden blanco como la pared.

—¿Lo ves? —dice Cecilia—. No es tan horrible como creías.

Linden pone una cara como de estar a punto de vomitar. Tiene los ojos clavados en el suelo. Me meto apretujada entre los dos asientos de los pilotos.

—Haz como si no fuéramos a aterrizar en este lugar —le digo—. Como si fuéramos a cruzar el océano para viajar a un lugar donde todo el mundo vive hasta ser centenario.

Como respuesta Linden alza los ojos a la altura del parabrisas por primera vez.

Volamos sobre campos vacíos, lagunas grises y algunas casas diseminadas. Trazamos en el aire una larga curva que nos acaba llevando de vuelta a casa de Reed.

Linden está todavía demasiado nervioso como para hablar, pero empieza a captar que está volando, que hay más mundo del que podemos ver desde un solo lugar.

Me inclino hacia él y ahueco la mano alrededor de su oído.

—El mundo es más grande de lo que crees —le cuchicheo.

Gira la cabeza para mirarme y nuestras narices casi se tocan. Ve mi sonrisa, ve que tengo un secreto, y creo que me entiende.

—¿Ah, sí? —responde.

Cecilia y Reed están charlando animadamente, señalando excitados con el dedo la escena aérea, sin fijarse en nosotros.

—He visto otro mundo —le cuento—. Sé que no vas a creerme, pero a mí me pasó lo mismo.

El escepticismo de sus ojos se entremezcla con un ramalazo de esperanza. Hace un año no se habría atrevido a esperar que hubiera nada más allá de las paredes de la mansión. Ojalá haya sido yo en parte la que le haya hecho cambiar de opinión.

—Has sido una caja de sorpresas desde el primer día que te conocí —apunta él.

—Pero no todas han sido malas, ¿verdad?

—La mayoría han sido buenas —responde—. Pero he adquirido la costumbre de creerte cuando no debería haberlo hecho.

—Dame una oportunidad para que te lo demuestre —le respondo—. Dame un poco de tiempo.

—A ti siempre te daré una oportunidad.

Endereza la espalda para mirar más allá del morro del avión, pero la expresión de felicidad que estaba adquiriendo su rostro se esfuma de golpe. Por la ventanilla veo la limusina de Vaughn serpenteando por las carreteras secundarias que llevan a la casa. Es el único coche que circula por ella. Desde aquí arriba parece un pez nadando a contracorriente.

—¡Mi padre! —exclama Linden.

Y aquí acaba su mayor acto de rebeldía. Comprende

que por más lejos que huya o por más alto que vuele, siempre tendrá que volver a casa.

—Nunca me llegué a enterar de cómo se aterriza —refunfuña Reed—. Volved a vuestros asientos, chicas. He de apañármelas para aterrizar con este cachivache —nos grita a Cecilia y a mí a través de la cortina.

El avión empieza a dar sacudidas, y cuando volvemos a nuestros asientos, los intentos de Reed para aterrizar hacen que Cecilia y yo nos agarremos la una a la otra horrorizadas. Noto el golpe al tocar tierra firme y luego es como si cruzásemos a toda velocidad el campo que hay detrás de la casa de Reed sin poder parar, y cierro los ojos esperando que no nos estrellemos contra ella.

Apoyo las piernas contra los asientos contiguos, pero cuando el avión da su última sacudida, pese a intentar evitarlo con todas mis fuerzas, salgo disparada por la diminuta cabina y Cecilia choca contra mí. El armario de las provisiones se abre de par en par y nos cae una lluvia de paquetitos de comida envuelta en papel de aluminio y de pañuelos con lotos bordados.

Por unos instantes se produce un denso silencio. El motor ya se ha detenido, pero algunas cosas todavía siguen traqueteando y silbando bajo nuestros pies.

—¿Estáis todos vivos? —nos pregunta Reed.

Salimos dando traspiés de la cabina de mando y bajamos a la hierba. Me duele el hombro, pero aparte de esto, estoy entera. Cecilia se palpa la muñeca, supongo que le duele por la forma en que se ha agarrado para no caer en el último segundo.

Linden se lleva la mano a la sien y al retirarla vemos que está manchada de la sangre que le gotea por la cara.

—¡Oh, estás sangrando! Déjame ver —exclama Cecilia.

Él da un paso hacia ella.

Después de esto, todo ocurre a cámara lenta. Él levanta el pie para dar el siguiente paso, pero cae fulminado al suelo. Estoy segura de oír el sonido de sus huesos al impactar contra el suelo.

Está con los ojos cerrados, echando espuma sanguinolenta por la boca, convulso.

Cecilia se desploma junto a él gritando su nombre, pero le da demasiado miedo tocarlo. Y a mí también me da pánico moverlo.

Reed da un paso hacia delante, pero se para en seco al ver a Vaughn corriendo hacia nosotros.

—¡Linden! —grita—. Hijo… ¡No le toquéis! ¡No le toquéis!

Repite estas palabras una y otra vez, jadeando, susurrándolas mientras se agacha sobre la alta hierba y obliga a Cecilia a apartarse. Ella se aleja un poco, gateando, y luego se lo queda mirando sin saber qué hacer.

Linden sigue convulso, emitiendo unos sonidos sibilantes, y no estoy segura, pero creo que intenta respirar. Y Vaughn, el único de nosotros que debería saber qué hacer en estos casos, está aterrado. Sus manos se ciernen sobre el rostro de su hijo, deseando tocarle, tranquilizarle, pero sabe que no hay nada que hacer. Que la herida de su hijo es mucho más seria de lo que implican las heridas externas.

A Linden le sangran los oídos y la escena es tan horrenda, tan inimaginable, que intento decirme que no es más que una ilusión óptica causada por la luz. Pero no lo es. También sangra por la boca. Se está ahogando en su propia sangre.

Hay un hombre que se ahogará por ti, me dijo Anabel, la adivina, con la luz de sus tesoros de metal y de plástico danzando a nuestro alrededor.

Y de repente deja de moverse y Cecilia gime «¡Díos mío, Dios mío, Linden!», porque es la primera en comprender que ha dejado de respirar. Vaughn le pide que se calle y ella le obedece. Le toma el pulso a su hijo y le limpia la sangre y la espuma de la boca. Palpa su cuerpo para inspeccionar si tiene alguna costilla rota y luego le presiona el pecho con las manos cerradas para que sus pulmones que han dejado de funcionar reciban oxígeno. Pese a todos los instrumentos que ha usado, el equipo que ha creado y las soluciones que ha encontrado, ahora todo cuanto tiene para salvar a su hijo son sus propias manos.

Pero no le bastan. Hasta yo lo sé. El sol poniente lo tiñe todo de color dorado. El avión diminuto. Los rizos de Linden.

Pero Vaughn persiste. Sigue y sigue. Pero yo sé que todo ha acabado cuando oigo sus potentes sollozos de barítono. Nunca antes lo había visto llorar. Ni siquiera creía que fuera capaz de hacerlo. Para que a Vaughn Ashby le saltaran las lágrimas tendría que pasar algo peor que el fin del mundo.

25

Contemplo a Vaughn cogiendo a Linden en brazos seguramente igual que cuando su hijo era pequeño. Observo los miembros sin vida colgando fláccidos, la boca abierta y silenciosa que una vez me dijo «Te quiero». Contemplo a Vaughn llevándoselo a la limusina y gritándole al chófer, que se apresura a ayudarle en lo que ya no le puede ayudar. Observo la portezuela cerrarse. La limusina empequeñeciendo hasta desaparecer.

Y entonces, sólo entonces, me derrumbo cayendo de rodillas al suelo.

Cuando Vaughn regresa por la noche, le oigo abrir la puerta de la entrada con brusquedad. Sus pasos retumban por la casa y su voz es un siseo. Le espeta a Reed que nunca, nunca más le dejará ver a los chicos. Los chicos de los que está hablando somos Cecilia, Bowen y yo. Reed está destrozado. No dice nada. Permanece en la cocina rodeado de los tarros de conserva donde las sandías y las semillas están brotando llenas de vitalidad como había planeado. Él siempre ha sido el que ha hecho vivir a las cosas, mientras que su hermano era el perverso. Su hermano era el que mataba, pinchaba y destruía. Siempre había sido de esta manera, así eran los dos.

Estoy en la sala de estar, a oscuras, en un sillón que apesta a puros. Cecilia ha desaparecido. Como la puerta de la habitación del piso de arriba no tiene cerrojo, la ha bloqueado con el tocador. Ni siquiera sale para ocuparse de Bowen, que ha estado llorando casi media hora antes de que Elle encontrara algo para distraerle en la biblioteca. Es una cuidadora muy habilidosa, capaz de abrir un manual sobre distintos modelos de aire acondicionado y hacer como si lo estuviera leyendo, señalando con el dedo las imágenes mientras se inventa una historia sobre ángeles y estrellas fugaces. Hace un rato me dediqué a escuchar su voz infantil llegando de la planta de abajo mientras me concentraba en una grieta del techo. Me ayudaba a evadirme por un rato de mis horribles pensamientos.

Vaughn pasa por mi lado rozándome, como si no se hubiera percatado de mi presencia.

—¡Diles que se suban al coche! —me suelta, aunque sin tan sólo girar la cabeza hacia mí.

La puerta mosquitera se cierra de un portazo tras él. Oigo el crujido de una tabla de madera del suelo, y cuando acabo de bajar las escaleras, veo a Cecilia plantada en el rellano de arriba. Está demasiado oscuro como para verle la cara. Todo cuanto percibo es el brillo de sus ojos mirándome. Lleva el bolso fucsia colgado del hombro y la maleta de Linden en la otra mano. Cuando viajamos a Carolina del Sur, nos llevamos ropa y provisiones, pero dejamos en casa de Reed la leche en polvo de Bowen y los cuadernos de dibujo de Linden.

—¿Es hora de irnos? —pregunta ella.

Son las primeras palabras que me dice en toda la noche. Tal vez sean las primeras que ha pronunciado desde que se ha convertido en una viuda de catorce años.

—Sí.

—Elle —dice llamando a su sirvienta sin levantar la voz ni volverse al bajar las escaleras para comprobar que ella le siga.

No nos despedimos de Reed, pero al volver la cabeza lo veo en la cocina, con los ojos clavados en la mesa. «Tú no tienes la culpa de lo que ha pasado», le quiero decir. Quiero creer en ello, igual que quiero olvidar que era yo la que debía viajar en el asiento del copiloto, y que la sangre en el parabrisas debería haber sido la mía.

Cecilia no despega los labios mientras nos dirigimos a la limusina que nos espera al ralentí. De su boca no ha salido nada en toda la noche, ni un murmullo, ni un sollozo. Pero de pronto al mirar el coche esperándonos, ve los asientos de cuero donde hace sólo unas horas los tres nos habíamos sentado al volver de Carolina del Sur. El coche huele como la mansión. Como el último año de nuestras vidas.

Se gira para mirarme, como si me preguntara qué pienso de esta pesadilla.

Veo que no ha llorado. No sé si es una reacción sana, pero yo tampoco lo he hecho.

Abre la boca para hablar, pero sólo sale de ella un débil graznido. Elle y Vaughn están esperando a nuestras espaldas.

—Sube —le digo bajito—. Voy detrás de ti.

Asiente con la cabeza y se sienta junto a la ventanilla.

Yo la sigo. Y luego Elle con el bebé durmiendo en brazos. Cecilia mira a su hijo.

—¿Qué nos va a pasar? —pregunta con la voz entrecortada—. Le di a Linden todo cuanto tenía.

—¡No seas estúpida, Cecilia! —le espeta Vaughn—. No tenías nada que darle. No eras nada entonces y tampoco lo eres ahora —añade cerrando la portezuela del coche.

«¡No le hagas caso!», me gustaría haberle dicho de haber tenido el valor. Cecilia aprieta las mandíbulas, agarra con fuerza la correa del bolso y, mirando por la ventanilla, se queda con los ojos clavados en el paisaje.

Al regresar a la mansión no veo a Rowan, y no soy tan estúpida como para preguntarle a Vaughn por Gabriel, porque podría desfogar su ira en él. Temo que puedo matarlo para demostrar que es él quien manda. En cualquier caso, el Amo se ha esfumado ya cuando el sirviente abre la portezuela del coche para que salgamos. Nos acompaña a la cocina, que está vacía y ordenada, aunque huele ligeramente a comida. Creo que Vaughn había previsto una cena familiar.

Cuando nos metemos en el ascensor, el sirviente me entrega una tarjeta electrónica con una cadenita plateada. Es la misma que Linden me dio cuando decidió convertirme en su primera esposa.

—El Amo Vaughn me ha dicho que vengas conmigo —le dice el sirviente a Elle.

Cecilia toma a su bebé en brazos y la bolsa de los pañales antes de que la chica se aleje.

Sólo nos queda un lugar adonde ir. Deslizo la tarjeta electrónica por el panel y las puertas del ascensor se abren. Pulso el botón que nos llevará a la planta de las esposas.

Durante lo que me parecen horas me quedo sentada en la biblioteca escuchando los brutales sollozos de Cecilia. Por fin ha reunido el valor para llorar la muerte de Linden, pero todas las veces que llamo a su puerta diciendo su nombre, se calla esperando que la deje en paz.

Deambulo por los pasillos, echando de menos el fragante aroma del incienso, sin él no me siento bienvenida. Al final me meto en mi antigua cama y cierro los ojos bajo la luz de la lámpara de la mesilla de noche. En lo más hondo de mí no consigo encontrar el valor para llorar su muerte. Me hundo en un sueño donde Linden está tumbado en la arena húmeda de Hawái, con la piel cetrina y los ojos cerrados. La imagen se va acercando como si pulsara el disparador de una cámara. *Clic, clic, clic.* Cien fotos de un chico exánime.

Abro los ojos dando un grito ahogado.

Oigo un crujido junto a la puerta y al volver la cabeza me encuentro a Cecilia plantada en el umbral. Tiene la cara enrojecida y se retuerce nerviosamente las manos. El pelo húmedo se le pega a las mejillas como dedos huesudos y cobrizos intentando llevársela. Abre la boca para hablar, pero los labios le tiemblan y sólo prorrumpe en sollozos.

—Ven aquí —le digo con voz quebrada. Se acerca lentamente y yo aparto la manta para cubrirnos las dos con ella.

—¡Ahora sólo nos tenemos la una a la otra! —exclama al cabo de un rato. Y luego rompe a llorar de nuevo, y yo intento consolarla diciendo: «Lo sé» y «Cuenta conmigo», porque así no tendré tiempo para afrontarlo yo. Hay un lugar oscuro llamándome, pero todavía no lo visitaré. Sé que no podré regresar de él.

Al fin se sumerge agotada en un sueño tan frágil que incluso una vez la despierto sin querer con mi respiración. La noche va discurriendo. No se presenta nadie a apagar las luces del pasillo. Ni a traernos la cena. Ya nadie nos mantiene encerradas en esta habitación y me parece imposible que alguna vez hubiera deseado que fuera como ahora.

Me despierto de mi liviano sueño cuando Cecilia se mueve acercándose a mí. Estoy echada dándole la espalda, pero noto el movimiento del colchón. Su respiración se acopla al diluvio que ha empezado a caer fuera. Me pasa los dedos por entre el cabello. Cree que estoy dormida y procura no despertarme. Sólo necesita tocarme el pelo para hacerme trencitas y luego deshacérmelas, así las manos le dejarán de temblar. Sólo necesita no estar sola.

Y yo no muevo ni una pestaña porque también lo necesito.

El año pasado cuando estaba en esta cama, medio dormida, Linden se acostó a mi lado. Sentí su cálida piel, olía a alcohol y a los dulces recubiertos de chocolate que habíamos llevado a casa. Fue cuando pegándose a mi cuerpo me pidió que no le dejara.

Yo creía tenerlo todo bien planeado. Me escaparía. Había repasado una por una todas las escenas que se me ocurrieron. Pero nunca me imaginé que fuera él quien me dejara a mí. Nunca creí que estar sin él me doliera tanto.

Los músculos se me tensan. Prorrumpo en sollozos y me sorprendo al oír su nombre saliendo de mi boca.

Cecilia también está llorando. Los sonidos horrendos que emitimos reverberan unos en otros. No sé cuánto tiempo estamos así, hasta que ella se levanta de la cama. Enciende la luz del baño, pero cierra la puerta, reduciendo la luz a una fina línea.

Oigo el sonido del agua durante mucho tiempo. Escucho los sollozos de Cecilia trocándose en gimoteos y de vez en cuando en tos. A los pocos minutos abre la puerta del baño, temblando, con la silueta recortada bajo el dintel. Está con el pelo y las manos chorreando.

—Cuéntame la historia de los mellizos —me ruega.

—¿Qué?

—La de tu hermano y tú —dice—. Cuando tus padres murieron, ¿qué hiciste? ¿Cómo llegaste a superarlo? Dímelo. Dímelo. Porque estoy segura de que el dolor que siento me va a matar.

La última vez que le conté la historia, Cecilia me traicionó. Pero ahora ya no es la misma chica de hace meses, a la que Vaughn coaccionaba fácilmente prometiéndole que seríamos una familia feliz. Ahora los brutales acontecimientos le han abierto los ojos.

—Un sentimiento no puede matarte —afirmo—. Los mellizos pensaban lo mismo que tú y sin embargo siguen vivos.

—¿Cómo es posible?

Me acerco a ella para que vuelva a la cama, pero me dice que necesita que le dé el aire y me lleva al pasillo y

331

luego al ascensor. Recorremos el laberinto de pasillos, cruzamos la cocina y salimos al jardín de las rosas. Creo que esperaba encontrar algo en este lugar, pero no está.

—¡No puedo respirar! —barbotea agarrándose a la barandilla de la glorieta en la que nos casamos.

Me quedo a su lado, llena de empatía y culpa, recordando el día en que creí que esta esposa caprichosa era incapaz de tener sentimientos.

—Sigues respirando —le recuerdo.

Sacude la cabeza.

—Sé cómo te sientes.

—No lo creo —dice deslizándose hacia delante hasta apoyar el rostro en la barandilla.

Su espalda se mueve con su pesada respiración. En el aire flota el aroma primaveral a tierra húmeda, todo está mojado por la lluvia reciente.

—No lo creo —repite con un hilo de voz.

No me atrevo a tocarla. Por desgracia sé lo que es perder a alguien. Tal vez lo único peor que hay es ver a alguien pasando por lo mismo: con sus horrendas etapas hilvanándose como un coro que hay que cantar.

Le lleva un buen rato ver que los pulmones, el corazón y la sangre le seguirán funcionando. Nada se detendrá. Nadie se ha muerto por un sentimiento, de lo contrario el virus no sería nuestra mayor amenaza.

Me siento en un escalón húmedo para esperarla y recuperar la calma. Yo también respiro entrecortadamente, la cabeza me da vueltas y estoy aturdida. Intento reconocer alguna constelación, pero esta noche no consigo ver ninguna. No puedo recordar lo que significan.

Por un tiempo todo me parece silencioso e irreal.

Pero de súbito me vienen a la cabeza pensamientos de lo que me espera mañana. Haré la cama... ¿y luego qué?

Cuando Cecilia llega para sentarse a mi lado, nos quedamos con las cabezas pegadas, y le cuento el final de la historia de los mellizos. Uno prende fuego al país loco de dolor. Y la otra acaba amando a su captor.

26

Desde la biblioteca es desde donde hay la mejor vista del naranjal.

La mañana es una fotografía gris de un mundo gris donde siempre llueve. Cecilia y yo, plantadas junto a la ventana, contemplamos a Vaughn cavando la tumba de su hijo.

—El naranjal es un buen lugar —observa Cecilia—. Rose siempre lo encontrará en él —añade con la voz quebrada.

En esta casa han muerto muchas personas, pero sus cuerpos nunca fueron enterrados. Linden me contó una vez que su padre dijo que el virus podía ser malo para la tierra, pero yo nunca me tragué esta versión. Estaba segura de que Vaughn usaba los cuerpos para sus experimentos. Pero después de estar trabajando sin descanso durante veintidós años para salvarle, Vaughn va a dejar por fin a su hijo en paz.

Linden reposa en una camilla cubierto con una sábana blanca y por alguna razón me preocupa que se vaya a quedar empapado por la llovizna que está cayendo.

Va a ser una tumba poco profunda, pero bastará.

Quedará sitio para que las raíces se extiendan y para que la vegetación crezca sobre él.

Cuando Vaughn levanta el cuerpo de la camilla, Cecilia me agarra de la camisa con fuerza con ambas manos. Los músculos se me tensan. El Amo se arrodilla junto a la tumba y al principio creo que va a depositar a su hijo en ella y acabar de una vez con esta horrenda escena, pero de pronto le aparta la sábana de la cara. La mente se me embota. Este cuerpo inerte es Linden y al mismo tiempo no lo es.

Abraza a su hijo, lo mece en sus brazos, agarrándolo con desesperación. Cecilia hace el amago de esconder su cara en mi manga, pero de pronto cambia de opinión y se obliga a contemplar la escena. Debemos hacerlo. Linden nos ha pertenecido…, debemos hacerlo. Vaughn levanta la sábana de nuevo, deposita el cuerpo en el hoyo y lo cubre de tierra.

Y lo entierra, mi corazón es una piedra sepultándose en mí.

En el tiempo que estuve con Linden le dije muchas cosas. Le conté mentiras y le susurré intimidades en la oscuridad de mi habitación. Me reí, me enojé, charlé con él en las fiestas y de vez en cuando le dije la verdad.

Pero ahora no digo nada. Sólo se oye el suave repiqueteo de la lluvia cayendo sobre la mansión.

Cecilia aparta los ojos de la ventana y desliza los dedos por la mesa donde las tres hermanas esposas tomábamos el té. Oigo un débil gimoteo cuando sale de la habitación.

Me quedo el resto de la mañana en la biblioteca, acurrucada en el mullido sillón que siempre ha sido mi preferido, leyendo una de las novelas románticas que a Jenna le encantaba. De vez en cuando oigo las notas de una canción que Cecilia toca en el teclado, pero sólo durante unos segundos, porque le cuesta demasiado. No tiene fuerzas para tocarla entera.

Ella tenía razón. No tiene ningún sentido celebrar un funeral. Linden se ha ido y yo lo vi irse, pero sigo sintiendo que está en algún lado. Todo cuanto hay en mí me está diciendo que salga a buscarlo y lo traiga de vuelta.

Afuera está tronando. Relampaguea. Intento no pensar en Linden ahí solo. Intento leer lo que pone en la página, pero ya casi voy por la mitad de la novela y no me acuerdo de un solo nombre, de una sola palabra de la trama.

Un sirviente viene a buscarme. Es de la primera generación, como la mayoría. Se queda en el umbral un buen rato, titubeando. Quizá cree que soy la viuda del patrón y que me derrumbaré y me echaré a llorar si no me aborda con tiento. Conque se me queda mirando, y yo me quedo mirando la página.

—¿Qué quieres? —le pregunto sin levantar la cabeza.

—El Amo desea verte en la planta baja y me ha pedido que te acompañe.

Cierro el libro y lo dejo en el sillón, sin saber si los desesperados enamorados conseguirán reunirse de nuevo o ya no volverán a verse nunca más. Jenna decía que estas historias románticas siempre tenían un final feliz o trágico. «¿Acaso hay algo más en la vida?», añadía.

De algún modo no puedo evitar estar enojada con ella por haberse ido sin mí.

Suena la campanilla del ascensor mientras las puertas se abren y Cecilia sale de su dormitorio. Se ha puesto el camisón y lleva el pelo alborotado. Espero que signifique que ha estado durmiendo.

—¿Adónde la llevas? —le pregunta al sirviente.

Él no sabe qué responder para no meter la pata. A Cecilia suelen darle rabietas y seguro que Vaughn está hoy en pie de guerra sin siquiera habérselas tenido que ver con ella.

—Sólo voy a la planta baja —le digo.

—¡No vayas! —me advierte—. Si vas, ya no regresarás.

—Claro que volveré.

Sacude la cabeza con furia, bloqueando el ascensor con su cuerpo.

—¡No! —grita—. Te lo ruego, Rhine, no lo hagas. ¡Sé que no volverás!

—Cecilia —le suelto.

Quiero tranquilizarla, pero estoy demasiado agotada. Intento inventarme algo para que no sufra, pero no se me ocurre nada. A estas alturas incluso podría decirme a mí misma una agradable mentira, porque nadie tiene nunca el detalle de soltarme una a mí.

—Vuelve a la cama. No me pasará nada.

Cecilia sigue bloqueando el ascensor.

—¡No me dejes! —exclama gimoteando cuando la aparto.

No quiero dejarla aquí. No quiero. Pero Vaughn parece haberla desechado. ¡De qué le iba a servir ahora! Ya no puede darle otro nieto. No permitiré que le dé a Vaughn una última razón para matarla. No pienso enterrarla a ella también. Intenta colarse en el ascensor mientras se cierran las puertas, pero yo la empujo y no reacciona a tiempo.

—¡Qué suerte! —exclama suspirando el sirviente exasperado—. De buena nos hemos librado. La mayoría de los días no hay quien la aguante.

—Esta mañana ha visto por la ventana enterrar a su marido —le suelto—. ¿Qué has hecho tú en cambio esta mañana?

Carraspeando, clava los ojos en las puertas del ascensor.

Cuando llego a la planta baja, Rowan me está esperando en el pasillo y veo por su ceño arrugado que lo siente por mí. Me hago la fuerte.

—Salid por la cocina. El coche os está esperando fuera —nos anuncia el sirviente al salir del ascensor.

—El doctor Ashby me ha contado lo de su hijo, tu exmarido —dice Rowan en cuanto se cierran las puertas del ascensor—. Lo siento mucho, Rhine.

—Linden —puntualizo en voz queda mientras echamos a andar—. Se llamaba Linden.

—Todavía sientes algo por él, ¿verdad? —me pregunta.

—Era mi amigo —respondo usando la palabra con la que Jared lo nombró.

No digo nada más, ni le miro, a pesar de notar sus ojos observándome. La compasión nunca fue su fuerte. Su manera de ayudarte es encontrar la forma de superar cuanto antes la pérdida, y yo aún no estoy preparada. Ni siquiera sé si lo lograré algún día.

Avanzamos por el pasillo, cruzamos la cocina y salimos afuera.

Vaughn nos está esperando con la puerta de la limusina abierta. La llovizna proyecta pequeñas sombras en su traje gris. Me resulta imposible mirarle a la cara, pero poniéndome una mano en el hombro para que no entre, le dice a Rowan que suba y luego cierra la portezuela.

—Los términos de nuestro acuerdo ahora han cambiado —me comunica—. Pero yo sigo teniendo algo que tú quieres, ¿verdad?

Baja la cabeza hasta que sus ojos se encuentran con los míos, y espera a que le diga lo que es evidente que le voy a responder, como si fuera una niña pequeña.

—Gabriel —digo.

—Y tú sigues teniendo algo que yo quiero. Aún necesito tu colaboración.

No sé qué más quiere de mí. Ya tiene mi ADN, el interior de mis ojos y a mi hermano. Tiene bastante carburante como para llevarnos a todos a un lugar donde la gente vive sin importarle nuestro sufrimiento o ajena a él. Y nada de todo esto va a salvar ya a su hijo.

—¿Puedo seguir contando con tu colaboración? —me pregunta.

Su mirada incluso es casi bondadosa. Tengo que apartar los ojos de ella, pero asiento con la cabeza.

—¡Así me gusta! —exclama abriendo la portezuela.

Mientras Vaughn siga con vida, siempre habrá puertas por abrir. Siempre habrá algo horrible esperando tras ellas.

En el vuelo a Hawái, Vaughn nos comunica que lamenta no poder pedir que nos sirvan la comida, porque para el siguiente tratamiento debemos estar en ayunas durante veinticuatro horas. Pero que nos dará unas pastillas. Y yo se lo agradezco cuando noto que me atontan. Pese a sus efectos sedantes, soy consciente hasta cierto punto de mi cuerpo acurrucándose en el asiento y de los ojos cerrándoseme.

Cuando aterrizamos, apenas me doy cuenta. Intento llamar a mi hermano, pero no puedo mover la lengua, estoy rodeada de un manto de oscuridad. Veo la alfombra oriental acercándose mientras me desplomo y luego alguien me agarra de los brazos y me pone en una silla de ruedas.

Noto el bochorno y el calor. Oigo el bullicio de la ciudad y el rumor de las olas mientras me hundo más y más en la oscuridad que anhelo.

Aunque la oscuridad no es perfecta. Sigo teniendo pequeños vislumbres de la realidad. Una fría mesa de metal bajo mi cuerpo. Instrumentos quirúrgicos traqueteando en un carrito. Murmullos de voces lejanas en un lugar donde todavía significa algo estar viva.

Me despierto atragantándome y dando bocanadas intentando respirar. Me acaban de sacar un tubo de la garganta. Cuando consigo abrir los ojos, descubro a la enfermera retirándomelo. Pero en esta habitación hay mucha luz y no puedo verle la cara, no sé si es de la primera generación, de la nueva, o de ninguna.

Me desliza un cubito de hielo por los labios y me dice que soy muy valiente. Quiero preguntarle qué me están haciendo, pero no puedo hablar.

—Ahora descansa —oigo a Vaughn decir—. Ya ha acabado todo, Rhine. Ya ha acabado todo.

Linden está en la oscuridad conmigo, intentando hablarme. Pero pasa algo extraño. No puedo oír sus palabras. No puedo entenderlas.

—Ahora debes irte —le pido, y él me obedece. Hasta los muertos saben que hay ciertas cosas que debemos afrontar solos.

Cuando vuelvo a abrir los ojos, me descubro sobre un colchón inclinado en una habitación blanca.

—¿Rhine? —dice Rowan apartándose al instante de la ventana para ir junto a mi cama. Viste de blanco como las paredes, las cortinas y la manta con la que me han arropado hasta el pecho. Al otro lado de la mesita hay otra cama con las mantas revueltas. Supongo que él se ha recuperado antes que yo.

Me toma la mano. Me resulta extraño, nunca ha sido demasiado cariñoso. Descubro que tengo fuerzas para mover mis dedos entre los suyos. Los efectos de los sedantes están desapareciendo.

Intento hablar.

—¿Qué nos están haciendo?

Sonríe de un modo que sólo se lo he visto hacer de niños, cuando todavía éramos lo bastante ingenuos como para esperar grandes cosas del mundo.

—El doctor Ashby lo ha conseguido —me cuenta—. Ha modificado la fórmula de la cura existente. Esta mañana ha presentado su estudio al presidente Guiltree. Se suponía que debíamos asistir a la reunión, pero tú estabas durmiendo y yo quería estar a tu lado cuando te despertaras. Quería ser el primero en decirte que estamos curados.

Debo de estar grogui, porque me cuesta entenderlo.

—Creía que no había ningún remedio que le fuera bien a todo el mundo.

Rowan me aprieta la mano.

—Cree que éste sí que es universal —me aclara—. El doctor Ashby se ha pasado la última semana administrándonos dosis experimentales y comparando los resultados con los de otros sujetos. Ha medido nuestros niveles de hormonas y de linfocitos y ha comprobado que este tratamiento, a diferencia de los otros, no ha provocado ninguna anormalidad.

Lo único que entiendo de esta parrafada es la palabra «semana».

Hace una semana que Linden ha muerto.

—¿Rhine? —dice Rowan. Oigo que me sorbo la nariz y la habitación se desdibuja al nublárseme los ojos de lágrimas—. ¿Qué te pasa? —me pregunta secándome las mejillas con el puño de su manga.

Una semana. Gabriel ha estado en coma por todo lo que sabe y yo soy la única moneda de cambio que puede sacarlo de él.

Cecilia se ha quedado sola.

—¿Es que no te alegras? —dice mi hermano—. Lo has entendido, ¿verdad? Estamos curados.

—¡Me da igual! —exclamo antes de que las lágrimas me impidan hablar.

«Curados» es una de las palabras más preciadas de nuestro vocabulario. Es una palabra corta. Una palabra clara y sencilla. Pero no es tan fácil como suena. Plantea preguntas de este tipo: ¿cómo nos afectará dentro de diez años? ¿De veinte? ¿Qué efectos tendrá en nuestros hijos? ¿Y en los hijos de nuestros hijos? Me han dicho que nuestro sistema inmunitario se va a resentir. Podemos desarrollar tumores. Seremos más vulnerables a la contaminación ambiental. Enfermedades menores como los catarros podrán ahora complicarse en infecciones respiratorias. A Rowan y a mí nos han implantado localizadores que también registrarán nuestras constantes vitales para controlarnos en todo momento.

Los científicos esperan que con el paso del tiempo el sistema reproductor femenino mejore con el tratamiento. Y se están planeando estudios para observar los resultados de sujetos de la nueva generación teniendo hijos con otros que han nacido sin el virus. Ésta no es la conclusión del proyecto, sino el inicio, la chispa. Nos harán revisiones médicas cada mes. Y además hay algo que sabemos con certeza. El virus no nos afectará hasta cumplir yo los veinte y Rowan los veinticinco. En el estudio participan cincuenta sujetos más de distintas edades, pero antes de considerar hacer públicos estos descubrimientos, tendremos todos que sobrevivir a las cifras fatídicas. A medida que los investigadores vayan reuniendo información sobre cómo está reaccionando el primer grupo de sujetos del estudio, esperan que aumente cada año la cantidad de participantes.

Suponiendo, claro está, que la fórmula para la cura modificada por Vaughn funcione como se supone que debe funcionar, y que no padezcamos todos una muerte horrible como algunos sujetos de otros estudios.

Y al tratarse de un asunto tan delicado y confidencial, no nos permitirán tener contacto con el exterior. Como el presidente no dispone de fondos para mantenernos a todos en este lugar, volveremos a Estados Unidos, donde nos asignarán un médico que nos hará un seguimiento, y Vaughn es el que nos corresponde a Rowan y a mí.

Volveré a mi papel de prisionera, sólo que esta vez será sin la formalidad de un marido. Al menos mi hermano no podrá destruir ningún laboratorio más al estar encerrado. Tendrá que olvidarse de sus amigos, aunque ni siquiera piensa lo bastante en ellos como para mencionarlos. Quizá por eso Bee me miraba con tanto desprecio, porque sabía que Rowan abandonaría su antigua vida por mí.

Él es quien me dice todo esto. Me lo cuenta con voz queda, pacientemente, mientras estoy sentada en el alféizar de la ventana contemplando las barcas con sus velas de vivos colores surcando el mar.

No pruebo la cena, que se acaba enfriando en la mesilla de noche. No le hago ninguna pregunta, ni doy señal alguna de haber escuchado lo que me ha estado contando.

Observo a la gente perfectamente imperfecta de varias plantas más abajo llevando sus perfectamente imperfectas vidas, y pienso en cuántas décadas tendrán que pasar antes de que el mundo vuelva a ser como éste. Antes de que a alguien se le ocurra de nuevo la idea de crear un mundo perfecto y lo destruya del todo.

—¡Rhine, te lo ruego! —me pide Rowan sentándose a mi lado en el marco de la ventana—. ¡Te ha de importar curarte!

Tras la muerte de nuestros padres, una mañana me obligó a levantarme de la cama quitándome las mantas para ahuyentar mi depresión. El aire frío me hizo estremecer. «¡No pienso servírtelo todo en bandeja!», me espetó. Pero en cambio es lo que ahora está haciendo, obligarme a escuchar estas noticias con la esperanza de que se me cure el dolor incurable que siento. Y eso que mi hermano no es de los que ruega nada a nadie.

No le respondo.

—¿Te acuerdas de cuando éramos niños y fingíamos ver los planetas por la ventana? —le digo al fin—. Dijiste que Venus era una mujer con el pelo ardiendo. Y yo dije que Marte estaba lleno de gusanos pululando.

—Sí, lo recuerdo —asiente él.

Contemplo el cielo, azul y despejado. No parece tan inconmensurable como antes.

—Hace mucho que no veo a Venus ni a Marte —comento—. Creo que han muerto.

Arrimándome a él, apoyo la cabeza en su hombro.

—Te duele la muerte de Linden —observa rodeándome con el brazo y tirando con suavidad de varios mechones de mi pelo—. Pero tu vida no ha acabado. Debes seguir adelante.

—Venga, dime de una vez que soy una sensiblera. ¡Sé que lo piensas!

—Lo que en realidad estaba pensando es que has madurado durante mi ausencia —responde—. Pero tal vez no hayas cambiado demasiado.

—¿Te refieres a que sigo siendo débil?

—Tú nunca has sido débil —afirma—, sólo empática. Siempre me ha preocupado esta forma tuya de ser. En nuestro mundo es peligroso encariñarte con cualquiera. Confiar en todo el mundo.

—Es algo que no se puede evitar, aunque tú no te lo creas.

—¡Es que odio verte así! —exclama—. ¿Puedo hacer algo por ti?

Podrías asesinar a Vaughn. Podrías liberar a Gabriel. Podrías ayudar a reconstruir nuestro hogar. El que tú has destruido.

—No —respondo. Porque seguro que en esta habitación nos están grabando.

Rowan me ladea la barbilla.

—No me lo creo —me cuchichea al oído ahuecando las manos a su alrededor.

Le miro y veo en sus ojos la misma mirada de la mañana en la que le dije que iba a buscar a Linden para llevarlo de vuelta a casa. Tal vez Vaughn sea el benefactor de Rowan, pero yo soy su hermana melliza. A pesar del tiempo que hemos estado separados, sigue leyéndome la cara. Sabe tan bien como yo que las paredes tienen oídos. Sabe que hay algo que no puedo decirle. Y sé, porque lo conozco de sobra, que encontrará la manera de oírlo.

27

Volvemos a la mansión una tarde tan húmeda que el aire es como agua de baño turbia.

Vaughn ha actualizado mi tarjeta del ascensor para que, además de a la planta baja y a la de las esposas, pueda acceder a la de los huéspedes donde Rowan se aloja. Ni siquiera sabía que existiese esta planta, pero, según Vaughn, está debajo de la de las esposas. Aunque ya tendrá tiempo más tarde de explorar Rowan su nueva casa. Por ahora el Amo me dice que le enseñe a mi hermano los jardines y que encienda los hologramas de la piscina si lo deseo. Sólo nos pide que nos presentemos aseados a las cinco en punto para cenar.

Creo que lo que mi antiguo suegro quiere es perdernos de vista un rato, y aunque yo no tenga ninguna prisa para volver al interior de esas paredes, hay un asunto que debo resolver con él.

—Espérame aquí —le pido a Rowan, y salgo a todo correr hacia la cocina para dar alcance a Vaughn.

Él se detiene al llegar al pasillo.

—Qué suerte tienes, querida, de que el chico con el que te fugaste siga con vida —me suelta dándome la espalda.

Se me encoge el corazón.

—Gabriel no tiene nada que ver con todo esto —replico—. Y he hecho todo cuanto me has pedido.

—Sí —asiente—. Supongo que así es. Aunque podrías haber fingido llorar a mi hijo un poco más antes de sustituirlo por ese sirviente.

La palabra «fingido» me sienta como una puñalada en el corazón. Reconozco que la mayoría del tiempo que pasé con Linden estuve fingiendo, pero estoy segura de que Vaughn sabe que el dolor que ahora siento es real. Este hombre me ha sacado de quicio muchas veces, pero ahora me gustaría partirle la cara y sé que sería capaz de hacerlo. Pero las repercusiones que me traería ese momento de satisfacción serían demasiado caras.

—Gabriel no es ningún *sustituto* —le espeto en tono comedido—. Es una persona y no ha hecho nada para merecerse lo que le estás haciendo.

Se le tensan los hombros. Creo que va a dar media vuelta para atravesarme con la mirada, pero no lo hace.

—No es sensato hacer que me enoje contigo ahora —replica—. Pienso mantener nuestro trato, pero hay una cierta etiqueta que debes respetar en cuanto a él.

Las puertas del ascensor se abren y Vaughn desaparece.

—¡Etiqueta! —suelto por lo bajo.

Me reúno con mi hermano, furiosa, triste y agotada.

—¿Te encuentras mal? Tienes los ojos un poco vidriosos.

—Ven, hagamos la gran visita turística por la propiedad —le respondo.

Los jardines bullen de vida y me pregunto si Rose y Linden se habrán encontrado en el naranjal, si son ellos

348

los que hacen susurrar las hojas, si la naranja que ahora cae de la rama y rueda por el suelo es parte del juego al que están jugando. Topa con mi zapato.

—¡Hola! —le digo.

—¿Con quién estás hablando?

—No lo sé —contesto—. Ven, te mostraré el campo de golf.

Acompaño a mi hermano por las sendas arboladas más encantadoras de mi prisión, que ahora compartiré con él. ¡Qué ingenua he sido al creer que podía ser libre! Pero si esta cura hace lo que se supone que debe hacer, quizá sobreviva a Vaughn. Tal vez pueda ser libre entonces.

¿Y qué le ocurrirá a Gabriel? ¿Cuánto tiempo estará en ese estado, acercándose poco a poco a su veinticinco cumpleaños?

Cuando llegamos a la piscina, enciendo la máquina de los hologramas. El agua calma cobra vida con lebistes zigzagueando afanosamente por entre los corales.

Nos sentamos en el borde de la piscina y los contemplamos mientras se alejan.

—¡Parecen de verdad! —exclama mi hermano.

Intento imaginarme cuál sería nuestro aspecto desde el avión de Reed. Dos pequeñas figuras con el pelo rubio. El color de nuestros ojos no importaría. Ni sea lo que sea lo que Vaughn nos ha inyectado en la sangre. No seríamos más que un fugaz instante.

Me muero por volver a volar. Cierro los ojos, intentando recordar la vertiginosa sensación de ingravidez que sentí al despegar del suelo por primera vez.

Nos quedamos en silencio un rato.

—Ahora me lo puedes contar, estamos solos. Fuera de esas paredes —dice mi hermano.

—Siempre estaremos rodeados de paredes —le respondo.

Poco antes de cenar, Rowan usa su propia tarjeta para entrar en el ascensor. En cuanto llegamos a la planta de los huéspedes, él se baja y yo sigo subiendo hasta mi propia planta.

—¿Cecilia? —llamo en cuanto salgo del ascensor.

No hay respuesta. Descubro su habitación vacía y los biberones de Bowen encima de la cama deshecha. Siento un desagradable vacío en el estómago. Me apresuro a cruzar el corredor y la busco por los pasillos de la biblioteca y en la sala de estar. El teclado está encendido, con las teclas iluminándose una a una como si esperaran unas manos que las toquen. Miro en la habitación de Jenna, que sigue pulcra e intacta.

Al abrir la puerta de mi habitación, noto el conocido aroma a polvos de talco de bebé y descubro a Cecilia durmiendo en mi cama. Bowen está echando la siesta bajo su pequeño y protector brazo.

Lleva una camisa de Linden con el cuello desabrochado por el que asoma uno de sus hombros, y el dobladillo le llega a las rodillas.

—Cecilia —susurro sentándome en el borde de la cama.

Parpadea y abre los ojos.

—¿Rhine? —dice con voz ronca—. ¡Rhine! —exclama enderezándose de golpe—. ¿Dónde has estado? Nadie me decía nada. Ni siquiera me hablaban.

—Ya te lo contaré cuando bajemos a cenar —respondo preocupada, apartándole de la cara parte del cabello enmarañado. No tiene buen aspecto. Si no me la hubiera encontrado durmiendo en mi cama, habría creído que no había pegado ojo desde que me fui.

—¿A cenar? —repite—. ¿Abajo? —me pregunta con cara de desagrado. Eso significa que el Amo Vaughn ha vuelto, ¿verdad?

—¡Venga! —exclamo animándola a levantarse—. ¡Arréglate! Es mejor que el Amo Vaughn no te vea con la ropa de Linden.

No sé cómo es posible, pero Cecilia huele a Linden, a Jenna y a Bowen en lugar de a su propio aroma.

Se tambalea mientras la acompaño al baño. Se sienta en el borde de la bañera y se me queda mirando mientras le limpio la cara con una toalla humedecida con agua caliente. No parece importarle cuando le desenredo los nudos del pelo, y eso que tiene un montón.

—¿Quieres llevar el pelo recogido o suelto?

—¿Está muy enfadado conmigo? —pregunta Cecilia.

—¿Quién?

—El Amo Vaughn. ¿Me culpa por lo que sucedió?

Saco la goma para el pelo del mango del cepillo.

—Creo que culpa a Reed y a sí mismo por lo que pasó.

—Debería echarme la culpa a mí.

—¡No digas esas cosas! —respondo atándole el pelo y enrollándoselo en un moño—. Sólo nos quedan unos minutos, ya casi es la hora de cenar. Y hemos de decidir qué te vas a poner.

Asiente con la cabeza, pero cuando la apremio para que salgamos del baño, se le humedecen los ojos.

—Si quieres, puedes ponerte uno de mis vestidos.

—Estoy demasiado delgada —contesta—. Prefiero ponerme mi vestido amarillo. El de las mangas de encaje.

—Ya te lo traigo yo, tú ve vistiendo a Bowen.

Nos ayudamos la una a la otra a subirnos la cremallera y le adorno el pelo con una flor de seda para darle un toque de color. Tiene pinta de estar medio dormida, pero cuando le aliso los arcos de las cejas con los pulgares, se esfuerza en sonreír.

—¿Estás lista para bajar?

Contiene el aliento unos segundos, asiente con la cabeza y se alisa el vestido. Es el que llevaba la noche de la fiesta en el naranjal, la noche en que ella y Linden desaparecieron para estar a solas por primera vez. Ahora le queda más corto y un poco apretado en el pecho y en la cintura. Sus recuerdos se le están quedando pequeños. Nos está sucediendo a las dos.

Mientras nos dirigimos a la planta baja, las puertas del ascensor nos devuelven nuestro reflejo: unas viudas con vestidos de tirantes, peinado alto y mirada decidida. Somos más fuertes de lo que creíamos. Hemos sido víctimas y testigos. Y pronunciado en la vida un sinfín de despedidas.

Lleva a Bowen sentado a horcajas en la cadera y cuando el niño alarga la manita para agarrarle la flor de seda del pelo, ella le deja hacer.

—Conocerás a mi hermano —digo.

—¿Cómo es?

—Condescendiente sobre todo.

Esta observación le hace reír un poco, pero de pronto le falta el aliento y apoya la cabeza en mi hombro.

352

—Te quiero, Rhine.

—Lo sé. Yo también te quiero.

Cuando llegamos al comedor, ya ha conseguido recuperarse. Rowan y Vaughn nos están esperando. Al Amo se le iluminan los ojos en cuanto nos ve y rompe su decoro levantándose de la mesa con los brazos abiertos para coger a Bowen. Veo que Cecilia se resiste un instante antes de entregárselo.

Vaughn toma los dos primeros platos con Bowen sentado en su regazo, maravillándose de lo derecho que se mantiene el niño, dándole cucharaditas de compota de manzana y zanahoria rallada, aplaudiendo a cada bocadito que toma.

Cecilia no despega los labios, pero las orejas se le van enrojeciendo.

—Cecilia —dice Vaughn mientras nos retiran los platos, que apenas hemos probado—. ¡Cómo se te ocurre traer este horrendo bolso a la cena! —Ni siquiera le permite darse este pequeño gusto.

Ella alza los ojos por primera vez en toda la cena y le sonríe con dulzura.

—Bowen aprenderá pronto a gatear —le dice.

—¿Ah, sí? —le pregunta Vaughn a su nieto—. Seguro que caminarás antes de que nos demos cuenta.

—Ya le enseñaré yo a caminar. Lejos, muy lejos de ti —murmura ella por lo bajo.

—¿Qué decías, querida?

—Nada, me preguntaba a qué se debería esta cena —responde ella—. Hace mucho tiempo que no compartíamos una cena familiar.

La palabra «familiar» es un modo de lo más grotesco de describirnos.

—Sí, ¿verdad? —contesta él—. Esperaba tener una charla con vosotros la semana pasada, pero ciertos acontecimientos me obligaron a cambiar mis planes para esa velada.

Se refiere a la muerte de Linden.

—Quería anunciaros que yo, junto con mi equipo de respetados colegas, hemos encontrado una cura —señala él.

—¿Una cura? —pregunta Cecilia.

—Para el virus —responde él—. Rhine y Rowan son unos de los primeros participantes. Todavía se encuentra en fase experimental, pero estoy seguro de que funcionará.

Cecilia me mira sin entender nada.

—¿Estás curada? ¿Ya?

—Se supone que sí —le respondo.

Tal vez mi hermano tenía razón al creer que soy demasiado empática o que me siento demasiado triste como para alegrarme, porque la noticia me trae sin cuidado. Todavía no he decidido si me la voy a creer. Vaughn es todo un maestro en motivos ocultos y tretas.

—El doctor Ashby ha estado trabajando en ella durante el último año —tercia Rowan.

Está intentando echarle un cable a Cecilia. No sé qué le ha dicho Vaughn de mi hermana esposa, si es que la ha mencionado siquiera, pero creo que a Rowan ella le da pena. Cecilia se lo queda mirando como si fuera un bicho raro que hubiera aparecido vete a saber por qué en su casa. Y supongo que así es como lo ve. Como un desconocido que se parece a mí.

—Es mejor que no se lo compliques más —le aconseja Vaughn a Rowan—. A Cecilia nunca se le han dado demasiado bien el cómo y el porqué de las cosas.

Ella se queda mirando desencantada la porción de pastel de chocolate que le acaban de servir. No ha probado bocado en toda la velada. Sé que tiene un montón de preguntas por hacer, pero a ella también le da miedo formularlas. Y además todavía está envuelta en el denso nubarrón del duelo, en el que todo, hasta la promesa de curación, le da igual. El marido que le hablaba dulcemente se ha ido de este mundo y ella se ha quedado a merced de un suegro que ya no oculta que no la soporta.

—¿Te vas a quedar aquí entonces? —me pregunta ella—. ¿Por cuánto tiempo.

Vaughn se echa a reír, sosteniendo a Bowen pegado a su cara.

—De momento el proyecto es secreto —aclara él—. Nadie que lo conozca puede salir de la propiedad. Los mellizos permanecerán dentro de estas paredes posiblemente durante años. Quizá por el resto de sus vidas.

¡Vaughn llamándonos «los mellizos» es ya lo que faltaba! Quizá la mayor profanación de todas. Hasta Rowan le lanza una mirada enervada cuando el anciano no le ve.

—¿Y Bowen? —pregunta Cecilia.

—¿A qué te refieres? —responde su suegro jugando ahora con los rizos del bebé. Son como los de Linden, aunque rubios, y están empezando a cobrar la tonalidad pelirroja de Cecilia. Creo que Bowen se parece a ella de pequeña. Vaughn, con toda su experiencia como genetista, también lo debe de haber advertido. Seguro que esto aviva el odio que siente por ella.

—¿Se va a curar también? —dice Cecilia como si no creyera nada de todo esto.

—Todavía es demasiado pequeño —contesta Vaughn—. Los bebés no pueden participar en el estudio, pero seguro que estará sano como un roble cuando sea mayorcito. ¿A que sí, Bowen?

Cecilia no le pregunta cómo le irá a ella. Ya lo sabe.

28

—¡El Amo Vaughn me va a matar! —exclama Cecilia.

Lleva metida en mi bañera casi una hora. Huelo incluso el aroma de las sales de baño y los jabones desde la cama. Estoy echada en ella con una novela romántica de Jenna abierta en el regazo. Intento ignorar que el baño huele como olía durante las horas que me pasé acicalándome para asistir a las fiestas de Linden. Nunca más podré ir a otra agarrada de su brazo. Estoy intentando olvidar que no va a volver a casa.

—Nadie te va a matar —le aseguro.

—¿Te fijaste en cómo miraba a Bowen, como si se lo quisiera quedar?

—El agua del baño debe de estar ya helada, Cecilia —le advierto.

—No he sido más que una incubadora para su nieto —afirma—. Ahora ya no le sirvo para nada —añade. Oigo el agua de la bañera deslizándose por el desagüe después de sacar ella el tapón.

Mientras se seca el pelo, intento centrarme en los desafortunados protagonistas de la novela: todavía no saben que se aman. Y no estoy segura de si lo descubrirán a tiempo.

Cuando Cecilia se echa en la cama a mi lado, se queda mirando el techo.

—Linden no sabía nada sobre su madre —observa—. Ella murió en el parto. Es lo que a mí me estuvo a punto de pasar la segunda vez. Y tal vez también la primera, porque estaba demasiado extenuada como para darme cuenta. ¿Con cuánta frecuencia mueren las mujeres dando a luz ahora? Yo las pasé moradas al tener a Bowen y después enfermé, ¿te acuerdas...?

—Cecilia, no sigas —la interrumpo.

—¿Te acuerdas de cuando Vaughn me enseñó a jugar al ajedrez durante el huracán? —prosigue—. «El peón es la pieza más pequeña», me dijo. Lo tenía en el tablero justo delante de mí y no me di cuenta de que yo era su peón. Y ahora ni siquiera soy eso. Ya no le sirvo para nada, sólo soy una molestia en la educación de Bowen.

Me doy media vuelta para ponerme encima de Cecilia, le tapo la boca con la mano y pego mi cara a la suya.

—Oye —le susurro—, hay ciertas cosas que no debes decir en voz alta en esta casa. Ahora estoy aquí y no voy a dejar que te pase nada, conque no sigas con este tema. ¿Lo entiendes?

Se me queda mirando, faltándole el aire y con el aliento caliente, con los ojos llenos de desesperación y dolor. Pero asiente con la cabeza, me crea o no.

—¡Así me gusta! —le digo—. Venga, métete en la cama. Las dos necesitamos dormir.

En cuanto nos deslizamos bajo las mantas, apago la luz.

—¿Por qué no me lees la novela en voz alta hasta que me duerma? —me pide.

—La novela no es demasiado buena —le digo.

No creo que en este momento soporte oír una trágica historia de amor.

—¡Me da igual! Es que no aguanto este silencio.

Me invento un relato. Trata de una niña, llamada Loquilla, que no habla porque pese a su tierna edad, ya sabe que este mundo no tiene nada que ofrecerle. Ha encontrado la manera de recluirse en su propio mundo, un mundo donde siempre hay música, un mundo al otro lado del océano, donde el agua tiene el color azul más irreal que uno pueda imaginar. En este mundo las paredes son de cristal, y cuando la gente se despierta, abre las cortinas y se encuentra con todo lo que ha deseado alguna vez. No es el lugar perfecto. Porque no hay lugares perfectos. Pero qué más da la perfección cuando hay castillos de arena por construir y cometas por perseguir, niños naciendo y corazones añosos muriendo.

Se duerme al poco tiempo. Lo único que necesitaba era alguien que durmiera a su lado, alguien que le hiciera sentir protegida y le dijera cosas bonitas.

Ahora soy yo la que no puede pegar ojo, con la cabeza llena de pensamientos horrendos. La mayor parte de la última semana estuve durmiendo bajo los efectos de una fuerte medicación. Y ahora, esté curada o no, no me puedo sacar de la cabeza los últimos momentos del que en el pasado fue mi marido. Me pregunto en qué estaría pensando él antes de bajar todos en tropel del avión de Reed. Si sintió dolor en sus postreros segundos o si ya había abandonado su cuerpo cuando el mundo se empequeñecía y oscurecía a sus pies, hasta que desaparecimos en medio de la vegetación mientras le veíamos morir. Me pregunto si hay alguna verdad en la palabra que a veces oigo: dios. La gente la dice cuando está frustrada o triste. Implica que hay algo más grande que nosotros. Más grande que los presidentes que elegíamos o los reyes y las reinas que entronizábamos.

Me gusta la idea de algo más grande que nosotros. Destruimos las cosas con nuestra curiosidad. Las hacemos añicos con nuestras mejores intenciones. Somos tan imperfectos como hace cien años o quinientos.

Quiero creer que Linden se ha ido al lugar que la existencia de dios implica, aunque signifique que está en el naranjal con su primer amor. Espero que Linden pueda oír la risa de Bowen en los jardines mientras juega.

A medida que discurre la noche, descubro que me resulta imposible dormir. Siento que me volveré loca si sigo en la cama.

Cecilia apenas se mueve cuando me aparto de ella y me levanto. Me encamino sigilosamente al ascensor y pulso el botón que me llevará a la planta baja.

Afuera hace una noche preciosa, cálida y estrellada. Los zumbidos y chirridos de los insectos me dan la sensación de que la hierba está viva bajo mis pies descalzos mientras me dirijo al naranjal.

No sé por qué he venido a él. Creo que esperaba que por la noche fuera de algún modo distinto de lo que es de día. Esperaba oír por casualidad un murmullo o los secretos susurrados por los muertos.

Esperaba recibir una especie de guía.

Oigo unos pasos hollando la tierra a mi espalda, pero no es un fantasma quien me habla.

—¿No te parece que es un poco tarde para dar un paseo?

Vaughn sale de debajo de las sombras que proyectan las ramas y se queda a la luz de la luna gibosa.

Normalmente hay algo amenazador en su presencia, pero esta noche sospecho que no es más que un padre visitando la tumba sin nombre de su hijo.

—No podía dormir.

—Necesitas descansar —dice él—. Te mandaré un sirviente para que te lleve a la habitación algo que te ayude a dormir.

—Gracias, pero ya he tomado bastantes medicinas.

Se ríe y por primera vez no hay nada siniestro en su risa. Es la triste risa de una persona derrotada.

—Esta noche me he llevado una grata sorpresa al ver lo mucho que ha crecido mi nieto —observa—. Aunque en los rasgos no se parezca demasiado a su padre, en los bebés hay siempre algo esperanzador. Es una delicia verlos crecer. Le echaba de menos.

Se dirige hacia un naranjo y alarga la mano para tocar una rama, pero de pronto la retira.

—Me hubiera gustado que mi nieta también estuviera aquí. Ahora ya sabría hablar. La llevaría a pasear y le enseñaría cosas que los niños corrientes no saben. Tal vez le contaría cuántos países siguen existiendo. Le prometería llevarla de mayorcita a cualquiera que deseara.

Se refiere al único hijo que Rose y Linden tuvieron. Y lo peor es que le creo.

—¿Por qué no la dejaste vivir? —le espeto—. Siento que ahora ya no hay ninguna necesidad de mentir, ambos sabemos que no nació muerta.

Se oyen susurrar las ramas: Linden y Rose esperan su respuesta.

Por un instante estoy segura de que hay alguien escondido aquí.

—Un niño con una malformación es algo curioso —dice Vaughn—. Nunca se sabe si vivirá un día o un año. No hay ninguna certeza de que aprenda a hablar o de que no sea para él un suplicio respirar. Mi nieta no habría sido la niña con la que sus padres soñaban. Les habría hecho sufrir a los dos.

—No tenías ningún derecho a tomar esta decisión —le recrimino—. No era tu hija.

—Linden era mi hijo —me suelta Vaughn—. Todo cuanto tenga que ver con él me concierne. Si hubiera tenido tiempo de encariñarse con ese bebé, al perderlo se habría quedado destrozado.

Quizá tenga razón. Quizá. Pero de un modo u otro Linden sufrió. Le afectó tanto aquella pérdida, todas las pérdidas que tuvo que soportar, que cada pizca del amor que sentía por su hijo estaba también llena de culpa por haberlo traído a este mundo, donde nada dura lo que debería durar.

—Hay distintas clases de malformaciones —dice Vaughn—. La de mi nieta era grave. Pero la de tu hermana esposa mayor apenas se notaba.

—¿Te refieres a Jenna?

—Sí, querida.

Y al oírlo se esfuma de un plumazo la poca credibilidad que mi suegro me inspiraba. Debe de tener una opinión muy baja de mi inteligencia si espera que me crea que a Jenna le ocurría algo.

—¡Jenna no tenía ninguna malformación! Era perfecta —replico.

—Lo disimulaba muy bien —dice Vaughn—. Cuando mi hijo la eligió de entre el grupo de chicas en el que tú te encontrabas, lo primero que se me ocurrió fue que sus rasgos se complementarían de maravilla con los de mi hijo cuando tuvieran un retoño. Pero no tardé en llevarme un buen chasco. Antes de casaros con mi hijo, os hice una revisión médica a todas y fue entonces cuando descubrí que por dentro no era tan perfecta como por fuera.

Se me revuelve el estómago. No estoy segura de querer seguir escuchándole, pero lo hago de todos modos, porque fue mi hermana esposa, y por ser yo la única que queda para oír sus secretos.

—Su útero era tan viable como un trozo de tejido cicatricial. Nunca habría podido tener hijos —señala Vaughn—. No me quedaba más remedio que darle otro uso. Y durante un tiempo, lo hice ¿no crees? Aprendí que un tipo de tratamiento era mortal. Tal vez la habría podido salvar si no hubiera sido tan entrometida.

Conque éste es el gran secreto de Jenna. Pero estoy segura de que no es más que uno de muchos otros.

—¿Tuvo Gabriel algo que ver?

—Más bien no —responde Vaughn.

Se empieza a alejar del naranjal y yo le sigo.

—Les cuento a cada uno de mis empleados los detalles justos para sus ocupaciones, ni más ni menos —añade—. Nunca se lo revelo todo.

—Entonces, ¿qué le ocurrirá? —pregunto caminando a su paso tras él—. Ya tienes todo lo que querías de mí. He colaborado.

—Sí, pensaba preguntártelo —dice Vaughn—. ¿Qué es lo que viste en él? ¿Qué tiene que mi hijo no pudiera darte? ¿Es porque fugarte con un sirviente te pareció romántico?

—Quería que conociera la libertad —respondo—. No lo hice por lo que pudiera darme, sino por lo que debería haber tenido.

—¡Libertad! —exclama Vaughn—. Mi hijo apenas la cató, ¿no te parece? Antes de morir. Una vida entera intentando protegerlo y en un instante, en un solo instante, perdió la vida —sentencia. Noto que titubea un poco. Es un monstruo, pero aunque su último hijo esté bajo tierra, sigue siendo un padre—. La libertad es peligrosa —concluye.

Claro que lo es. La vida de Rose en la feria de su madre habría sido peligrosa. Al igual que la de Cecilia en un orfanato y la de Jenna con sus hermanas en un barrio rojo, y la mía en Manhattan. Y Linden seguiría vivo si se hubiera quedado en tierra, pero no podemos estar siempre enjaulados para no correr ningún peligro. Todo tiene un límite. No podemos pasarnos la vida entera privados de libertad.

Linden fue más libre en el momento en que el avión descendía que durante el resto de su vida. Quiero creer que valió la pena. Debo creerlo.

Si Vaughn tenía algo más que decir, ya no podrá, porque le falta el aire. Se detiene y se gira para mirar el naranjal, con las hojas y las ramas plateadas y oscuras a la luz de la luna, las naranjas son lo único que brilla un poco en la oscuridad.

De súbito descubro que no se ha quedado sin aliento, sino que está sollozando.

Tal vez sea mi propio dolor el que me enturbia la cabeza, pero creo que Vaughn es humano.

Ya no desea seguir hablando, lo percibo, y el dolor lo está envolviendo sigilosamente de nuevo. Debería dejarlo solo.

Tan pronto como doy un paso para alejarme de su lado, oigo un estruendo rasgando el aire que me hace pegar un brinco. Se oye un susurro en el naranjal, pero no es un fantasma.

Vaughn se pone la mano en el pecho y entonces es cuando veo la mancha oscura de sangre en su camisa. Oigo otro disparo y él cae fulminado al suelo, con unos ojos estupefactos y abiertos.

Estoy demasiado asustada como para gritar.

Oigo unos pasos dirigiéndose hacia mí y a medida que se acercan veo el pelo pelirrojo de mi hermana esposa a la luz de la luna. Veo el bolso abierto colgando en su cadera, la pistola en su mano y su mirada impertérrita al contemplar lo que acaba de hacer.

Acciona con el pulgar el dispositivo de seguridad de la pistola tal como le enseñaron, y al bajarla, veo las esmeraldas falsas engastadas en la empuñadura. Es la pistola de la Madame.

También veo que el labio inferior le está empezando a temblar. Frunce la boca y contempla la figura inerte de Vaughn, ya sea para asegurarse de que está muerto o porque no puede dejar de mirarlo.

—¡Cecilia! —exclamo posando mis manos en sus hombros, y ella me mira.

Abre la boca para hablar, pero nada sale de ella. ¡Cómo iba Cecilia a poder explicarlo! ¡Cómo iban a bastarle las palabras! En su útero hay un espacio vacío donde su hijo murió en sus entrañas. En el naranjal hay un lugar donde su marido está enterrado. Allí fuera hay un mundo que nadie se ha preocupado de prometerle.

La entiendo. A Vaughn no le habría bastado con verme sangrar entubada. Ni con que Cecilia le diera un nieto y estuviera en un tris de morir para darle otro. Ni con destruir a Jenna, ni con causarle tanto dolor a Rose que no quiso seguir soportando sus medidas para salvarla.

Éramos sus objetos de usar y tirar. Nos llevaron a él como ganado. Despojadas de lo que nos convertía en hermanas, o en hijas, o en niñas. Por más cosas que nos hubiera quitado —nuestros genes, nuestros huesos, nuestros úteros—, nunca le habrían bastado. Era la única manera de ser libres.

29

Había estado soñando con ello durante mucho tiempo. Pero la Madame fue la que le puso la pistola en las manos. Observó a Cecilia y vio en ella la última de las víctimas de Vaughn. Vio a una chica con ojos vengativos. Conque cuchichearon y pactaron dentro de tiendas de campaña de vivos colores. Se despidieron abrazándose junto a la entrada, deseándose buena suerte con la pistola escondida en el inofensivo bolso rosa.

Le lleva largo tiempo hablarme de la Madame y admitir que asesinar a Vaughn sólo habría sido una fantasía más si Linden siguiera vivo, sabe que no es lo que él habría deseado. Me cuenta que pese a lo furioso que su marido estaba con su padre, le repugnaba la violencia y el engaño. No habría querido otra muerte más. Pero sin Linden a su lado, Cecilia estaba segura de que Vaughn iba a matarla si ella no actuaba pronto y no podía soportar la idea de Bowen quedándose huérfano. No habría reunido el valor para hacerlo de no haberme seguido hasta el exterior usando la tarjeta del ascensor que consiguió chantajeando a un sirviente. Sólo pensaba unirse a mi paseo, estaba demasiado asustada para quedarse sola en la planta de las esposas.

Pero al ver a Vaughn, se escondió. Y oyó todo lo que dijo de Jenna.

Estamos sentadas en la cama elástica, rodeadas de oscuridad, y ella termina el relato diciendo: «No tenía otra opción». Ahora se ha puesto a temblar. A la luz de la luna veo sus ojos ensombrecidos y preocupados.

Pienso que es muy valiente. Pienso que nadie ha creído nunca de lo que era capaz. Durante toda su vida nadie la ha escuchado.

Poso mi mano sobre las suyas.

Por la mañana la verja con el loto aparece abierta de par en par. En la hierba reposa una pistola con esmeraldas engarzadas, limpia de huellas digitales. Un poco más lejos del arma que lo asesinó yace muerto un célebre médico.

Todo tiene sentido. Pertenecía al equipo de científicos de élite del presidente. Había mucha competencia. Envidia. Gente a la que en su pasión por la investigación, había engañado, robado o pisoteado.

Cecilia y yo estamos jugando al ajedrez en la biblioteca. Se supone que no sabemos nada de todas estas cosas. Se supone que estamos esperando el desayuno.

Los dedos le tiemblan al elegir un peón. Es mucho más competente que yo en este juego, pero ninguna de nosotras le presta atención al tablero.

—Había visto a tu hermano en las noticias —dice ella—, pero al verlo en persona… se parece tanto a ti que me desconcertó. Me resulta chocante.

La observo dejando el peón en la misma casilla.

—Seguro que te hace sentir como si pertenecieras a

algún lugar —apunta—. Yo nunca he tenido hermanos o hermanas. Debe de ser bonito.

—Tuviste hermanas —le digo.

Levanta la cabeza mirándome, sin llegar a sonreír, no tiene fuerza para hacerlo, pero sé que mis palabras le han llegado al corazón.

Un sirviente hecho un manojo de nervios irrumpe en la habitación sin saber qué hacer. Nos explica la catástrofe que le ha ocurrido al Amo. Sin él y sin el patrón no saben quién los va a dirigir.

Le contamos que Vaughn tiene un familiar que todavía vive. Un hermano. Le damos su dirección y las instrucciones para encontrarlo.

Varias plantas más abajo el organismo de Gabriel se está limpiando de las sustancias químicas que le habían inyectado. Parpadea, recobrando la conciencia poco a poco. Elle conoce bien las tareas de una enfermera y ahora puede acceder al sótano.

Cuando Reed llega, Cecilia y yo salimos corriendo por la puerta de la cocina a recibirlo. Y por primera vez desde hace más de una década, le invitan a pasar al edificio que su padre había reformado acondicionándolo en un hogar. No es necesario explicarle nada. Ve en los ojos de Cecilia que ella es la causa de la muerte de su hermano. A lo mejor ya sabía de lo que era capaz cuando le enseñó a apretar el gatillo.

Cuando Cecilia lo rodea con sus brazos, ella rompe a llorar al fin.

—No pasa nada, nena —la tranquiliza él estrechándola con tanta fuerza que a ella le quedan por un instante los pies suspendidos en el aire—. Todo irá bien.

30

—¡Ten cuidado! —exclamo dejando la bandeja sobre la mesilla de noche cuando Gabriel intenta incorporarse. Le envuelvo de nuevo las piernas con mi edredón—. No debes levantarte.

—Yo podría decirte lo mismo —me responde—, pero acepta el beso que le doy en los labios.

—¡Estoy bien, no te preocupes! —afirmo—. He preparado una infusión. Y tú —añado dándole unos golpecitos en el pecho con el dedo y empujándole contra la cabecera de la cama— necesitas tomártela.

—Vale —dice recorriéndome de arriba abajo con la mirada y rodeando mi mano con la suya.

Quiere preguntarme si estoy bien, pero no lo hace. Esto sólo empeoraría la situación. Estoy haciendo un esfuerzo tremendo para que no se me humedezcan los ojos. Mantenerme ocupada me ayuda a ello.

—Es una infusión de manzanilla —añado—. Se supone que te ayudará a dormir, pero creo que no se trata más que de un efecto placebo.

Le brillan los ojos, los tiene tan brillantes y azules como el agua centelleando alrededor de la isla de Hawái al contemplarla desde el avión. Sus mejillas vuelven a estar sonrosadas y sigo con la vista una vena prominente en su muñeca que desaparece en la mitad del antebrazo. Cuando estamos vivos, la vida nos consume. Pero cuando morimos, todo el color y el movimiento se esfuman tan rápido que es como si ya no soportara malgastarlos en nosotros.

—Rhine... —dice Gabriel.

—Quería preguntarte... —le suelto al mismo tiempo. Cierro mi mano entre las suyas.

—Habla tú primero —me dice él.

—Quería preguntarte qué ocurrió la noche que Vaughn me encontró en casa de Claire —digo mirándole al fin a los ojos—. Si no quieres contármelo, no pasa nada, pero los últimos meses estuve dando vueltas por ese lugar preguntándome qué te había pasado cuando me fui. Pensé que estaría bien poder cerrar al menos un capítulo de mi vida.

—Me desperté y ya no estabas en la cama —me cuenta—. Así que salí a buscarte.

Con la mano libre toma un sorbo de la infusión. Al exhalar el aire la cálida nube de su aliento se arremolina sobre el borde de la taza.

—Y entonces Vaughn te dejó inconsciente —añado. Pienso en la jeringuilla que me vació en el brazo, en la desagradable sensación que sentí y luego en la oscuridad envolviéndome al perder yo el mundo de vista.

—No —responde Gabriel—. El Amo Vaughn me estaba esperando en la acera. Sabía que bajaría a buscarte. Y entonces te vi en el asiento trasero. Nunca te había visto tan mal, y eso que en casa de Claire ya estabas enferma. Me dijo que te morirías si no se ocupaba de ti.

—Y le creíste.

—¡Claro! Y era verdad, ¿no?

—Pero ¿no te amenazó? Conocías muchos de sus secretos, al menos eso fue lo que me dijo. ¿Te dijo que tenías que volver?

—Tal vez me lo hubiera dicho de haberme negado a ir con él —apunta Gabriel—. Pero no lo hice.

—¡Te fuiste con él! —exclamo, y al oír mi voz enojada me doy cuenta de hasta qué punto me he disgustado—. Por voluntad propia. Después de todo lo que te costó librarte de él.

—Quería librarme de él —dice levantándome la barbilla con el pulgar—. Pero no iba a hacerlo si eso significaba librarme de ti. Me senté a tu lado en el coche y tú apoyaste la cabeza en mi regazo. ¡Cómo iba a dejarte así!

—Pues mira lo que has conseguido —le suelto.

—Que me traigan una infusión a la cama y tenerte frente a mí —responde él—. Fue una decisión terrible y admito que la volvería a tomar.

Me resulta imposible resistirme a su sonrisa. Sólo hace un día que ha salido del estado de coma, pero es sorprendente lo rápido que se está recuperando. Al parecer, por más fuertes que sean las sustancias químicas de Vaughn, las ganas de vivir las superan.

—Aún estoy enfadada contigo —le digo, pero mis palabras se apagan cuando me besa.

—¡Deja de estropearlo! —me suelta, y me da otro beso, y otro, hasta que olvidándome de mi enfado, me acerco a sus brazos expectantes.

Sus dedos separados se deslizan por mi cuello y mi pelo, y me embarga una sensación tan deliciosa que, quedándome paralizada, se me corta el aliento.

Pero después de todos los meses que he pasado sin él, mi cama de algún modo huele a Linden, acabo de descubrirlo en este instante en la almohada.

—¿Rhine? —dice Gabriel.

Me siento en la cama incorporándome como si se me hubiera disparado un resorte. Los ojos me escuecen.

—Tengo que preparar la cena —le digo—. Cecilia y Rowan seguramente aún no han comido y tú deberías tomar algo sólido. Estoy segura de que ahora tu estómago lo digerirá.

Gabriel quiere decirme algo, pero me pongo en pie antes de que le dé tiempo. Le beso en la frente y me apresuro a salir al pasillo, donde flota el aroma a barritas de incienso. Cecilia las ha estado encendiendo.

La cocina está vacía cuando entro en ella, pero en cuanto hago el menor ruido, la cocinera se presenta y blandiendo una cuchara de madera, intenta darme un cucharetazo soltándome que ni se me ocurra acercarme a sus ingredientes. Dice que me preparará lo que quiera si la dejo en paz.

Pero nadie come. Rowan se ha ido a explorar los alrededores, y cuando llevo la cena a la habitación de Cecilia, finge estar dormida. Dejo el plato sobre la mesilla de noche, le doy un beso en la frente y cierro la puerta al salir.

Gabriel no me presiona. Le hablo de Hawái y él me escucha. No hablamos del hecho de que Vaughn fue quien me llevó allí, ni de las cosas que le ocurrieron a mi hermano o a mí. Hablamos sólo de los colores y de las luces parpadeantes, y de cómo desde las alturas el mar parece un charco gigantesco.

No pronunciamos palabras como «cura» ni «esperanza». La esperanza ha sido especialmente cruel.

Cuando cierro los ojos veo las luces de los semáforos cambiando de color y las velas triangulares deslizándose por el agua. Gabriel me aparta el pelo de la frente al echarme a su lado apoyando la cabeza en su pecho. Le estoy contando todas estas cosas tan bonitas y en realidad no me merezco una sola de ellas.

—Linden murió por mi culpa —admito—. Viajaba en mi asiento. No sé ni por qué se lo ofrecí siquiera, la vista que se divisaba desde el avión le aterraba.

—Si estaba sentado en él, no era tu asiento —concluye Gabriel—. Rhine, mírame.

Abro los ojos y ladeo la cara hacia la suya. Los ojos se me nublan y me doy cuenta de que estoy llorando, noto ese sabor salado tan peculiar en la garganta.

Gabriel me estrecha con un brazo, haciendo que me arrime más a él. Y yo lo rodeo con los míos, porque soy humana, y egoísta, y porque respiro. Sigo con vida, y no sé por cuánto tiempo ni por qué razón. Me estremezco y sollozo, y siento una culpa y un dolor muy hondos, pero no hasta el punto de que mi corazón deje de latir.

Un sentimiento no puede matarte. Eso es lo que le dije a Cecilia. Lo que me había dicho a mí misma muchas veces.

—Él no habría querido que te sintieras así —observa Gabriel—. No lo conocía demasiado bien, pero de eso estoy seguro.

—Porque era mejor que yo —digo—. Nunca quiso hacer daño a nadie. Ni yo tampoco se lo quise hacer. Solo quería volver a casa, pero lo estropeé todo. Le maté.

—No lo hiciste —me asegura Gabriel.

Pero no dice nada más, porque estoy sollozando y

sabe que en este estado no le escucharé. Me frota la espalda y me dice cosas imposibles. Que soy muy fuerte y que me merezco estar aquí. Me dice que nunca me quedaré sola.

A medida que el día va oscureciendo, me sumerjo en un estado entre duerme y vela, soñando con el mundo que vi por la ventanilla del avión. Intento encontrar a Linden, pero no está en la playa abarrotada de gente, ni en ninguna de las centelleantes ventanas. Intento escuchar su voz, pero solo oigo los susurros de Gabriel llenando las nubes y tiñéndolas de rosa mientras el sol se oculta en el horizonte.

—Te amé desde el día que robé el atlas para ti —me dice Gabriel creyendo que estoy dormida.

El chirrido de la puerta al abrirse hace que me despierte sobresaltada.

Cecilia avanza tímidamente hasta el umbral.

—He llamado a la puerta, pero no me has respondido —dice—. Abajo hay un tipo que quiere hablar contigo y con tu hermano.

Antes de acabarme de despejar siquiera, el corazón ya me martillea en el pecho.

—¿Qué quiere?

—No lo sé, pero es un maleducado —señala ella—. No me ha querido decir nada. Sólo me ha pedido que te llamara para hablar contigo.

Le echa una mirada a Gabriel durmiendo a mi lado, pero sigue con el rostro carente de expresión.

—Ahora mismo bajo —le digo.

Cecilia se va.

—Ayer la oí dando vueltas toda la noche —dice Gabriel sin abrir los ojos.

—Lo está pasando fatal en todos los sentidos.

—¿Y tú cómo estás? —me pregunta él.

—¿Yo? He dormido sin ningún problema.

—No es a eso a lo que me refiero.

—Ya lo sé —le contesto levantándome de la cama. Busco mi reflejo en el espejo y me recojo el pelo en una cola de caballo—. Aún no estoy preparada para hablar de todo eso. Tú estás aquí, y yo también, al igual que mi hermano, Cecilia y Bowen —añado alisándome la camisa y los tejanos—. Si no te importa, me gustaría centrarme en agradecer todo esto.

Me ofrece una lánguida sonrisa.

—Tal vez durante el desayuno te cuente lo que tramó la Madame. Pero te aseguro que la mayor parte no es lo que tú te imaginas —le digo sonriéndole al irme.

El tipo que quiere hablar conmigo es un funcionario enviado por el presidente, un médico científico al que le han asignado controlar el progreso de Rowan y el mío y acompañarnos a nuestras revisiones médicas mensuales en Hawái. No se quedará a vivir con nosotros, sólo controlará nuestras constantes vitales por medio de nuestros localizadores. Al parecer nunca ha existido una norma que estableciera que debía quedarse con nosotros en la propiedad. Vaughn se la sacó de la manga para tenernos en un puño. Si bien debemos mantener una absoluta confidencialidad en cuanto a las investigaciones bajo pena de muerte, somos como nos dice el funcionario, libres de ir adonde nos plazca, siempre que nos presentemos a tiempo a nuestro vuelo mensual.

Yo me hubiera sacado de un tajo el localizador del cuerpo para acabar de una vez con esta murga, pero Cecilia que nos estaba escuchando escondida en el pasillo, sale de sopetón y lo atosiga ilusionada con un montón de preguntas sobre lo que necesita hacer para participar en el estudio. Insiste en que era la protegida de Vaughn y que él planeaba incluirla en cuanto reclutaran a la nueva ronda de sujetos. Aunque no sea verdad, Rowan y yo lo ratificamos dándolo por valedero. No hay ninguna razón para sospechar que un hombre tan apasionado por la investigación como Vaughn no hubiera planeado salvar a su otra nuera.

En cuanto el funcionario se va, Cecilia sube a su habitación de nuevo y Rowan y yo nos sentamos a la mesa de la cocina.

—¿Por qué el doctor Ashby odiaba tanto a Cecilia? —me pregunta

—¿Te lo dijo él?

—No hacía falta. Lo vi en cómo la trató la noche que cenamos juntos. Y además nunca mostraba el menor interés por intentar curarla.

Me quedo mirando la infusión, que a estas alturas ya se debe de haber enfriado.

—Creo que él le tenía envidia —respondo.

»Cecilia soportó la mayor parte del veneno de Vaughn y quizá lo peor de todo fue que durante un tiempo él fingió quererla. Linden estaba por fin empezando a madurar. Tomaba decisiones que iban en contra de los deseos de su padre y Cecilia tenía mucho que ver en ello. Linden la eligió a ella por encima de su padre.

Rowan asiente con la cabeza con los ojos posados en la infusión. No sé si mi explicación tiene sentido para él. Sólo conoce a Vaughn como un médico brillante. No estaba aquí para presenciar los escabrosos asuntos de la dinámica familiar. Y una parte de mí no quiere mancillar la imagen de su héroe, porque no hay que olvidar que si logramos superar nuestra esperanza de vida habrá sido gracias a él.

—Algún día te lo contaré todo —le digo.

—Me encantará —responde él.

—No, te prometo que no será así.

31

Al cabo de casi un año vuelven a reclutar nuevos candidatos para el estudio y Cecilia se inscribe en él. Y Gabriel también. A estas alturas los años en los que Vaughn estuvo planeando meticulosamente los experimentos en el sótano ya han quedado atrás. Buscamos en cada habitación, y si bien encontramos todo tipo de máquinas de equipo médico, no descubrimos un solo cadáver. Decido que es mejor así, porque hay algunas respuestas que nunca quiero conocer.

Reed desactiva el sistema de tarjetas electrónicas y abre un montón de habitaciones y de plantas de la mansión que yo jamás había visto. Las llena con sus objetos raros y maravillosos. Transforma un ala entera del sótano en una especie de invernadero.

Cecilia y yo conservamos nuestros antiguos dormitorios y nos seguimos llamando hermanas esposas o a veces sólo hermanas. Al final ella decide que la habitación de Jenna es perfecta para transformarla en el cuarto de Bowen. Y la habitación de nuestra hermana esposa que estuvo deshabitada durante demasiado tiempo, vuelve a cobrar vida de una forma totalmente nueva.

Rowan entiende la razón por la que Cecilia apretó el

gatillo. Y ha dejado claro que está de su parte. Pero sigue manteniendo que Vaughn, pese a sus asesinatos y sus desaguisados, es el que en realidad nos ha salvado. Recurrió a unos medios drásticos porque estaba siguiendo su vocación de salvar el mundo. Todavía no he decidido si el mundo se puede salvar, pero ahora corre entre los participantes del estudio el rumor de que abrirán nuestras fronteras. El resto del país debe tener acceso a la fórmula de Vaughn para la cura en el caso de funcionar.

Gabriel ha dejado de intentar entender a Vaughn. Dice que debemos seguir adelante y yo estoy de acuerdo. Ya no hablamos del placer de la venganza ni de la amargura. No olvidamos las cosas que perdimos, pero hemos dejado de contarlas. Hay muchas otras cosas por las que vivir. Todavía no nos dejan viajar al extranjero... por ahora. Pero el presidente Guiltree nos permite a los participantes del estudio visitar a veces su playa privada hawaiana. Desde ella oímos el murmullo del tráfico. Sentimos el tirón de un mundo floreciente al que un día nos podremos unir. En este lugar la esperanza es más palpable y a veces Gabriel y yo nos separamos de los demás. Vamos nadando lo más lejos que nos atrevemos y hablamos del amor mientras estamos a solas, como si fuera una ciudad lejana.

Como recordaba la dirección del orfanato de Grace, le conté a Silas lo del estudio. Y un año apareció por aquí como el participante más reciente y al instante le gustó mi hermana esposa, que se está convirtiendo en una mujer guapísima y encantadora a cada día que pasa. A Cecilia le irritan las insinuaciones de Silas, aunque a veces él logra sacarle una risa o una sonrisa. «¡No te pases con ella!», le digo una tarde mientras paseamos por la playa con los pies sumergidos en el mar. «Ya sé que a ti te gustan mucho las chicas.» Silas me salpica con agua como respuesta.

Cecilia se muestra tan indecisa como yo en cuanto a este tema. Sigue llevando la alianza y mantiene que Linden será siempre su único amor. Pero quizás un día cambie de opinión, al igual que todo está empezando a cambiar a nuestro alrededor.

Yo todavía no lo tengo claro. No me acabo de creer que viva lo bastante para saber lo que significa querer de la forma en que mis padres se querían.

Pero la mañana en que cumplo veintiún años me despierto sintiendo que todo es posible en este mundo.

Es la mañana en que Cecilia entra de sopetón en mi habitación con el cuaderno de dibujo de Linden y me cuenta su mayor plan para que él siga vivo en nuestras vidas. Quiere que construyamos una de sus casas.

Cada día buscamos la forma de mantenerlo vivo. Sobre todo es importante para Bowen, que no se acuerda de él. Cecilia tiene una memoria excepcional para los detalles, es capaz de narrar hasta los momentos más insignificantes. Los escribe para no olvidarse nunca de ellos y a veces, entrada la noche, viene a mi puerta sin poder dormir, temiendo olvidarse de él, y entonces lo recordamos juntas: la forma de Linden de sostener el cuaderno de dibujo con una inclinación en especial, sus pequeños y frustrados suspiros mientras borraba las líneas de sus bosquejos, y cómo su pelo que a primera vista parecía negro cobraba bajo el sol un tono caoba. Yo recuerdo las cosas de las que ella no puede acordarse, de esta forma sigue siendo nuestro marido, lo que hizo una vez y el vínculo que siempre nos unirá.

Reed también guarda sus propios recuerdos. Nos cuenta sobre el chico silencioso y curioso que quería saber cómo se hacían las cosas, que construía casas con los libros antiguos y torres con cartas. Nos cuenta algunas historias que nos hacen reír y otras muchas más que nos hacen llorar.

No creí que la casa estuviera lista tan deprisa, pero un día Reed empezó a construirla y desde entonces no ha parado. En cuanto contrató a una empresa de construcciones, el armazón de la casa apareció de la noche a la mañana. Yo les ayudo siempre que puedo y Cecilia se asegura de que los detalles sean exactos. La cantidad de peldaños. La carpintería ornamental estilo pan de jengibre.

—Tal vez de paso te ayudará a abrirte de nuevo al amor —me dice Gabriel, y yo le dejo que me tome entre sus brazos.

Dejamos que Bowen nos ayude a pintarla, y aunque sólo tenga cuatro años, lo hace con paciencia, dando las brochadas con cuidado. Cecilia está convencida de que cuando sea mayor hará algo magnífico, algo que impactará al mundo. No le deja desperdiciar ni un segundo de su potencial, porque ser capaz de crecer es un gran regalo. Cada nuevo año, cada nuevo día, nos permite hacer algo más. Procuro recordarle que ella también sigue siendo joven. Todos lo somos. Cuando terminemos de construir la casa y Bowen sea mayorcito, nos dedicaremos a viajar. Veremos lo que creíamos que sólo existía en los libros. Escalaremos montañas, nos lanzaremos en paracaídas desde aviones y visitaremos el río que lleva mi nombre. Rowan cree que nuestros padres siempre desearon que lo viéramos, que sabían que estaba esperando a que lo encontrásemos. No será de la forma que imaginaron, pero lo visitaremos. Exprimiremos cada segundo de nuestra vida, porque somos jóvenes y nos quedan muchos años por delante. Creceremos hasta volvernos más valientes. Creceremos hasta que los huesos nos duelan, la piel se nos arrugue y el pelo se nos encanezca, y hasta que al final nuestro corazón decida que ya es hora de dejar de latir.